www.vulkani.rs
office@vulkani.rs

ISBN 978-86-10-01792-2

ČUVAMO PRIRODU

Ova knjiga štampana je na prirodnom recikliranom papiru od drveća koje raste u održivim šumama. Proces proizvodnje u potpunosti je u skladu sa svim važećim propisima Ministarstva životne sredine i prostornog planiranja Republike Srbije.

MARIJA ŽEŽELJ

Moj slatki život

izdavaštvo vulkan

Beograd, 2016.

1. poglavlje

Gledam u svoja stopala. Na malom prstu mi je velika ogrebotina, juče sam se udarila o stenu, pa osećam peckanje jer mi morski talasi zapljuskuju noge. Udišem svež vazduh koji miriše na jod, na morsku travu, na ribarsku mrežu ostavljenu na molu. Tek je sedam ujutru i opuštena sam jer nema nikoga. Nema turista, nema buke, nema jedriličara iz obližnjeg kluba, nema graje, povika, prskanja. Galebovi kruže iznad mene. Brojim u sebi – *jedan, dva, tri* – kao da sam na takmičenju i očekujem zvuk pištaljke za start, zaustavljam dah i skačem na glavu. Onda osećam kako mi more miluje telo, a to je najlepši osećaj na svetu. Tih nekoliko sekundi dok ne izronim na površinu su mi omiljeni. Tada sam stopljena sa vodom. Ništa ne postoji. Tišina kojoj ne treba ništa, čak ni kiseonik. Samo more i ja – kao jedno. Tada nestane ceo svet. Svi problemi. Pod vodom mi se izoštre čula, nisam više slabovida. Nestane ceo spoljni život.

Zatim izranjam da uzmem dah i nastavljam da plivam. Dalje od bova, jer kad sam u vodi, meni ne trebaju granice. Kad plivam, ne sledim pravila. Postajem neko drugi. Nisam stidljiva, niko mi ne govori da ispravim leđa, niko me ne podseća da stavim naočare. Pod morem nema očiju. Plivam što brže mogu, kao da mi život zavisi od te brzine. Čujem udarce nogu i ruku po moru, u pravilnom ritmu. Ritam mi daje snagu. Izvan ovog sveta sam. Ne postoje nikakve teškoće, um mi je prazan, a telo slobodno.

„Nađaaa!“, čujem mamin glas u daljini, ali on me ne remeti jer sam sa tribina mnogo puta čula zvižduke, navijanja, aplauze. Odavno sam naučila da se ne obazirem na spoljašnjost kad plivam. More i ja smo jedno, i ništa drugo nije važno. Fokusirana sam na svoj ritam, na disanje i na ono što se dešava u vodi.

„Nađa, znam da me čuješ! Izlazi napolje, moramo da krenemo!“, ponovo čujem mamu, ali je i ne čujem. Ona zna da ništa ne može da me omete dok plivam. Okrećem se ka kopnu i vraćam se. Ne menjam svoj ritam niti disanje. Ne odgovaram mami, ne dajem joj nikakav znak da sam je čula. Sigurna sam da je već otišla sa mola, pa kad doplivam do obale, brzo skidam naočare za plivanje i stavljam one za vid, uzimam peškir, brišem se i trčim ka kući. Prati me Bela, naš mops. Ona me nikad ne prekida dok sam u vodi. Sedi na molu i gleda me svako jutro. To je naš ritual, evo, već deseti dan. Za pet dana se vraćam u stvarnost. U Beograd. U školu. Ta pomisao me rastužuje. Ovih deset dana, na mestu na kom me niko ne poznaje, bilo je tako opuštajuće. Kad pomislim na školu, na sve one devojke koje me odmeravaju na hodnicima i smeju mi se iza leđa, postajem nervozna. Volela bih da zauvek mogu ovde da ostanem.

„Nađa, kasnimo zbog tebe!“, viče moja mlađa sestra Maša, koja je već u osam ujutru u jednoj od svojih mnogobrojnih balskih haljinica, sa sve vilinskim krilima na leđima. Sada, sa svojih tek napunjenih sedam godina, u fazi je vila i princeza, u kojoj ja nikad nisam bila, pa je mama presrećna što u kući najzad ima jednu devojčicu koja voli suknje, haljine, svetlucave cipelice, šarene šnale i što svaki drugi dan želi da lakira nokte novim šljokičastim lakom.

„Ne brini, brzo ću da se spremim. Pazi da ti se krila ne iskrive u vožnji, bolje ih skini. Zar nisi već velika za sve te stvari?", govorim joj u prolazu i mazim je po kosi, na šta ona viče mami da sam joj pokvarila frizuru i da mora ponovo da stavlja sve šnale.

„Ljubavi, zar ne možeš jedno jutro da propustiš svoje plivanje? Znaš da je Maši danas rođendan i da već mesec dana priča samo o tome", kaže mi mama.

„Ne brini, prva sam joj čestitala rođendan", odgovaram joj dok se penjem na sprat. „Bila je budna već u šest i sedela je sa krunom na glavi. Dala sam joj poklon, poljubila je, sve po protokolu. Vi ste još spavali i htela sam samo još jednom da otplivam pre nego što krenemo. I zašto uopšte moram kod njih za njen rođendan?"

Zatvaram se u kupatilo, ali čujem mamu kako stoji ispred vrata i govori mi kako Maša obožava svoje male sestrice, kako je tata obećao svom bratu da ćemo doći kod njih baš za njen rođendan, kako oni imaju božanstvenu kuću sa ogromnim dvorištem i još većim bazenom, koja je idealna za proslavu rođendana, kako je mom stricu sad potrebno društvo jer se upravo razveo, i još hiljadu stvari koje nisam čula jer sam pustila mlaz vode na najjače.

„Možeš da plivaš koliko god hoćeš i niko ti neće smetati", rekla je i zatvorila vrata od sobe kad je videla da joj ništa ne odgovaram.

Istrčavam iz tuš-kabine, brišem se, navlačim šorts, majicu koja mi je prva pala pod ruku i japanke. Jurim do kola, u kojima već svi sede. Bela je kod Maše u krilu i na sebi ima roze ogrlicu sa mašnicom.

„Mogla si da obučeš neku haljinu, makar za moj rođendan! I Bela se sredila!“, počinje Maša da negoduje.

„Hajde da se dogovorimo nešto. Ja ću obući haljinu po tvom izboru onog dana kad ti budeš sa mnom plivala do bova, važi?“

Maša pući usta, nabira čelo i posle par sekundi govori da je to u redu. Grlim sestricu. Tata pušta radio na kom Madona peva *La Isla Bonita*, mama svečano izjavljuje kako će ovo biti najbolji Mašin rođendan ikad i krećemo ka stričevoj kući u Kotoru, gde nas čekaju dve šestogodišnje bliznakinje, svaka sa sopstvenim parom vilinskih krila, krunom, čarobnim štapićem i gomilom šarenih balona. *Biće ovo dug dan*, mislim. Da imam naočare za sunce, stavila bih ih na oči i prespavala celo prepodne, ali ne mogu. Moja sestrica je presrećna, mama i tata najzad na zasluženom odmoru, posle dve godine, i ne želim nikome da kvarim zabavu, iako bih najradije bila sa svojom najboljom drugaricom Anjom, negde daleko u toplini mora. Ali Anja je sada sa svojim roditeljima u Grčkoj, gde je trebalo da budem sa njom da su me moji pustili, i gde retko nađe internet, pa ne možemo ni da se dopisujemo. Ona bi me razumela. Jedino ona.

Posle nekih četrdeset pet minuta vožnje, pošto je na putu gužva jer je u Crnoj Gori turistička sezona ipak u punom jeku, vidimo zidine Kotora.

„Evo nas, evo nas!“, uzvikuje moja sestra. Namešta krunu, stavlja krila na leđa i udara me laktom u rebra. „Nađa, pričaj, kakav je bio tvoj sedmi rođiš? Pričaj!“

„Opet hoćeš tu priču? Zar ti nije dosadila?“, pita je tata.

„Nije. Hoću da čujem! Molim te, seko, molim te!", smeje mi se i trepće svojim velikim okicama.

Grlim je i kažem: „Kao što znaš, tada nismo živeli u Beogradu, već u jednom divnom gradiću u Vojvodini..."

„Znam, u Sremskim Karlovcima!"

„Tako je. Tamo smo imali prelepu kuću. Kao iz bajke. I da znaš da ne preterujem. Ta naša kuća bila je na dva sprata. Imala je velike stubove ispod nadstrešnice, ogromno dvorište prepuno ruža, ali najlepše od svega je to što smo imali mali bazen iza kuće. Tu kuću je nekad davno sagradio naš čukundeda, a u to vreme niko nije ni znao šta znači bazen, ali posle nekoliko decenija, naš deda, koji je bio poznati profesor u Karlovačkoj gimnaziji..."

„I koji je uvek živeo ispred svog vremena, a govorili su za njega da je...", ubacuje se mama, a zatim sve četvoro izgovaramo kraj rečenice u isti glas: „ekscentričan!", jer ovu priču smo slušali million puta i ona je postala neka vrsta porodične pošalice.

„Mogu li da nastavim?", pitam ih prvo, a onda i nastavljam: „Dakle, naš ekscentrični deka odlučio je da iskopa bazen. Kopao ga je sam-samcat tačno dva meseca. Tek je onda pozvao majstore da mu sprovedu cevi iz kupatila ka bazenu, da mu postave pločice i stave ventile, koje je...", opet se ubacuju svi:

„... teškom mukom nabavio iz Beča!"

„I kad ga je završio, doveo je našu baku ispred bazena, pružio joj paket u kom su bili najlepši jednodelni kupaći kostimi iz Beograda i onda shvatio da ona ne zna da pliva. U suzama ga je molila da to nikome ne kaže, on se smejao, a onda su zajedno prvi put isprobali svoj bazen. Baka je stajala i držala se za ivicu bazena, a deka je pokušavao da pliva.

Naravno, ventili i cevi nisu bili dobro povezani pa bazen nikad nije uspeo da se napuni kako treba i tako je on stajao polouprazan godinama, kao simbol dedine ekscentričnosti. Ipak, jednog dana, kad je njegova kćerka, a naša mama, porasla i dobila svoje prvo dete – mene – odlučila je da sa svojim mužem, odnosno našim tatom, proba da sredi taj neupotrebljivi bazen. Iako će ti oni reći da su se mesecima mučili da ga osposobe, istina je drugačija. Tada su već postojali pravi majstori za bazene, tako da su im pomogli i sve brzo završili, i za moj sedmi rođendan…“

„Čekaj, čekaj… Polako, ne smeš da preskačeš!“, viče Maša.

„Okej, ja sam naučila da plivam sa četiri godine i ubrzo su mama i tata shvatili da imaju jedno pretalentovano dete koje jedinu radost vidi u plivanju. Može tako?“

„Može!“

„Počeli su da skupljaju novac za opravku bazena i trebalo im je tačno tri godine da uštede novac i srede bazen. I baš kad sam ja mislila da je tragično to što imam bazen, a ne mogu da plivam u njemu…“

„Ne, nisi rekla ono kako si stalno sedela sa svojim naočarima za ronjenje i kapicom za plivanje“, opet me prekinu sestrica, a tata se nadovezao: „Da, reci kako si sedela, evo, baš ovako kao Maša sa krunom i ovim krilima. Svaki dan.“

„Dobro, dobro. Sedela sam svaki dan sa kapicom za plivanje, perajima i naočarima za ronjenje u tom praznom bazenu i zamišljala kako plivam. Bio je to tragičan prizor, zar ne?“

„Nađa, ako si ti nosila tu svoju kapicu i naočare svaki dan i na kraju postala najbolja plivačica, onda ću ja na kraju postati kraljica ili vila!“

„Ne ide to baš tako… Ali nije loša ideja. Možda tati da stavimo kuvarsku kapicu, da i on nauči da kuva, a mami one kapice što nose vozači u Formuli 1, pa da i ona na kraju počne da vozi."

„Ha-ha-ha, dobra fora. Nastavi priču, ljubavi, uživamo dok te slušamo", kaže mama.

„I tako sam ja već digla ruke od svega. Mislila sam da će taj prazni bazen uvek biti prazan, htela sam čak i da ga zatrpaju, da ga ne gledam. I onda, baš na moj sedmi rođendan, ustala sam ujutru u sedam – sećam se jer sam već u osam imala trening u Novom Sadu, a do tamo smo imali dosta da se vozimo – sišla brzo na doručak, a u kući nije bilo nikoga. Zvala sam ih – *mamaaa, tataaa* – ali nisu se odazivali. Samo su se iznenada otvorila vrata koja vode u zadnje dvorište, a ja sam ugledala mamu, tatu i strica – i svi su viknuli *srećan rođendan*. Kad su se pomerili u stranu, videla sam ga. Naš bazen je bio kao nov. I pun vode. Pošto sam na sebi već imala kupaći kostim zbog treninga, brzo sam skinula odeću i skočila u njega! Svi su tapšali, a onda su i svi ostali skočili u vodu. Bio je to najlepši rođendan. Već posle par meseci, bazen je ponovo počeo da se kvari..."

„Nemoj sad taj ružni deo", pokušala je Maša da me prekine.

„A onda smo morali i da prodamo kuću, i da odemo...", rekla sam samo za sebe, ali svi su ćutali i par minuta razmišljali o staroj porodičnoj kući koju smo morali da napustimo, što zbog tatinog posla koji je dobio u Beogradu, što zbog finansijske situacije. Kuća i bazen su za bogataše, izgleda. Mi smo samo normalna porodica, sa tatom koji radi u vojsci, i mamom koja je profesorka srpskog jezika u jednoj beogradskoj gimnaziji.

„Evo, stigli smo!", reče tata i prekinu tišinu, a ispred nas se pojavila ogromna kapija od kovanog gvožđa, koja se polako otvarala i puštala nas u prelepo dvorište ogromne vile našeg strica.

„Tata, oni su bogati! Zašto ti nisi hteo da budeš biznismen kao stric, umesto što si oficir?“, pita Maša, potpuno očarana prizorom pred sobom.

Vidim u retrovizoru kako tata prevrće očima, a mama mu stiska mišicu kao upozorenje da se lepo ponaša. Dve debeljuškaste bliznakinje trče nam u susret, a svaka u ruci nosi po jednu šarenu kutiju. Maša izleće iz kola i uzima poklone, a stric mami otvara vrata kao pravi džentlmen, uz reči: „Miro, ti se ne menjaš, za razliku od mog brata. Ista si kao pre petnaest godina, svaka čast.“ Kad vidi Belu, miluje je i kaže kako pod hitno mora da nabavi neko umiljato biće koje ga nikad neće izneveriti, kao neke umiljate žene.

Onda se približava meni i grli me. Od poslednjeg puta kad sam ga videla, ugojio se bar trideset kilograma, a ispod očiju mu vise crni podočnjaci. Gura mi u ruke neke evre: „Ovo ti je za rođendan na kom nisam mogao da budem. Ala si izrasla! Na koga si tako visoka, m?“

Tek tada prilazi i mom tati uz reči: „Bato, najzad… posle koliko? Skoro godinu dana? Idemo odmah nešto da popijemo!“

Ulazim u kuću s mamom. Nosimo kese pune namirnica. Zato smo i došli kod strica ovako rano – treba nam vremena da napravimo rođendansku tortu i kolače. Puštamo braću da budu sami u dvorištu i pripreme roštilj. „Moraju da se ispričaju i srede neke neraščišćene račune“, govori mi mama kroz šapat.

Slažem namirnice po prostranoj beloj kuhinji, koja se toliko sija kao da u njoj nikad ništa nije skuvano. I nije, jer vidim da su sudovi potpuno novi, a poneki i dalje stoje u kutijama neraspakovani. Za svaki slučaj, ponela sam sve što mi treba – mikser, varjače, podlogu za tortu, modle za kolače i još neke sitnice. Srećna sam sa mamom u kuhinji skoro kao i kad plivam. Pravljenje kolača je moj hobi, mada to niko nikad ne bi pogodio jer sam mršava. Većini ljudi bi, kad pomisle na poslastičara, pred očima iskrsnuo debeljuškasti veseljak sa belom kapicom ili gojazna sredovečna ženica sa šarenom keceljom. A evo mene – visoka i mršava trinaestogodišnjakinja sa naočarima, trenutno državni prvak u plivanju slobodnim stilom na sto metara, koja ne nosi haljine čak ni za sestrin rođendan. Anja bi rekla da sam suviše konzervativna u oblačenju, ali ja jednostavno volim da budem neupadljiva. Da se sakrijem iza svoje duge ravne smeđe kose, naočara i običnih majica i farmerki.

Kad smo na sto izvadile sve što nam treba, mama počinje da secka povrće za razne salate, a meni prepušta pravljenje torte. Mašina omiljena torta se zove baš tako – *Mašina torta*, iako je to zapravo torta koja se zove *najmedenije srce*. Recept sam videla na jednom kulinarskom sajtu i prvi put sam je napravila kad sam imala devet godina. Tek smo se doselili u Beograd i nisam imala društvo. Mesecima sam bila usamljena i u školi i kod kuće, ali kad sam otkrila pravljenje kolača sa mamom, više se nisam tako osećala. Tog dana mama je odvela Mašu na balet, a tata je bio na putu, gde je snimao neki dokumentarac o životu rudara u Boru. Ja sam bila sama i odlučila sam da od novca koji sam uštedela kupim sve što mi je potrebno za pravljenje torte. Od malih nogu sam gledala mamu u kuhinji, držala mikser, razbijala jaja, oblizivala kutlače. Znala sam gde stoji vaga za merenje, kako se odvaja žumance od belanca, kako se topi maslac – ma sve sam znala napamet! Počela sam odmah da razdvajam žumanca od belanaca, da pripremam patišpanj sa mlevenim i seckanim lešnicima i brašnom, a sa druge strane da pripremam fil od mleka, žumanaca i pudinga. Najvažnije je staviti pravu količinu bele i crne čokolade, koje se takođe stavljaju u fil, i znati koliko je medenih srca potrebno izmrviti. Ako se stavi previše sastojaka, torta bude preslatka i gnjecava, a ako se stavi premalo, bude tvrda i bezukusna. Ja znam pravi odnos između crne i bele čokolade i medenih srca, i to je moja tajna. Bilo mi je potrebno samo sat vremena da sve kupim, napravim i da sredim celu kuhinju, pa kad su svi došli kući, na stolu ih je čekalo iznenađenje. Maša je tada imala tek tri godine, i kad je videla tortu na trpezarijskom stolu, počela je da skače od sreće, lupa ručicama i viče: „Ovo je Mašina torta, ovo je Mašina torta!" Tako je najmedenija torta postala Mašina, a ona je ujedno i moja omiljena poslastica koju najbolje pravim. Mama i tata je još zovu i *Nađino remek-delo*, a Anja je zove *neodoljiva*.

„Nađa je državni šampion u plivanju. Ova godina će joj biti prekretnica. Već je traže, vrbuju, gledaju ti lovci na talente. Njoj još ništa ne govorimo. Znaš, dosta je stidljiva i pomalo osetljiva, u nepoznatom društvu skoro potpuno povučena... Ne znam kako bi u ovim osetljivim godinama podnela neprestana putovanja sa trenerom. Neko od nas dvoje bi morao da dâ otkaz na poslu, a to u ovoj situaciji... nije lako. Plivanje nije sport koji... Grozno je što ovako pričam, znam, ali plivanje ne donosi neki novac. A mi sa naše dve plate živimo pristojno, što ne bismo mogli samo sa jednom. Nisam pametan. Nađi je to sve, s druge strane nema sponzora, a ta putovanja su preskupa. Da ne govorim o opremi... Ako i potpiše ugovor i dobije novac, onda mora da ode iz zemlje. A kako da pustimo devojčicu od trinaest godina samu bilo gde? Kako?", slušam tatu kroz kuhinjski prozor, a onda mama prilazi, zatvara ga i govori mi da nije lepo što prisluškujem, da mogu da čujem nešto što neću razumeti. Pali muzički uređaj, ne bi li bila sigurna da neću čuti razgovor odraslih, i peva uz *Idole*:

„*Devojko mala, pesmo moga grada...*", jer ja sam njena devojka mala, kako me zove ceo život.

Hvata me za ruke i zajedno igramo. Moja mama je od onih večito raspevanih. Kao da sve bolje radi, kao da bolje razmišlja, uz muziku. Ima bar dvadeset „svojih omiljenih" pesama, sigurno tridesetak „njihovih prvih", uz koje su se mama i tata upoznali, prvi put poljubili, prvi put izašli na piće, prvi put se uhvatili za ruke, prvi put otišli na more zajedno... Ima i nekoliko „mojih i njenih" pesama, a jedna od njih je upravo ova koju slušamo.

„Ovo je znak da ćemo napraviti najbolje kolače na svetu i da ćemo se divno provesti. *Što si mi dala srce puno sna...* Hajde, Nađice, zapevaj s mamom pa da se bacimo na posao!"

Nisam neka pevačica, ali udovoljavam joj jer volim je raspevanu. Možda ovo bude jedan zaista lep rođendan, iako su pored mene čak tri nakinđurene male vile i jedan debeli, bogati, depresivni stric. Imam raspevanu mamu, tatu sa bratom kog nije video godinu dana, kuhinja će uskoro zamirisati na kolače, a bazen će biti samo moj!

2. poglavlje

Jutros sam prevazišla sebe. I u ranom buđenju i u brzini. Znam da mi niko neće verovati i znam da ne mogu da budem sto posto sigurna u razdaljinu koju sam prešla, ali mislim da sam oborila nekakav rekord u slanoj vodi. Ako sam zaista preplivala sto metara za sekund manje od minuta, to bi bio moj najveći uspeh do sada! Sedam sati je. Mama, tata i Maša i dalje spavaju jer smo se od strica vratili tek oko ponoći. Maša je za rođendan dobila mnogo poklona, ali i jednog pravog mađioničara koji je došao i samo za nas izveo predstavu sa golubovima.

Bela je na molu sa mnom. Odmaram se sa njom od napornog jutarnjeg treninga. Ovde sam sama sebi i trener i sudija. Bacam Beli grančice, a ona trčkara i donosi mi ih. Ponekad zamahnem do vode, a ona prilazi do same ivice obale, ali ipak se ne usuđuje da uđe u vodu pa samo laje. Mazim je da bi se smirila. Ne želim da nekog probudi.

Mirno je i prelepo. Ovako rano ujutru, kad sunce tek izađe, more najlepše miriše. Ja sam opuštena i posle svog ko bajagi rekorda leškarim na peškiru, dok mi Bela liže prste koji mirišu na krofnu. Pekara se otvara otprilike u ovo vreme, pa sam na putu do mola kupila krofnu za doručak.

Gledam u nebo i galebove. Mislim na to kako će se ovaj raspust uskoro završiti i kako ću veoma brzo morati da se vratim u školu. Za koji dan sam osmakinja. Najstarija u školi. Trebalo bi da osećam veliko samopouzdanje, jer osmaci vladaju celom školom, ali ja osećam teskobu i strah. Do sada sam uspevala da ostanem koliko-toliko neprimećena, i pored svoje visine. Ne volim da izlazim u školsko dvorište ni da u njemu ostajem posle škole. Svesna sam da je ono što se priča posle časova nekima najvažnije, da se u dvorištu dele tajne i sklapaju savezi, ali ja svoje vreme želim da potrošim na trening i učenje. Ne želim da moje ime čitaju dežurni po svim razredima jer osvajam medalje u plivanju. Ne želim da osvanem na školskom veb-sajtu. Zbog toga bi me popularne devojčice još više odmeravale. Privukla bih im pažnju i ne bi me tek tako ostavile na miru. Zato niko osim Anje i ne zna koliko sam dobra plivačica. Najbolja.

Ponovo gledam u svoja stopala. Sinoć sam dozvolila Maši da mi lakira nokte. Ipak joj je bio rođendan pa joj je sve bilo dopušteno. Na rukama imam drečavožuti lak, a na nogama svetlozeleni sa šljokicama. Dižem noge ka nebu i gledam kako se šljokice presijavaju na suncu. Ima neke radosti u svetlucavim stvarima.

„Dobar ti je lak", odjednom čujem iza sebe. Spuštam noge i pokušavam da ih sakrijem, okrećem se ka tom muškom glasu, ali i dalje gledam nadole. Plašim se da dignem pogled.

„Hej, malena, vidim da odlično loviš granje", kaže glas Beli, a onda vidim da mi pruža ruku.

Dižem pogled, ali ne vidim ga najbolje jer je u senci. Primećujem da ima plavu kosu i da je visok. On je jedan od jedriličara. Celog leta sam ga krišom sa terase gledala kako pere jedra, namešta konopce i kobilice i kako ga vetar odnosi na pučinu. Kako se izvija na talasima, kako se bori sa tim jedrom i vetrom, kako mu se ocrtavaju mišići na rukama. Kako sklanja kosu sa čela i smeje se sa ortacima. Da, njega sam zapamtila.

„Filip. Drago mi je." I dalje drži ruku u vazduhu. „Zar nećeš da se upoznaš sa mnom?"

„Izvini... Uplašio si me. Nađa, drago mi je", kažem jedva. Glas mi se skoro i ne čuje. Nisam navikla na kontakt i razgovor sa momcima. Naročito ne sa ovako zgodnim momcima. U školi se ne družim sa dečacima. U stvari, ne družim se skoro ni sa kim, osim sa Anjom. Kad mi se neko i obrati, to je samo zato što ga zanima da li imamo domaći, ko će kad da pita od profesora i da li može da prepiše nešto iz sveske.

„Izvini, nisam hteo da te uplašim. Samo... video sam vas ovde i morao sam da dođem. Znaš, gledao sam te celo leto kako plivaš. Uskoro idem sa mora, pa sam pomislio da više nikad neću videti devojku koja pliva ovako kao ti. Mislim, nikad u životu nisam video ništa slično. I onda sam odlučio da ustanem rano, jer znam da si rano ovde..." Ne prestaje da govori.

„Kako znaš?", izletelo mi je.

„Pa, imam kuću baš iznad vaše. Znaš onu sa zelenim žaluzinama?"

„Onu ogromnu koja ima palme u dvorištu?"

„Aham... Baš ta. Nekad ustanem rano ujutru i sedim na terasi. Imam pogled na celu obalu."

„Aha, tako znači..."

„Da. I? Pričaj mi, otkud jedna devojka tako dobro pliva?", kaže, seda pored mene i počinje da baca kamenčiće u vodu. Bela mu odmah skače u krilo.

„Nema šta naročito da se ispriča. Jednostavno, volim plivanje. I treniram plivanje."

Filip zamišljeno gleda u more, a onda odjednom skače. Bela laje.

„Hajde, ustani! Hajde da se trkamo!"

„Ko? Ti i ja? Neću. Stvarno... Mislim..."

„Hajde, Nađa. Trkamo se u sladoled. Ko prvi stigne do bova i nazad. Molim te! Ovo će biti jedina prilika u kojoj me neka devojka može pobediti..."

„Okej, pobediću te tako da nećeš znati šta te je snašlo", kažem hladnokrvno, a samopouzdanje u mom glasu me iznenađuje. Nije da su mi njegova samouverenost i arogancija zasmetale – naprotiv, kod njega mi je to slatko. Ali želim da mu pokažem ko je glavni u plivanju.

„Okej, idemo na mol. Kad kažem *sad*, krećemo, važi?"

„Kad *ja* kažem *sad* – krećemo. Važi?"

„Važi", kaže i pruža mi ruku da ustanem.

Dok idemo ka molu, ćutimo. Gledam ga krišom. Imam osećaj da čuje kako mi lupa srce, pa se zakašljem. U jednom momentu i on krišom gleda ka meni. Pogledi nam se sreću, a ja spuštam glavu.

„Evo nas", kaže Filip i kreće da se razgibava.

„Nemaš šanse", kažem mu i nije mi jasno odakle mi takva smelost u razgovoru.

Oboje stajemo na ivicu mola u poziciju za skok na glavu.

„Tri – četiri – *sad*!", izgovaram i skačem najdalje što mogu. Ronim dugo, a kad isplivam, vidim da on još nije izronio. Idem ka bovama brzo, kao da sam na nekom međunarodnom takmičenju. Kao da mi život zavisi od pobede. Vidim da je blizu mene i da me prati, ali uvek sam za pola dužine brža. Kod bova smo veoma blizu, on me čak i stiže, ali ja se okrećem u vodi kao profesionalac, dok on to ipak radi nevešto. Vraćam se prsnim stilom, da bih mu pokazala kako je spor i da ga puštam da mi se približi, pa kad to i učini, dajem svoj najbolji kraul i stižem do mola prva za čak tri dužine razlike.

On izlazi bez daha, dok ja sedim i zviždućem.

„Amateru", kažem i smejem se. „Neko je trebalo da snimi ovo."

„Dobro. Dobila si sladoled. Stvarno si dobra."

„Dobra? Odlična sam."

„Najbolja", kaže i namiguje mi. „Slušaj, moram sad da idem u klub. Celog leta treniram jedrenje, a danas imamo regatu. Ako hoćeš, dođi da gledaš. Posle možemo na sladoled."

„Videću… Moram i ja sada kući." Mazim Belu i okrećem se od njega, pomalo razočarana što moramo da se rastanemo, ali i nervozna što svaki čas mogu da naiđu moji sa Mašom, jer onda ne bih mogla da živim od pitanja ko je ovaj dečko.

„Čekaj! Kako da te nađem?", pita me Filip.

„Kako si me i jutros našao. Valjda sve vidiš sa terase."

„Naći ću te, Nađa!", dobacuje za mnom, ali ja već ulazim u kuću.

U kući postajem ona stara Nađa. Poslušno stavljam naočare za vid, koje mrzim, ali ne želim da se svađam sa mamom. Pijem ceđenu pomorandžu, jer to ujutru mora da se popije u našoj porodici, i smišljam izgovore da ne odem na plažu. Želim da legnem u krevet i pozovem Anju, da joj ispričam kako sam srela najlepšeg dečaka na svetu. I kako ne samo da sam razgovarala sa njim već sam se smejala i uživala. Kako nisam imala tremu, kako nisam pobegla i kako sam bila hrabra! Želim da joj kažem kako je Filip divan i da ga nisam izmislila. Da li će mi Anja poverovati? Da li ću ga uopšte ikad više videti? Možda je slučajno došao tako rano na plažu, samo zato što ima regatu? Možda cela ona njegova priča o tome kako me je gledao sa terase nije istinita? Zašto bi mene iko gledao? Anja bi mi na sve ovo rekla nešto u stilu: *Kako da bilo ko vidi koliko si lepa kad si stalno u farmerkama, nekim majičetinama i šetaš se po ćoškovima! Ti ni sama nisi svesna svoje lepote, pa kako onda drugi to da znaju!*

Moja najbolja drugarica nikad neće razumeti moju stidljivost i želju za nevidljivošću. A ipak, jedan dečko me je video!

Trčim do kupatila i otvaram prozor. Odande vidim sve kuće iza nas, uključujući i njegovu. Velika i božanstvena bela vila sa palmama, za koju se moja mama celo leto pita čija je, a tata joj govori da ju je sigurno kupio neki ruski tajkun. Jasno vidim i terasu na kojoj su bele saksije sa šarenim cvećem i nekoliko ležaljki. Zamišljam Filipa kako leži na jednoj od njih, rano ujutru, i posmatra mene kako plivam.

„Nađa, izađi iz kupatila!“, viče Maša i udara u vrata. „Piški mi se!“

Zatvaram prozor i puštam sestru unutra.

U sobi, koju ovog leta u iznajmljenoj kući u Tivtu delim sa sestrom, ležim na krevetu i kucam Anji kilometarsku poruku o jutrošnjem susretu.

Anja je, za razliku od mene, prilično otvorena. Voli izlaske, ima mnogo drugarica pored mene (iako sam joj ja najbolja), obožava haljinice, suknje, baletanke, smeje se na sav glas, tako da svi moraju da je čuju, i obožava da bude u centru pažnje. Ona ima kul crnu kratku kosu, svira violinu i obožava da čita koliko i ja da pravim kolače. Dakle, ona je sve ono što ja nisam. Nekad sam mislila da visina utiče na ljudsko ponašanje. Da niski ljudi moraju svima da stave do znanja da su tu, pa se zato deru, oblače upadljivo i stalno pričaju, a da visoki pokušavaju da se stope sa okolinom, da ne štrče previše kad su već visoki.

„Navikni se na visinu, na to da si kao manekenka. Treba da se ponosiš visinom, a ne da se grbiš. Zar stvarno misliš da te niko neće videti ako si pogrbljena? Hoće, ali onda će da kažu: *vidi onu visoku grbavu*, umesto: *vidi onu visoku lepoticu*!“, govorila mi je Anja cele prošle godine, u sedmom razredu, kad sam shvatila da sam odjednom toliko porasla preko leta da sam bila za glavu viša od svih devojčica u razredu.

„Ako želiš da budeš normalna devojka, ponašaj se tako. Prestani da izigravaš dečaka, izađi iz dukseva. Znaš, Nađa, svi imamo grudi. To je normalno. I svi bismo voleli da smo visoki kao ti. Svi!“, ohrabrivala me je Anja. Užasno mi nedostaje. Ona bi jedina znala šta sad da radim.

Anja je od onih devojaka koje procvetaju kad su u društvu. Ona se odmah sprijatelji sa svima. Sa novom komšinicom, sa novom devojkom u razredu, sa zamenicom srpkinje, sa bakom koja prodaje cveće na ulici, sa sladoledžijom. I nikako joj nije jasno kako njena najbolja drugarica ima strah od upoznavanja. Ja samo volim svoj jednostavni život – svoje divne roditelje, sestricu, miris hlora u bazenu i miris kolača u rerni.

Hajde, idemo napolje – rečenica je koja je obeležila naše druženje. Ja bih uvek odgovarala sa: *ne mogu, moram da učim*, ili: *ne mogu, moram na trening*, a u školi: *ne mogu, moram da završim domaći*. Ona bi razočarano otišla u dvorište, u park, u šetnju sa nekim drugim devojčicama, a kasnije bi mi prepričavala sve što se desilo. I bilo joj je žao što sam takva, ali je od moje desete godine, praktično otkako sam došla u Beograd, uz mene. Bez obzira na sve.

„Nađa, znam da je to neka tvoja faza. Tako kaže moja mama – deca stalno idu iz faze u fazu. Iako tvoja faza traje već pet godina. Svim silama pokušavam da te promenim, ali i ako ne uspem, voleću te takvu kakva jesi – zauvek!“, govorila bi mi dok smo zajedno ležale na mom krevetu. „Kad budeš spremna za školsko dvorište, za Tašmajdan, za odlazak na sok ili sladoled sa još nekim, a ne samo sa mnom – reci, i biću najsrećnija najbolja drugarica na svetu!“

Da, Anja bi sad definitivno znala šta da radim. Da odem na regatu ne dolazi u obzir, ali kako ću ga onda ponovo videti?

Na svu sreću, mama, tata i Maša otišli su na plažu i znam da neće doći kući do ručka. Rekla sam im da želim da napravim *onaj moj čizkejk*, pa su me pustili i nisu insistirali na zajedničkom odlasku na plažu. Čim sam čula zatvaranje vrata, odmah sam se zaputila u dvorište i sela na mesto sa kog mogu da vidim jedriličarski klub. Drvo magnolije me dovoljno dobro skriva, ali kroz njega mogu i da vidim šta se dešava. Ispred kluba nije bilo nikoga osim njihovog trenera, koji je na svoj gliser ukrcavao ogromne žute bove. Tata mi je objasnio čemu one služe. Kad se postave na određenim mestima i na određenoj razdaljini, jedriličari sa svojim jedrilicama moraju svaku da zaobiđu da bi završili trku. Dakle, bove još nisu postavljene, a jedriličari su verovatno otplovili dok sam ja bila u sobi. Ne znam koliko traje regata. Možda sat vremena, možda tri sata, možda petnaest minuta. To saznanje me čini malodušnom, pa shvatam da sve što mogu da uradim jeste da stvarno napravim *onaj moj čizkejk* i da prestanem da razmišljam o Filipu, njegovoj plavoj kosi, neboplavim očima i najlepšem osmehu na svetu.

Pravljenje kolača mi rasteruje negativne misli, nervozu i sve strahove. Plivanje mi daje energiju, samopouzdanje i disciplinu razmišljanja. Zato u ovom trenutku mislim da je najbolje rešenje da se fokusiram na svoj kolač. Ipak, ne polazi mi za rukom. Prvi put u životu nisam opuštena dok spremam kolač, misli mi lutaju i svaki čas gledam ka moru. Pravim kolač sa pola pažnje, brljam i rastrojena sam.

Pokušavam da umutim puter sa mlevenim keksom, ali sve vreme mi se stvaraju neke grumuljice. Dodajem još putera, pa još keksa, i na kraju u činiji imam duplu meru za ceo kolač. Dok tu podlogu stavljam na dno vatrostalne činije, čujem kako neko kuca na vrata. Gledam na sat i razmišljam zašto su baš danas došli ranije sa plaže, pa brišem ruke i odlazim da otvorim. Lice mi je umazano od keksa, ruke su mi masne od putera. Kosa vezana u neki odvratan rep, a na sebi imam šorts i belu majicu, na kojoj je mrlja od malina i želatina.

„Uh, dobro je, nisam pogrešio kuću", kaže mi Filip koji stoji ispred mojih vrata. Ja sam, naravno, kao u nekom transu. „Nisam znao da nosiš naočare." Čim je to izgovorio, skidam ih kao prava paćenica.

„Ne skidaj ih, mnogo ti slatko stoje."

Pošto sam i dalje u stanju nekakvog transa, on nastavlja: „Polomila mi se kobilica. Završio sam trku jadno. Dobro je što nisi ništa videla. Nego, hoćemo li sve vreme da stojimo ovde?"

„Jao, izvini", najzad progovaram. „Ali nisam te očekivala."

„Opet sam te uplašio? Znam, tako delujem na ljude...", smeje se i pokazuje mi glavom da uđemo unutra.

„Ne, nisi... Spremam nešto, pa sam sva... Sama sam, znaš. Ne znam da li bih smela da te pustim unutra. Moji su na plaži."

„Tako dobro te čuvaju, ne smeš da puštaš nepoznatu decu u kuću? Šalim se. Hteo sam da se dogovorimo za onaj sladoled." Ali čim je to izgovorio, ugledala sam tatu kako ulazi u dvorište. Brzim koracima nam je prišao i rekao: „Maša je zaboravila peraja i masku. A i Belu moram da ostavim kući, pravi haos na plaži. A ti si?", obratio se Filipu gledajući ga pravo u oči.

„Filip, drago mi je. Živim iza vas. Nađa i ja smo se jutros upoznali na plaži. Pobedila me u plivanju pa joj dugujem sladoled."

„Opa! A je li ti rekla da je državni prvak u slobodnom stilu na sto metara pre nego što te je pobedila? Uđi, majstore, šta stojite tu na vratima!"

Filip ide za tatom i razgovaraju kao da se poznaju čitav život. Ja sam i dalje nepokretna i sve što mogu da uradim je da ih slušam.

„Filipe, čujem po akcentu da si i ti iz Beograda. Koji razred? Kakav si učenik? Otkud ti u Tivtu? Šta treniraš? Nemam vremena za dug razgovor, moram nazad, pa mi lepo sve na brzinu reci."

„Živim na Vračaru, krećem sad u osmi razred. Do sada sam uvek bio odličan. Nisam vukovac, matematika mi uopšte ne ide. Šta je još ono bilo..."

„Moraš bolje da pamtiš, Fićo."

„Ah, da, otkud ja ovde? Imamo kuću u Tivtu. Tu sam sa mamom, tata je morao da se vrati za Beograd zbog posla. Treniram jedrenje dok sam na moru, ali fudbal je moja najveća ljubav. Evo, baš sutra krećem na pripreme... Zato sam došao. Dugujem sladoled. I da se pozdravim."

„Važi, super si ti, Fićo, ali sad moraš da ideš. Ne možete sami da budete ovde. Ili dođite na plažu zajedno ili se dogovorite za kasnije za taj sladoled. Hajde, ispratiću te. Evo, da vam skratim muku – na sladoled možete u sedam. Da li vam to odgovara?"

„Da, čika..."

„Nisam ti ja čika. Zovi me Boško. Hajde, mali, krećemo nas dvojica, a ti Nađa, dušo tatina, završavaj taj kolač, ili nemoj, pa dođi na plažu!" Tata grli Filipa oko ramena i tako ga odvlači iz kuće, a ja stojim kao ukopana na istom mestu na kom sam bila i pre petnaest minuta. Na ulaznim vratima.

Ne znam da li da zaplačem i da se naljutim na tatu, ili da mu zahvalim na dogovoru koji je napravio u moje ime. Uspeo je da se osetim nevidljivo, ali na dobar način, olakšao mi je razgovor sa dečakom koji mi se dopada, jer zna da sam stidljiva, i šmekerski ga izveo iz kuće, a da ga nije zauvek oterao. *Sigurno ga još uvek ispituje*, mislim.

Vraćam se u kuhinju. Čizkejk nikad nije imao bolji ukus.

3. poglavlje

O dečacima sam počela da razmišljam tek ovog leta, i to kad sam srela Filipa. Za mene su oni do sada bili samo sporedna stvar u životu. Nemam brata, nemam najboljeg druga, nemam dečaka iz komšiluka u koga su zaljubljene sve devojčice. Nemam čak ni nekog dečaka plivača kome mogu da se divim. Umesto dečaka, imam jednu rođenu sestru, dve od strica, tri od tetke. Imam najbolju drugaricu, komšinice i plivačice sa kojima treniram. Nemam ni trenera, već trenerku. Mama kaže da reč *trenerka*, koja označava ženskog trenera, i nije sasvim pogrešna, iako je nema u rečniku, ali da ne može sa preciznošću da se odredi koji je izraz ispravan – *trenerica* ili *trenerka*. Meni i jedan i drugi zvuče kao donji delovi trenerke, ali moj ženski trener, odnosno trenerka, voli ovaj izraz pa je tako i zovemo. Trenerka Milka. Dakle, jedini muškarac u mom životu je moj tata. A njega ne mogu da uzmem kao tipičan primer kako muškarci, to jest dečaci, razmišljaju, pa na sladoled sa Filipom krećem potpuno nespremna. Ne znam šta da očekujem. Sva ona samouverenost koju sam osećala, ne znam ni sama kako, kad smo se sreli na plaži, nestala je onog momenta kad sam zakoračila na ulicu i krenula ka svetioniku – mestu gde treba da se nađemo.

Čim nisam u moru, ja sam nesigurna. Tada sam znala da ću ga pobediti u plivanju, bila sam na svom terenu, zato nije bilo straha. Sada sam samo ona visoka Nađa, koja je, doduše, namerno zaboravila svoje naočare u sobi i zato ništa ne vidi na daljinu, ona što poginje glavu kad je u društvu. Ona Nađa koja je najsrećnija kad joj se dečaci ne obraćaju, a popularne devojke je ignorišu. Ona nevidljiva, razmišljam približavajući se svetioniku.

Na plaži još uvek ima ljudi. Nekoliko dvadesetogodišnjaka ponosno pokazuje istetovirano telo. Devojke u njihovom društvu imaju pirsinge u pupku, u ustima i u nosu. Svi su zgodni i preplanuli. Muzika sa šanka je glasnija nego obično i oni đuskaju na šljunku i pevaju uglas: *Ooh, just a thought of you gets me so high, so high…*

Sunce se polako spušta iza brda koje okružuje zaliv. Nebo je nestvarno crveno, pomešano sa purpurnom i plavom bojom. Gledam ka svetioniku i vidim da ispod njega neko sedi, ali pošto sam ćorava, ne znam da li je to Filip, pa se polako približavam. Pokušavam da zumiram sliku očima, škiljim, krivim se da bolje vidim, ali ne vredi. Usredsređena sam na priliku ispod svetionika. Ima plavu kosu, možda je on. Baca kamenčiće u vodu kao jutros. Mora da je on!

„Nađa!“, neko me doziva otpozadi, pa se naglo okrećem i udaram u Filipa.

„*Opet* sam te uplašio“, kaže smejući se.

„Nisi, samo sam bila ubeđena da sediš tamo… Vidiš onog ispod svetionika?“, pokazujem mu ka dečaku za kog sam mislila da je on.

„Hm… *Onaj* tamo ima bar dvadeset godina, istetoviranog zmaja na leđima i uopšte nije muško! Nađa, gde su ti cvikeri?“

Spuštam pogled i crvenim.

„Hej, nisam hteo da te zezam, rekao sam ti već – slatko ti stoje. Hajde, idemo na sladoled!“, kaže i pokazuje mi ka marini u daljini.

„Skroz tamo? Možemo i ovde negde“, pokazujem na obližnji frižider sa sladoledima.

„Nema šanse. Vodim te na najbolji sladoled u Crnoj Gori! Požuri, imam iznenađenje. Jutros si me pobedila u plivanju pa sam odlučio da ja u nečemu budem bolji.“

„Sigurna sam da si u mnogim stvarima bolji od mene.“

„Ne mislim na sport. Dobio sam jutros neko čudo i hoću da ga vidiš. Idemo njime do tamo!“

„Čime idemo do tamo, reci mi?“

„Haverbordima! Hajde!“

„Čime?“, govorim više za sebe i trčim za njim. On ide ka klubu i objašnjava mi kako mu tamo čuvaju ta čuda da ih ne bi svaki čas teglio do kuće i nazad. Kaže i da ima dva komada, jedan je njegov, a drugi je dobio ako mu neko od ortaka dođe u goste, mada ove godine niko nije došao jer su svi u nekim engleskim ili francuskim sportskim kampovima. Igraju basket, fudbal ili jedre dok uče jezike. Baš ih briga, zaboravili su na njega. Ne prestaje da mi objašnjava kako je osećaj dok voziš haverbord super, kako je siguran da ću odmah da ukapiram kako se vozi jer nisam kao druge devojčice.

Nisam kao druge devojčice. Nisam kao druge devojčice!

Nastavlja nešto da govori, ali ja i dalje samo čujem da nisam kao druge devojčice.

Čekaj, da li on to hoće da kaže da sam kao dečak, samo zato što znam da plivam kako treba? Jesam li ja neugledna, apa-drapa obučena, nisam našminkana ni sređena, nemam neke šik baletanke, haljinicu na cvetiće, ne zveckaju mi đinđuve dok hodam, ne plašim se dubine mora, pa nisam kao druge devojčice? Gledam sebe. Ravna duga kosa, teksas šorts, crna majica na bretele, na kojoj piše *do it with passion or not at all*, i japanke. Gledam njega – talasasta plava kosa, teksas bermude, crna majica, na kojoj piše *life is a one-time offer, use it well*, i japanke.

Ja sam njegov ortak. Ja sam kao dečak. On me uopšte ne vidi kao devojčicu, prolazi mi kroz glavu.

„Ta-na-na-na!“, kaže dramatično dok otvara vrata magacina svog jedriličarskog kluba. Ispred mene su silna jedra. Ništa drugo ne vidim.

„Ovamo, dole!“, pokazuje mi ka podu gde se između nekih konopaca i starog kauča nalaze ta njegova dva čuda. Izgledaju malo kao skejtovi, ali sa velika dva točka sa strane.

„Videla si segvej, zar ne? E pa, ovo je to, samo bez onog gornjeg dela za koji se držiš. Zovu ga i samobalansirajući skuter, pametni skuter, mini-segvej ili haverbord. Ja ga zovem haver, lakše je. Moj je ovaj srebrni, a tvoj crni. Slaže ti se uz majicu“, kaže uz osmeh i nastavlja:

„*Do it with passion*, Nađa. Nisi mogla bolju majicu da obučeš. Gledaj i uči.“ Staje na svoj haver uz reči – *staješ odjednom sa obe noge, ne brini, držaću te za ruke, i onda kreneš ovako* – i počinje da ide napred-nazad, da se okreće ukrug. Izgleda super. Odmah želim da probam.

„Hoću da probam, hajde, pomozi mi“, kažem, a on sav srećan staje ispred mene i drži me za ruke.

„Stani gore i prvo budi mirna. Videćeš, on će krenuti tamo gde tvoje telo ide. Ako se nagneš napred, ideš napred, ako hoćeš da skreneš, nagni se na tu stranu. Samo polako...“ Nije ni završio rečenicu, a ja sam već bila na njemu i išla pravo. Prvo polako, držeći ga za ruke, a onda sam ga pustila. Osećaj je bio fantastičan. Sve je u balansu. Provalila sam ga za minut i izašla iz magacina.

„Hej, čekaj da zatvorim vrata! Nađa, polako! Ne zezaj se, ne želim da padneš, ubiće me tvoj tata!", čujem kako viče dok zatvara masivna vrata magacina i ide za mnom, ali ja sam već na pola puta do ulaza u Portomontenegro. Ne idem brzo jer volim oprez, tako da me Filip sustiže, namiguje i prolazi ispred mene.

„Put kroz Porto je savršen za vožnju!", viče i smeje se. „Znao sam da ćeš odmah znati da ga voziš! Koja si carica!"

Ćutim, ali smejem se i osećam neopisivu radost. Vozimo se pored najvećih i najlepših megajahti na svetu. Ljudi nas gledaju, deca bi da probaju. On se stalno nekome javlja, baca kosku, viče *dobro veče* ili samo *ćao, vidimo se.* Kao da ga poznaje ceo Tivat. Gde on prođe, ostaje svetlost. Namrgođeni se nasmeju. Ljuti se odljute. Širi neku radost.

Onda dolazimo do *Moric ajsa*, koji sam krišom gledala deset dana i želela da probam, ali tata je rekao da je sladoled preskup i da on nije budala koja pada na te snobovske fore, pa ga nismo ni probali. Ipak, u meni je, kao nekom ko pravi kolače i poslastice čitav život, želja za skupim sladoledom samo rasla. Neprijatno mi je kada me Filip pita koliko kugli hoću, pa govorim da volim samo vanilu, što je laž. Volim sve ukuse sladoleda.

„Onda tri kugle vanile sa Madagaskara! A za mene cimet, bela čokolada i limun."

Sedamo na klupu ispred jahte *Moonlighter* i jedemo u tišini. Mada pored njega i ne moram da se trudim da pričam. Nema prilike za neugodno ćutanje. Sa njim se i ne osećam neprijatno. *Dečaci su u stvari skroz okej bića*, razmišljam.

Čak i prijatniji od nekih devojčica. Sve što sam ikad pomislila o njima – da su neotesani, bučni, divlji – pored Filipa je palo u vodu. Ne gledaju kako si obučena, kakva ti je frizura, koje patike nosiš, sa kim se družiš, kako ti izgleda mama, šta ti radi tata. Dečaci žive za trenutak. Ne zanimaju ih sve te nepotrebne informacije. I čim sam to pomislila, čujem kako iz mene progovara tipična devojčica:

„U koju školu ideš? Imaš li brata ili sestru? Da li stalno ovde letuješ?"

„Ej, polako. Jedinac sam. Nisam razmažen ili tako nešto, iako se moji čitavog života trude da budem takav. Da, stalno sam u Tivtu, osim kad idem na pripreme ili na te jezičke kampove. Ove godine sam uspeo da ih ubedim da me ne šalju u London. Umro sam od dosade prošle godine, a i naučio sam sve što treba. Ti?"

„Šta ja? Sve znaš. Upoznao si mog tatu, Belu... video kako plivam..."

„Zar je to sve?"

„Imam mlađu sestru Mašu, krećem u osmi razred. Najbolja drugarica mi je Anja. Nikad nisam bila u jezičkom kampu i prvi put sam u Tivtu."

„I ja imam psa. U stvari, pse. Dva labradora. Obožavam ih."

„Pa gde su sad?"

„U Beogradu. Čuva ih Slađa. To nam je kućepaziteljka. Neko mora da bude u kući kad smo mama i ja čitavog leta negde, a tata radi. Doveo bih ih, ali keva neće ni da čuje. Da joj ne unište baštu koju mora da pokazuje svojim tupavim drugaricama Ruskinjama. Baš mi nedostaju. Kad vidim tebe i Belu, odmah pomislim na njih dvojicu. Zovu se Roki i Bak. Slagali bi se sa Belom kao ja s tobom!" Čim je to izgovorio, ponovo spuštam pogled i pravim se da gledam u more, a on me pesnicom, baš kao pravog ortaka, blago udara po ramenu.

„Imate prelepu kuću. Sigurno je uživancija što si tu celog leta“, govorim tiho.

„Kako kad. Kad mi dođe neko iz Beograda, bude super. Imamo i bazen iza kuće, šteta što sutra idem... Pokazao bih ti sve. Ali sledeće godine sigurno! Trkaćemo se u bazenu, a do tada ću da se pripremim! Hajde, idemo da se provozamo još malo.“

Naglo ustaje, a ja ostajem bez drugih odgovora, za koje nisam ni stigla da postavim pitanja. Recimo – zašto misliš da nisam kao druge devojke, jesam li dovoljno *girly*, da li voliš našminkane, nalakirane, prazne i popularne, jesi li i sam takav, razmaženi jedinac koji nema nikakvih briga u životu, da li ću te ikad više videti posle ove večeri? To su, naravno, pitanja koja nikad ne bih postavila naglas, pa jednostavno ustajem i stajem na haverbord, i pomalo setno krećem nazad ka kući. Telefon mi se nijednom nije oglasio, za razliku od njegovog, koji je pištao i zvonio svaki čas, ali je on isključio zvono uz reči – *jao, što svi smaraju* – i nastavio da se vozika kao da je ceo svet i ceo život sačinjen samo od te vožnje, povetarca u kosi i soli na telu.

Prvi put u životu osetila sam kako izgleda lakoća življenja. To je ono što Filip prenosi na druge ljude. Kad sam s njim, ne razmišljam o školi, o plivačkim pripremama na koje neću otići, o novoj opremi za koju moji nemaju novca. Ne razmišljam o svojoj visini, čak stojim uspravnije nego ikad. Ne stidim se toga što nosim naočare, pa mi je žao što ih nisam ponela.

„Nađa, okreni se malo ukrug da te snimim kako voziš!“, kaže mi Filip, ali ja ne želim da me snima, pa prekrivam rukama lice i vičem *nemoj*.

„Molim te, Nađa, da imam uspomenu. Poslaću ti snimak na vajber! Hajde, spusti ruke i pokaži šta znaš!“

I tek tako, spuštam ruke, smejem se i krećem ka njemu. Onda se u sekundi okrećem, kao kad plivam, pravim par krugova i odlazim daleko od njega. Čujem kako viče *uspooo-riiii* i *čekaj meeeee*, ali ne želim da usporim. Dopada mi se da čujem Filipov glas iza sebe dok vozim.

Kod magacina, gde treba da ostavimo havere, iznenada mi kaže:

„Hoćeš malo kod mene? Da igramo igrice, blejimo, ne-što... Nisam raspoložen da budem sam. Keva je sigurno sa drugaricama kvočkama, piju koktele i kikoću se glupostima.“

„Ne mogu. Već je pola deset. Moram da budem kod kuće... upravo sad.“

„Okej, razumem“, kaže dok zaključava vrata magacina. „Onda mi daj broj telefona, da ti pošaljem snimak?“

„Važi, kucaj.“ Diktiram mu broj i shvatam da ćemo se sad rastati, pa mi nekakva knedla zastaje u grlu. U stomaku mi se javlja neki čudan osećaj. Onaj o kome sam slušala od Anje, čini mi se. Onaj kad ti se, kako ona kaže, neko baš, baš sviđa i želiš da osetiš kakav je dodir njegove ruke i mekoća kose.

Filip i ja ćutke idemo ka mojoj kući.

„Nemoj da me pratiš skroz do tamo“, kažem mu nekako tužno.

„Da te ne vide tata, mama ili sestra?“

„Sestra je najveći problem.“

„Zar nije navikla na sestrine drugare?“

Ćutim. Sve što mogu da kažem je:

„Bilo mi je divno. Hvala za sladoled. Vidimo se, valjda...“

„I meni. I nema na čemu. I vidimo se. Ćao, Nađice“, kaže, ljubi me u obraz i nestaje uz krivinu.

Moj prvi poljubac u obraz. Iza drveta magnolije u Tivtu. Od najlepšeg dečaka kojeg sam ikad videla.

Stojim iza tog drveta kao skamenjena dobrih pet minuta. Trzam se kad čujem zvuk poruke na telefonu.

Ovo je moj broj, najbolja plivačice i vozačice havera. Javi se nekad... Pored je smajli koji šalje poljubac.

Gledam sve te kuće oko sebe. Svaka je građena u različitom stilu i u različito vreme. Nema nikakvog plana u ovom naselju u Tivtu. Ali svaka kućica poseduje svoju baštu, koja se brižljivo odvaja od prašnjavog puta. Svaka ima krov pokriven narandžastim crepom, široke nadstrešnice, prostrane verande. Gledam unutar kuća i pitam se da li je neko video moj poljubac. Vidim muškarce u raskopčanim košuljama, žene u letnjim haljinama, koje završavaju svoj dan, decu koja ne žele u krevet kad na nebu ima toliko zvezda. Čujem te dečje glasove koji viču *eno je zvezda padalica*, pa i ja dižem pogled, ali ne vidim je.

Ulazim u kuću. Mama i tata teraju Mašu da skine krunu pre spavanja, kako je ne bi nažuljala, i niko me ne gleda. Samo mi sa leđa mahnu i kažu: „Večera ti je u rerni."

Povratak u stvarnost uvek počinje nekom jednostavnom običnom rečenicom koja kvari magiju.

4. poglavlje

Istraživanja pokazuju da ispod deset procenata dece pokazuje želju da bude popularno u prva tri razreda osnovne škole. Međutim, sa uzrastom taj procenat znatno raste i dostiže vrhunac u periodu rane adolescencije, između petog i osmog razreda, kad popularnost u okviru vršnjačke grupe postaje jedan od važnijih prioriteta...

Čitam neki tekst na internetu čekajući da dođe Anja. Idemo zajedno u školu. Druga smo smena.

Popularnu decu vršnjaci opisuju kao bogatu, zgodnu, dobro obučenu i duhovitu. Ako žele da budu popularni, treba da se druže sa popularnom decom. Deca često smišljaju strategije kako da postanu popularna...

Ne verujem šta čitam. Ovo sigurno ne smem da pokažem Anji. Smejaće mi se.

Tinejdžeri pokušavaju da steknu „viši status popularnosti" tako što menjaju stil oblačenja, počinju da izlaze sa suprotnim polom i druže se sa popularnom ekipom. Popularnost im daje osećaj moći.

Glupost! Oduvek sam se sklanjala od površnih devojčica kojima je nova haljina jedini izvor sreće. Anja i ja smo im se smejale iza leđa, pazeći da nas ne vide, baš kao što su se i one smejale meni, ali ne skrivajući podrugljive poglede. Nikad mi nije bila jasna želja za popularnošću, ali valjda je svako od nas drugačiji. Neko je voli, neko ne. Ono što sigurno znam jeste da školska hijerarhija ume da bude nepravedna i da, ako si poslednji u lancu popularnosti, svakodnevno možeš da osetiš bol u srcu. Najtužnije je to što naučiš da živiš sa tim.

Ovog leta upoznala sam jednog dečaka. Zbog njega sam počela da se gledam u ogledalo. Iako ga možda više nikad u životu neću videti (jer evo, od našeg poslednjeg susreta prošlo je nekoliko dana, a on me nije pozvao niti poslao i jednu jedinu poruku), i dalje mislim o njemu. Postavljam sebi pitanja koja su druge devojke sebi, sigurna sam, odavno počele da postavljaju – da li sam ja lepa? Šta je na meni najlepše? Da li to treba da istaknem?

Volim svoje oči (ali bez naočara) i trepavice. Volim i kosu, iako je nikad posebno ne sređujem, gusta je i sjajna. Volela bih da zavolim i svoju visinu.

Baš dok pokušavam da krišom stavim maminu maskaru, Anja upada u sobu. Trzam se pa se umažem po obrazu.

„Nađaaaaaa, da te poljubi drugarica!“, grli me najjače što može, a onda, kad vidi crnilo na mom licu, pipa me prstom po obrazu i govori:

„Da li ti to pokušavaš da se našminkaš? Ako sad ne doživim šlog, nikad neću! Nađa se šminka! Najzad! Daj da ti pokažem“, skida mi vlažnom maramicom brljotinu sa lica, a onda pažljivo, uz uputstvo *spusti pogled*, nanosi mi maskaru na trepavice.

„Nađa, ti si lepa“, kaže nekako dramatično.

„Misliš?“

„Ne znam šta se desilo s tim dečkom tamo na moru, ali ti si nekako drugačija. Sijaš. Čekaj da te vidim. Okreni se. Sedi tu. Ne, ustani. Jesi ti to još porasla ili sam se ja smanjila? Trepavice su ti porasle, u to sam sigurna! Ne, nisu, nego tek sad vidim kakve trepavice imaš."

„Anja, prestani da pričaš tako brzo. Moram da skinem maskaru, ne mogu ovako u školu. I da skinem ovaj užasni lak za nokte. Mašin je, ništa me ne pitaj."

„Pusti lak i pusti maskaru. Hoću da mi ispričaš sve o Filipu. Nisam mogla da ti odgovorim na poruke jer nisam imala internet u toj grčkoj zabiti, a hvatala sam ga kad bismo išli na večeru u restoranu. A onda, kad smo krenuli da se pakujemo, ceo dan smo bili u apartmanu, pa sam internet pronašla tek na nekom stajalištu u Makedoniji. I taman kad sam se ukačila na net i pročitala tvoje poruke, tata je vikao da treba da požurimo. Stigli smo sinoć kasno, zaspala sam kao klada i nisam mogla da dočekam da dođem. Zato pričaj!", pljesnula je rukama od sreće i sela na moj krevet pogleda uprtog u mene.

„Nema bogzna šta da se ispriča, u stvari. Upoznala sam ga na plaži jednog jutra. Prišao mi je i rekao da me je gledao sa svoje terase kako plivam i…"

„Jao, on te je posmatrao kako plivaš, kako je to slatko! Jesi makar bila u nekom bikiniju dok si plivala, ili u onim tvojim odvratnim jednodelnim kupaćim?"

„Da, kad treniram, onda nosim *one moje odvratne*. Anja, grozna si, nemoj sad da me nerviraš. Šta fali mojim kupaćim kostimima?"

„Ništa. Samo ti spljeskaju grudi, sakriju pola tela, možeš komotno da obučeš i onaj kostim kakav su naše prababe nosile na plaži. Znaš, onaj što ima i bermude u donjem delu. Nema veze, nastavi."

„Pa, ništa, pitao me je hoću li da se trkam s njim i..."

„Da se trkaš s njim u plivanju? Je li on lud? Pa, ako te je video kako plivaš, odakle mu ta ideja?"

„Ne znam. Valjda voli izazove. Možda mu je bilo dosadno. Da, mislim da mu je tada već postalo dosadno na moru, pa me je video i odlučio da priđe."

„Jao, Nađa, ti sve moraš da pokvariš. Prišao ti je jer si jedna preslatka i prezgodna devojka, koja uz sve to fantastično pliva i đavo mu nije dao mira!" Anja skače sa kreveta i počinje da se šetka po sobi. „Moraš da mi ispričaš ovu priču *normalno*! Neću da slušam te tvoje *ja sam jadna i nikakva* gluposti."

„Nisam jadna i nisam nikakva. Ja to nikad za sebe nisam rekla! Samo mislim da ima lepših i zgodnijih devojaka od mene, koje su društvenije i zabavnije."

„E pa nema. Nas dve smo najzabavnije! Dakle, reci mi šta je bilo posle. Videla sam tvoju kilometarsku poruku o tom vašem trkanju i da je trebalo da te vodi na sladoled jer si ga razbila, ali šta je bilo posle? Nemoj samo da mi kažeš da je tvoj tata nešto pokvario ili da ga je Maša sa svojim vilinskim štapićima uplašila pa je zbrisao."

„Nije bilo ništa od toga. Otišli smo na sladoled. Vozili haverborde. Snimio me je kako vozim. Uzeo mi je broj i poslao snimak na vajber i to je to. Sutradan je otputovao na pripreme. Trenira fudbal, pored jedriličarstva. Nismo se više ni videli ni čuli. Kraj."

„Kraj? Kako kraj? Čekaj, ti imaš njegov broj, a nisi mu poslala ni jednu jedinu poruku?" Anja ponovo seda na krevet, hvata me za ramena i protresa kao da želi da me probudi.

„Nisam", priznajem tiho.

„Ti nisi normalna! Šta ti je rekao na rastanku? To je najvažnije."

„Poslao mi je poruku kad je otišao kući. Evo je." Uzimam telefon i dajem joj da sama pročita. Anja je čita nekoliko puta, a onda mi upućuje značajan pogled.

„Devojko, ti pod hitno treba da mu pošalješ poruku. Nisi se ni zahvalila na vožnji, na sladoledu, na snimku. Opet ti se zavezao jezik?"

„Zahvalila sam se dok me je pratio do kuće, zar treba pedeset puta da mu kažem *hvala za sladoled*? Pa onda bih stvarno bila jadnica!"

„Ne, trebalo je malo da pokreneš to dopisivanje. Vidiš da si dobila smajli koji šalje poljubac? To znači da želi da se dopisuje sa tobom. Nađa, Nađa, moraš što pre da ispraviš ovu grešku! Piši!", vraća mi telefon u ruke, očekujući da mu istog trenutka napišem poruku.

„Anja, neću sada da pišem. Sada moramo da krenemo u školu, a poruku ću da mu napišem večeras. I njemu je prvi dan škole i sigurno je sa ortacima, sa drugaricama... Možda ima devojku, pa sad sedi s njom i samo mu treba neki glupi SMS od neke Nađe koju je slučajno upoznao u Tivtu dok se smarao."

„Ti si stvarno majstor da sama sebe ubiješ u pojam. Nema devojku i baš ga briga za prvi dan škole. Samo se ti stresiraš oko prvog dana škole. Oblači se i ostavi tu maskaru na očima. Idemo u školu dignute brade. Nije svako ovog leta upoznao najzgodnijeg momka na plaži. Daj da mu vidim sliku na vajberu!" Otima mi telefon i zuri u nju razrogačenih očiju. Zatim seda na stolicu i kaže *ohhh*, stavlja desnu šaku na srce i izgovaramo u isto vreme:

„Koliko je sladak, reci!" Onda umiremo od smeha i ne možemo da prestanemo da se smejemo dobrih deset minuta.

„Nađa, ovaj osmi razred će biti najbolji, osećam to."

„Anja, ovaj osmi razred će biti kao i svi drugi razredi do sada. Devojčice će mi se smejati iza leđa, dečaci će me ignorisati, a ja ću i dalje biti najbolji đak, osvajaću medalje i na kraju upisati srednju školu koju želim. S te strane, nemam stres. Razmišljaću još malo o Filipu, verovatno ga više nikad neću ni videti i usredsrediću se na ocene i plivanje, kao i obično. I ne govori mi da je to dosadno, jer meni nije. Ja to volim. Ako budem imala sreće, možda moji ponovo odluče da letujemo u Tivtu i za godinu dana da ga vidim, ali ne verujem. Ovu kuću smo dobili na korišćenje kao kompenzaciju za nešto što je moj tata nekome radio, a taj neko nije imao novca da mu plati, pa mu je dao kuću na moru na petnaest dana. Jednostavno, ne želim da živim u bajkama. I nemoj da mi govoriš kako je lepo maštati, jer maštanje može samo da te poremeti i odvede na drugu stranu."

„Maštati je lepo. Maštanje i treba da te odvede na drugu stranu. Lepšu stranu. Znaš, Nađa, ta druga strana o kojoj pričaš i nije toliko grozna. Nije zla i pokvarena, već lepa, nežna i sva obojena u roze."

„Anja, ja stvarno više ne znam o čemu ti pričaš."

„O ljubavi, Nađice."

„Pusti sad ljubav, idemo u školu. Ne želim da zakasnim prvi dan. Ali pre toga da probaš jednu moju novu poslasticu."

„Ah, zaboravila sam na kolač za prvi dan škole! Šta si spremila?"

Pošto nervozu oko škole suzbijam pravljenjem kolača, a ove godine nervoza je nekako malčice izraženija, odlučila sam da napravim nešto što nikad nisam, a to je *tarte alsacienne*, pita sa tanko rezanim jabukama. Za *pâte sablée* bilo mi je potrebno brašno, šećer u prahu, malo soli, puter koji mora biti narezan na komadiće i jedno žumance. Kad sam od ovih sastojaka razvila testo, stavila sam ga u kalup za pite i premazala ga puterom. Obavezno testo treba bocnuti viljuškom. Nakon kratkog pečenja stavila sam jabuke preko testa, pa sam ih prelila svojim izmišljenim tajnim prelivom od slatke pavlake i jaja, ponovo stavila da se peče i onda sve to namazala marmeladom od marelica i – *voilà*!

I mama i Anja imale su isti komentar kad su ga probale: „*Quel délice!*"

Početak škole je, zahvaljujući ovom tartu, odjednom postao lakši, pa smo mu zato dodelile novi naziv – *tart za osmakinje*.

Svaki put kad prođem kroz velika bela školska vrata, život mi se preokrene u gomili brutalnih susreta. Razmišljam kako bi mi u školi dobro došao bazen, ili makar neka kuhinjica za pravljenje kolača, jer bi tada sve bilo podnošljivije. Tu je čuvar koji viče da požurimo, direktorka koja je tu umesto mame da mi kaže da se ispravim, pedagog koji me mazi po glavi kao nezaštićeno kučence. Devojčice koje se kikoću pa utihnu kad prođem pored njih i onda me kiselo pitaju kako sam se provela na moru. Ja im kažem *super* i *hvala*, a one me i ne čuju i samo nastavljaju da se smeju. Uvek mislim da se smeju meni, a onda shvatim da im nisam dovoljno interesantna da bi mi se smejale. Tu su sportisti koji idu po školskim hodnicima kao da su upravo osvojili još jedan zlatni pehar za školsku vitrinu, šire se i ne vide nikog ispred sebe, osim možda onih najpopularnijih devojčica. Tu su profesori kojima je drago što te vide, ali ne smeju to da pokažu, tu su zamene profesora koji su nevidljivi poput mene. A tu su i njih tri. Kad ih vidim, prisećam se rečenice koju sam čitala pre nego što je došla Anja.

Fokusiranje samo na popularnost može dovesti do poremećenih odnosa sa okolinom jer se dete isključivo bavi ostvarenjem ličnih ciljeva, zanemarujući druge.

Jedan pogled na njih tri i hvata me grč u želucu. U njihovim očima nisi samo nevidljiv. U njihovim očima ništa ne vrediš. Ne treba ništa da ti kažu. Usavršile su poglede koji sve govore. Imaju pogled koji govori – *jadna si.* Imaju pogled za – *kako je neko u tome došao u školu?* Imaju i pogled koji govori – *skloni mi se s puta.* I pogled koji je najgori od svih, a to je – *ne želim da ti se obratim nikad u životu, ne postojiš, niko si.*

Nina, Sara i Lidija.

Nina je vođa. Brineta sa savršeno isfeniranim uvojcima, koji se spuštaju niz njeno prkosno ali lepo lice. Uvek obučena po poslednjoj modi. Na njoj je sve ono što se vidi u modnim časopisima i što se tek pojavilo u prodavnicama. Visoka je skoro kao ja i često ističe kako je model, iako je snimila jednu reklamu u kojoj kao devojčica od sedam godina jede neki keks koji je tada izašao na tržište. Ali cela škola zna za tu reklamu, kao i da joj je mama glumica, a otac poznati plastični hirurg. Ona svake godine ide u London kod tetke, pohađa časove glume kod maminog kolege i samo što nije dobila neku ulogu u domaćem filmu. Ona ima na hiljade pratilaca na Instagramu, a ne voli Fejsbuk jer to više nije nimalo kul, pa su skoro sve devojčice ugasile svoje profile na Fejsbuku i otvorile na Instagramu kako bi pratile Ninu.

Gledaju šta je obukla, gde je otišla na čaj sa svojom klikom, kome je posvetila stihove i gde je letovala ove sezone. O Nini znam više nego o samoj sebi, ponekad mrmljam sebi u bradu i nerviram se zbog toga, iako nemam ni Instagram ni Fejsbuk, ali imam uši i čujem šta drugi pričaju.

Sara i Lidija idu iza nje. Dve kopije svemoćne Nine. Sa istim frizurama, samo što je Sara prirodna plavuša sa plavim očima, a Lidija brineta kao i Nina, ali sa zelenim očima. Nina je jednom izjavila kako braon oči imaju najfatalnije žene na svetu, pa su i Sara i Lidija sutradan došle u školu sa sočivima. Ako Nina kaže da su braon oči prava stvar, tu nema diskusije. Nijedna ne sme prva da kupi nešto što je videla u magazinu. Prvo Nina mora da obuče tu neku najnoviju stvar, a onda njene drugarice sutradan već imaju sve što i ona. Školska hijerarhija počinje od njih. Prvo Nina, pa Sara i Lidija, onda sportisti, devojke i dečaci koji su u milosti kod njih tri, onda manje popularni, pa onda ja. Na kraju sam ja. Nemam talasastu kosu kao one, već potpuno ravnu, i plave oči, za koje je Nina jednom prilikom izjavila da su riblje. E, to je jedna od tri najgluplje stvari koje sam ikad čula, pored one kad je rekla da samo inteligentni ljudi imaju palac i kažiprst iste veličine na stopalu, a priprosti nisko čelo.

Ja spadam u grupu nebitnih, zajedno s tetkicom Nadom, koja mi namigne svaki put kad me vidi i zakoluta očima iza Nine, Sare i Lidije. S druge strane, iako smo najbolje drugarice, Anja je vesela, druželjubiva i oblači se prihvatljivo za njih tri, pa je zato ne diraju. Ne druže se s njom, ali je ne ogovaraju, ne maltretiraju, ne prave spletke na njen račun. Anja je popularna kod ostalih. Nju ljudi ne mogu da ne vole. Ona je najnasmejanija devojčica u školi. Iskrena je, jednostavna i simpatična. Po tome je svi znaju i pamte. Nju vole profesori, direktorka, štreberi. Sa sportistima je ortak, a stidljivima je podrška. Ona obožava prvi dan škole.

Kad nas dve prođemo pored NSL, kako ih zovemo, Anja im kaže *ćao, devojke*, a one joj uzvrate sa *ćao, Anja*. Ja ćutim i gledam u pod. Ne pozdravljam ih, ne pozdravljaju ni one mene. Kad sam sa Anjom, ne diraju me. Ali čim Anja ode da se javi drugima, Lidija, po Nininoj zapovesti, priđe i kaže *lepe su ti patike*. Sara dobaci nešto u fazonu *jesu to one iste od pretprošle godine*, a Nina me čak ne udostoji ni reči – samo mi uputi pogled koji govori: *jadnice*. Sve što mogu je da odmah sednem u svoju klupu i zagledam se kroz prozor. U mislima sam na moru sa Filipom, gde je sve bilo lako. Onda pogledam u svoje patike. Najobičnije bele starke. Nisu od pretprošle godine jer mi je noga porasla. Nosim broj 39, a patike mi je mama kupila baš danas. Donela ih je ujutru u sobu, poljubila me i rekla *srećan početak škole, devojko mala*. Zna da najviše volim bele starke i svake godine izaberem baš njih.

Sedim i razmišljam o Filipu, kako me je on video, iako se trudim da me ostali ne vide. U školi sam naučila da lakše prođeš ako si nevidljiv. Niko te ne šikanira, a svet postane manje surov. *Škola je kao gladijatorska arena*, moja mama ima običaj da kaže. I ona, kao profesorka, zna šta se dešava u školi i jasno joj je kako je meni. Nekoliko puta smo razgovarale o tome, ali ja nisam zapravo nikad imala neki ozbiljan problem s nekim u školi. Ne mogu da se žalim mami na to što me popularne devojčice zezaju zbog uvek istih patika. Uostalom, mene zaista baš briga šta one kažu. Ja volim svoje bele starke i nosiću ih ma šta pomislila neka Nina.

Negde uvek stoji neka Nina, rekla mi je jednom mama, kad sam se u petom razredu požalila što su me njih tri zezale zbog naočara. Naočare same po sebi čak i nisu bile problem, već okvir tih naočara. Rekle su da izgledam kao biologičarka (gojazna i uvek namrgođena usedelica, koja obožava da maltretira svoje đake) i da odem u optičarsku radnju i pronađem nešto što ne izgleda tako staromodno, osim ako mi biologičarka nije idol.

Moraš da se navikneš da Nine postoje. Ignoriši ih. One su nesrećna bića koja kinje druge zbog sopstvene nesigurnosti koju maskiraju skupim krpicama, govorila je mama, a kad imaš jedanaest godina, pola od toga ti nije jasno. U međuvremenu sam se navikla na njih. U neku ruku ih i jesam žalila, ali popularnost, kao što su rekli u članku sa interneta, daje moć. One je imaju. Ja ne. Zato proučavam svoje starke, svoje farmerke. Mirišem na omekšivač koji me podseća na dom. Kosu sam vezala u rep, a maskara mi se i ne vidi od naočara.

Samo da mi ne priđu i ne vide maskaru, zezale bi me i zbog toga, razmišljam i nastavljam da razgledam školsko dvorište. Anja je upravo završila pozdravljanje sa svima i krenula ka učionici jer je drugi put zvonilo, a ja u uglu dvorišta primećujem jednu priliku koja mi zaokuplja pažnju. Dečačka prilika u teksas bermudama, koja stoji na haverbordu. Oko njega su Nina, Sara i Lidija. Nina ga hvata za rame, pa on silazi sa havera i pušta nju da stane, ali ona odmah pada. Drugarice je teše, verovatno joj govore da to nije za nju jer je tako nežna. On ima plavu kosu, ali to ne može biti *on*. I dalje mi je okrenut leđima i ne vidim ga, ali mislim u sebi: *Nađa, smiri se, Filip je jedina lepa stvar koja ti se skoro desila, ne dozvoli da ti se priviđa.*

Sara i Lidija odlaze iz dvorišta, a ova muška plavokosa prilika ostaje sa Ninom. Ona koketira, uvrće lokne prstima, premešta kosu s jedne strane na drugu i nešto mu šapuće.

On se saginje da digne haverbord i u tom trenutku se okreće ka meni. On mene ne vidi, ali ja njega vidim jasno.

Biologičarka ulazi na čas i baca dnevnik na sto. Onda odlazi do prozora i pomera zavese da sunce ne bi dolazilo do njene katedre, uz reči *pretoplo je u učionici*, a ja u tom jednom jedinom trenu, dok mi zavese potpuno ne blokiraju pogled na dvorište, vidim njega kao što sam ga gledala na moru.

Filip je u mojoj školi. Na haverbordu odlazi sa Ninom na čas na koji, sigurna sam, oboje kasne, ali ih to uopšte ne potresa. Osećam neopisivu tugu u sebi. Tugu jer znam da sam na ovom terenu nevidljiva, za razliku od onog gde smo se Filip i ja sreli. Pored Nine, ja sam samo senka. A i da nisam, ona će se potruditi da to budem.

Dokaži svima koliko si posebna upravo onim što jesi, kvalitetima koje poseduješ. Odličnim ocenama koje si stekla samo svojim trudom, a ne ulizivanjem profesorima. Ponosi se svojim medaljama, ne skrivaj ih jer si ih stekla ljubavlju, uz odricanje i teškim treninzima, prisećam se maminih reči.

Mislim da je došlo vreme da je poslušam. Ali kako?

5. poglavlje

Nevidljive puslice ukusne su jedino ako ih mutim dok se ne onesvestim. Belanca stavljam u duboki sud i dodajem prstohvat soli. Počinjem da mutim. Posle dva-tri minuta dodajem šećer i nastavljam da mutim. I mutim i mutim dok mi ruka ne utrne. Kad smesa postane čvrsta, prebacujem je u špric za kolače i pravim ih. Ne peku se u rerni – one se suše, i to sigurno dva sata. Kad ih stavim na sto, nestanu dok kažem *puslica*. Zato ih i zovemo *nevidljive puslice*. Upravo su nestale sa trpezarijskog stola, a mama, tata i Maša zadovoljno sede ispred televizora i gledaju neki dokumentarni film o delfinima. Bela je spremna za šetnju i na mene je red da je izvedem u park pa se pozdravljam sa svima i krećem na Taš. Tamo me čeka Anja. Moram da joj ispričam sve o susretu o kom bruji cela škola. Zapravo, u pitanju je najobičniji susret na školskom hodniku, između časa srpskog i hemije, kada sam naletela na Filipa (a danima sam se svim silama trudila da se to ne desi) i kad je on naočigled svih, umesto Nini, prišao – meni. Anja je u tom trenutku otrčala do toaleta, a ja sam pognute glave i brzim hodom krenula ka kabinetu hemije. Nina, Sara i Lidija stajale su u hodniku, očigledno čekajući nekoga, videla sam ih krajičkom oka, pa sam uvežbano odmah zbrisala, i baš kad sam bila na tri metra od bezbedne zone, odnosno kabineta hemije, neko je viknuo *Nađa.* Videla sam Ninu kako brzo hoda ka meni, a onda me je neko uhvatio za rame i ponovo rekao moje ime. Nisam imala kud. Znala sam da je on. Prepoznala sam mu glas.

„Nađa, bre, otkud ti ovde?“, rekao je smešeći se. Sve sam očekivala i milion puta sam prevrtala po glavi situacije u kojima se nas dvoje srećemo u školi. Ali ni u jednoj mi se nije javio. Nije me čak ni pogledao. On je popularan dečak, kog Nina očigledno juri, a takvi ne prilaze nama nevidljivima. Mislila sam kako će i meni biti lakše da se pravim da ga ne vidim, nego da mu se javim i da me on iskulira. Zato sam uvek gledala gde je njegov razred (saznala sam od Anje da je osmo četiri) i tražila način da se ne sretnemo. Uspevalo je nekoliko dana, a onda sam se našla oči u oči sa njim, i sa Ninom koja je stajala iza njega prekrštenih ruku i fiksirala me pogledom.

„Filipe! Pa... Ovo je moja škola“, jedva sam izustila. Nini su se pridružile Sara i Lidija, i sve tri su me gledale kao da će me ubiti. Pogledi su im govorili: *Bednice, skloni se odavde, brzo*. Ili možda: *Odakle ti hrabrosti da pričaš sa njim?*

„Nisam te video u školskom, a ni u hodniku. Kakvo iznenađenje!“, nastavio je. Na tren sam osetila onu toplinu koju sam imala na moru s njim. Lakoću razgovora i lepotu življenja, ali Ninin glas me je vratio u stvarnost kada je rekla:

„Filipe, zar ne ideš na ovu stranu?“

On se trgao i odgovorio joj: „Evo, sad ću“, a meni: „Vidimo se.“

Namignuo je i otišao sa njih tri. Nina mu se odmah bacila oko vrata uz reči u stilu *odakle znaš ovu jadnicu*, a ortaci su nešto dobacivali, tipa *nismo znali da voliš štreberke*. Njegova vesela družina nestala je iz hodnika i iz mog vidokruga, baš kao moje nevidljive puslice kad ih stavim na sto pred porodicu.

Kasnije, na izlazu iz škole, čula sam Ninu kako glasno govori Lidiji i Sari, čim sam prošla pored njih:

„Evo je jadnica, ne znam šta zamišlja i odakle *ona* može njega da poznaje."

Ali ni to nije bio kraj. Misleći da sam najgore preživela, uzdahnula sam i razmišljala o treningu, bazenu i plivanju i o tome kako ću tek u vodi izbaciti iz sebe sve frustracije, kada sam ponovo čula Ninin glas kako nekome dovikuje:

„Zar ne ideš sa nama kući?"

A onda i njegov:

„Ne danas. Vidimo se!" Zatim me je ponovo dozvao. Istovremeno sam bila i srećna i strašno preplašena. Jedan od najpopularnijih dečaka u školi upravo je ostavio Ninu u dvorištu i potrčao za mnom. Ne znam šta će se u budućnosti desiti, ali znam da će Nina smisliti nešto opako. Želim da budem mala, kao moja puslica, da nestanem i da me nema. On je sad svestan na kom sam stupnju u školskoj hijerarhiji – onom najnižem. Zna da sam za Ninu jadnica, a za njegove prijatelje štreberka. Smejao se sa njima svemu tome, a ipak, krenuo je za mnom i, kao i obično, nije prestajao da priča. Kod njega se sve dešava sad i odmah, nema mesta za misli:

„Nađa, još uvek mi nije jasno kako te nisam video. Mislim, prešao sam ove godine iz druge smene kod vas, jer svi ortaci sa fudbala idu u ovu smenu, ali... kako to da te nisam video? Gde si na velikom odmoru?"

„Ne volim da izlazim u dvorište", izustila sam jedva, sve vreme svesna pogleda koji me probadaju otpozadi. Koliko god da sam želela da pričam sa njim, jedva sam čekala da se rastanemo.

„Moram da žurim kući, trening mi uskoro počinje, a imam i da učim. Vidimo se u školi", zbrzala sam i bez pozdrava skrenula u svoju ulicu, ostavivši ga zatečenog.

Kod kuće sam zato odmah počela da pravim puslice. Mama, koja je sad stalno tu i čeka novi posao, primetila je da nešto nije u redu, ali ja sam uspela da nabacim osmeh i da se pravim da sam dobro raspoložena. Kolači me zaista oraspolože, pa sad, dok idem ka Tašu, nisam toliko preplašena i mrzovoljna i ne razmišljam da li će Nina sutra nastaviti da mi dobacuje iza leđa.

„Nađa, je li istina da ti je prišao i da te je ispratio do kuće? Ostavio je *almighty* Ninu ispred škole? A-ha-ha-ha-ha, pa ništa se spektakularnije nije desilo u našoj školi još od kada je ludi Toma zapalio dnevnike pre deset godina!", kaže mi Anja čim me vidi.

„Ako je to spektakularno, onda stvarno svi treba da se zapitamo šta nije u redu s našim životom… Hajde da idemo u onaj deo gde je dozvoljeno da pustim Belu sa povoca. Tamo je mirnije. Ne mogu da podnesem da me neko iz škole vidi."

„Ne brini, osmaci odavno ne dolaze na Taš. Ovde nema više ni petaka, sve Mašino društvo. Pričaj mi!"

„Pa, sve već znaš. Prišao je u hodniku da mi se javi…"

„Naravno, jer je kulturan dečko, a ne kao ti što ga izbegavaš danima."

„Prekini, znaš zašto je to tako. Ne moram tebi da objašnjavam, zar ne? Prišao je, iznenadio se što me vidi i to je to. Posle škole je krenuo sa mnom. Nekud… Ne znam gde."

„Ne znaš gde jer si sigurno zbrisala. Kukavice!"

„Jesam, priznajem da sam kukavica. Tu si u pravu, ali ne mogu da se nosim sa tom situacijom."

„Ta situacija se zove Nina. I to nije situacija nego osoba."

„Grozna osoba."

„Grozna osoba, slažem se, ali osoba. Nije neka nepogoda, kataklizma, nevreme, bolest! Samo jedna razmažena devojčica željna pažnje, kako kaže tvoja mama." Anja zna kako da smiri ljude jer uvek ima prave reči.

„Da znaš da ste u pravu i ti i moja mama. Ako treba da drhtim zbog Nine samo zato što poznajem dečka koji se njoj dopada, onda sam najgora kukavica i ne treba sa mnom ni da se družiš."

„Bravo, to volim da čujem. Nego… Da li se tebi sviđa Filip ili... ćeš se samo i dalje sakrivati od njega – od svih – kao i do sada?"

„Nisi normalna. Više i ne razmišljam o tome da li mi se sviđa. On mi je drug sa mora i to je sasvim okej. Okej?"

„Okej, ako ti tako kažeš."

U ovom trenutku razmišljam kako je možda došlo vreme da pokažem svetu ko sam. Da ne budem kukavica i da se ne sklanjam, ma šta da se desi. Moram da pokažem koliko vredim, ne da bih dobila ovacije, već da bi me videli. Kad postaneš vidljiv, više te cene. To je kao i sa puslicama – toliko ih brzo pojedu da i ne zapamte da su ih jeli. Sete ih se samo kad ih vide. Od sada, moje puslice će biti vidljive. Ne samo što će ih biti više, već će biti i veće. Neće biti jedna puslica, jedan zalogaj – a ne. Imaće boju. I to drečavu. Moraćete da se pomučite sa tom jednom – zaslužila je, ako ništa drugo, onda bar da je stavite na tanjir, dobro pogledate, pomirišete, i tek onda da uživate u ukusu. Biće to nove, vidljive i hrabre puslice.

„Anja, moram da žurim! Trening mi počinje za pola sata, a moram Belu da vratim kući!“, govorim na brzinu.

„Javi mi se kasnije da pričamo o onome“, kaže Anja hvatajući me za ruku, kao da želi da je dobro čujem.

„O čemu *onome*?“

„Znaš… O tvom oblačenju. Obećala si da ćeš malo da promeniš taj tvoj stil“, govori mi odmeravajući moj bezlični i preveliki duks kaki boje, a njen pogled kao da kaže: *Ima li šta tužnije od ovog duksa?* Užurbano krećem ka kući sa Belom, obećavši joj da ću razmisliti o tome.

„Stalno razmišljaš, vreme je da nešto i učiniš!“, poslednje je što čujem iza sebe.

Na bazenu je kao i obično, s jednom razlikom, a to je što su sve devojke donele svoju novu plivačku opremu. Vidi se da su je pažljivo birale za novu sezonu treninga i takmičenja. Ne mogu da kažem da su se šepurile, jer svoje prijateljice sa plivanja ne želim da posmatram takvim očima, ali ne mogu da kažem ni da baš i nije bilo tako. Ili sam se ja osećala pomalo inferiorno u odnosu na njih jer sam i dalje na trening dolazila u svom starom kupaćem kostimu, a o odelu za plivanje, koje mi je tata kupio pre tačno dve godine, ne smem ni da razmišljam – sve bi bilo u redu da za te dve godine nisam porasla čak deset centimetara! Moje prijateljice u svojim novim plivačkim kostimima su, primetila sam, počele da se grupišu. Nije ni čudo – kad su se tek vratile sa priprema (na koje ni ove godine nisam otišla) i tamo se verovatno zbližile. Eto, po prvi put se i na terenu, na kom sam inače u elementu, osećam odbačeno. Ne delim njihove avanture sa priprema, ne pokazujem svoj novi kupaći, nemam tajnu koju je neko samo meni poverio. Jednostavno – ne učestvujem. Iako i dalje važim za najbržu plivačicu i najtalentovaniju devojku trenerke Milke, to mi ovog puta ne donosi nikakve pozitivne vibracije. Naprotiv. Osećam i ovde nekakav podsmeh.

Ili je sve u tvojoj glavi, Nađa. Opusti se. Nisi u školi. Nema Nine. Ovde si najbrža, najbolja. Ovde te cene. Ispravi se i pokaži im šta znaš. Nisi bila na pripremama, ali si svako jutro u Tivtu plivala kao da si pod budnim okom svoje trenerke...

Penjem se na postolje. Razgibavam se. Protresam prvo jednu nogu, pa drugu. Čujem Milku kako kaže *priprema, pozor* i onda sačekam i taj delić sekunde pred zvižduk pa skačem u vodu. Misli su mi usredsređene, nigde ne lutaju. Ne postoji ništa osim mojih pokreta pod vodom. Nema Filipa, Nine, nema starog plivačkog kostima, nema više jadnice i štreberke. U bazenu je Nađa. Državni šampion u slobodnom stilu. Nađa koja sinhronizovano radi nogama i rukama. Nađa koja je brza i niko ne može da joj priđe.

Brza sam. Prva dolazim do kraja bazena, i iako me devojka u tirkiznozelenom kupaćem prati, ipak se brže okrećem i idem ka finišu. Tirkiznozelena boja je tik uz mene. Ubrzavam, još više ubrzavam. Izbacujem iz sebe poslednji atom snage.

„Bravo!“, čujem Milku kako viče i skidam naočari za plivanje. Gledam ka njoj, ali ona prilazi drugoj devojčici i čestita joj.

Nisam prva.

Devojka u tirkiznozelenom plivačkom odelu se smeje, a ostale joj aplaudiraju. Mislim da su pogrešile. Ja sam bila prva. Sigurna sam u to, ali ne mogu da dokažem. Očigledno da više pari očiju bolje vidi od mojih. A te moje oči nisu baš pouzdane.

Pobuni se. Reci da je greška. Bori se za sebe, Nađa. Ne budi kukavica. Nevidljiva kukavica.

Ne mogu. Nemam snage. Ja sam slabovida. I povrh svega toga, potpuno rastrojena zbog situacije u školi.

Izlazim iz bazena i idem ka svlačionici. Niko me ne zove, niko ne ide za mnom. Ponovo sam sama. Nevidljiva. Suze mi se slivaju niz lice. Ne znam da li zbog poraza ili zbog nepravde, da li zbog kukavičluka ili umora.

Dok skidam mokar kupaći i presvlačim se, ohrabrujem se kao million puta do tada.

Sutra će biti bolje, sutra ćeš biti bolja. Sutra je novi dan, sutra je srećni dan. Sutra ćeš blistati, sutra će te primetiti. Sutra se nećeš stideti, sutra ćeš se zauzeti za sebe. Sutra će te čuti. Sutra će te videti.

Kad uđem u kuću, već je skoro pola deset. Čujem glasove iz dnevne sobe.

„Bila sam danas na razgovoru u srednjoj školi na Zvezdari. Njihova profesorka srpskog uskoro ide na porodiljsko pa možda upadnem... Videćemo. Ne želim da se radujem unapred", kaže mama.

„To bi bilo divno, mislim da si odlična nastavnica i da te deca vole. Zar ne, bato?", kaže glas mog strica.

„Ko nju može da ne voli? Ali izgleda da nije važna stručnost, ni preporuke, ni vidljivi entuzijazam koji ona unosi u svoj rad sa decom. O pedagoškom pristupu da ne govorim... Mira to sve ima, pa ipak, eto, nikako da dobije neko stalno mesto. Sve same zamene... Videćemo, videćemo. Hej, Nađa, jesi to ti?", odjednom me pita tata, jer je čuo kako otvaram vrata kupatila, koja škripe.

Dolazi do mene i grli me.

„Sine, kako je bilo na treningu?"

„Dobro, mada uvek može bolje."

„Hajde, dođi da se javiš stricu, pa idi da se spremaš za krevet. Sigurno si umorna."

Odlazim u dnevnu sobu gde mama i stric piju vino. Mama ustaje i ljubi svoju devojku malu, kako mi se obraća, a stric u svom stilu kaže:

„Ma kakva devojka mala, to je devojka i po! Dođi da te izljubim. Znaš, imam za tebe jedno veliko iznenađenje, Nađa", kaže smešeći se tajanstveno, „ali moraš da se strpiš još samo par dana pa ćeš videti šta je u pitanju. Sedi malo da te pitam nešto..."

Sedam poslušno, mrtva umorna i potpuno neraspoložena zbog svega što se izdešavalo danas, ali se smešim i trudim da niko ne primeti moj unutrašnji očaj.

„Nađice, večeras sam probao tvoje puslice..."

„Zar ih je ostalo?", pitam iznenađeno.

„Sačuvali smo par komada za strica", dodaje tata, a stric nastavlja: „Da, da, pojeo sam ih dok su rekli keks. Kao što sam letos probao i tvoju tortu koju si pravila kod nas na moru za Mašin rođendan. A sećam se i onih božićnih kolačića..."

„Zar si nekad probao božićne kolačiće? Nismo se dugo videli, a njih sam počela da pravim tek početkom ove godine..."

„Malena", nadovezuje se mama, „poslala sam stricu tvoje božićne kolačiće na kućnu adresu."

„Da, da, i oni su i razlog što smo svi ponovo na okupu", kaže tata.

„Nije mi jasno... Kako božićni kolačići mogu da budu razlog za okupljanje?", pitam zbunjeno, ali sad već potpuno zaintrigirana.

„Pa, eto, mogu“, kaže tata i nastavlja: „Tvoja mama je poslala božićne kolače stricu, a oni su napravili čaroliju... I da skratimo priču, koju ću ti jednog dana ispričati detaljno, a to je dan kad ne budeš umorna od škole i treninga, svi zajedno smo sad ovde i srećni smo što imamo ovako divnu kćerku koja je talentovana na više nivoa...“

„Tata... Mama... Šta se ovde dešava?“

„Hoćemo da kažemo da te volimo i da mislimo da si nešto posebno“, kaže stric i hvata me za ruku.

„Posebna, lepa, talentovana i srećna što imaš ovakve roditelje“, nastavlja stric i čini mi se da mu vidim suzu u oku. A ta činjenica je najčudnija jer je moj stric jedan krupan čovek, veoma uspešan u svom poslu, i kad se njegovo ime izgovori u javnosti, mnogi zauzmu stav *mir-no*. Vlasnik je dve radiostanice i upravo pokušava da digne na noge jednu televizijsku. Poseduje tri restorana u Beogradu, dva u Novom Sadu i jedan u Kotoru. Bivši je bokser sa diplomom profesora nemačkog jezika i na tom jeziku voli i da psuje. Ima dubok i autoritativan glas, ima široka ramena kao regal, guste obrve i pogled koji može da smrzne čoveka. A sad taj čovek želi da zaplače ispred mene, držeći me za ruku.

„Striče, znam sve to. Imam najbolje roditelje na svetu“, počinjem, ali me prekida jedan piskav glasić.

„I najbolju sestru na svetu!“, dobacuje Maša, koja se iznenada pojavila iza mene. Svi se smeju i svi se grle. Prisustvujem jednoj čudnoj emotivnoj sceni, u koju ne znam kako sam zalutala, ali kad se sa njom pomešaju i ostali današnji događaji, sve što mogu je da i sama zaplačem. Plačem ja, plače moj veliki stric, a Maša pita: „Da li sad treba i ja da plačem, šta se dešava?“

„Ne treba, bleso", kažem joj. „Idemo nas dve u krevet, kasno je."

Porodica je, na kraju krajeva, moje najsigurnije utočište. Jesam najsrećnija devojka na svetu, samo što ponekad dopustim glupostima i nebitnim stvarima i osobama da me nateraju da zaboravim na to.

6. poglavlje

Jesen u Beogradu je ove godine depresivna, baš kao i moj duks kaki boje. To sam shvatila danas, posle dve godine koliko ga imam. Gledala sam ga jutros pred polazak u školu, razmišljajući da li da ga obučem samo još jednom pre nego što ga se otarasim zauvek i tako započnem novo poglavlje u životu. Poglavlje koje Anja voli da zove *Nađina zabavna strana, sakrivena iza kaki duksa, izlazi na svetlost dana!*

Kiša pada već nedelju dana i ja nemam pojma kako da se obučem. Iako sam obećala Anji da ću promeniti svoj stil i izaći iz čaure, to nije moglo da se desi jer me je jak virus pokosio i držao pod visokom temperaturom skoro čitave dve nedelje. Nisam išla na treninge ni u školu, nisam mogla da usavršim recept svog krem brulea, a jedino što jesam mogla da radim bilo je da razmišljam o onome što mi je rekao Filip, kako me je pogledao poslednji put, da li uopšte ikad pomisli na mene. Istinu govoreći, izbegavala sam ga koliko sam mogla, da ne bih imala problema s Ninom i kompanijom, tako da sam spuštala pogled kad god bih ga videla, a on je to protumačio, sigurna sam, kao znak da ne želim da imam ništa s njim. Bila sam tužna zbog toga, plakala noćima u sobi krijući suze od roditelja i sestre, ali znala sam da nas dvoje u školi ne možemo biti drugovi kao na moru. U školi vladaju druga pravila – tamo su svi ono što drugi očekuju, a ne ono što jesu. I Filip je jedan od njih – smeje se sa društvom kad zezaju nekog mršavog petaka, sluša Ninu kako ogovara druge devojke, divi se njenim novim patikama kao većina, odlazi na špagete za vreme ručka, pre nego što ga pokupi mama, i kad svojim džipom prođu ispred mene, čak me i ne puste da pređem pešački prelaz, već uz glasnu muziku nestanu u saobraćajnoj gužvi. Pritisak društva u školi je najjači, pripadnost određenim grupacijama nam je nametnuta, i ako želimo da preživimo, moramo biti kao drugi, oni jači. Lako je izgubiti se u tom svetu koji je toliko surov i zahtevan, a kad na sve to dodamo tinejdžerske hormone, shvatimo koliko je težak teret koji nosimo. Odrasli kao da zaborave da su nekad bili kao mi, pa profesori lude, roditelji se povlače, a mi se borimo u areni.

Mislim i na lepe stvari – na ono što mi je rekao stric – da ima nekakvo iznenađenje za mene, ali onda mi se opet javi misao o tome kako mi treba nova oprema za plivanje, pa kako Nina polako prestaje da me maltretira jer vidi da izbegavam Filipa. Anja mi je pomogla da mi vreme brže prođe nagovaranjem na *ono* – odlazak sa njom u šoping. Koliko god želela da uradim tako nešto, nisam sigurna da bi to u ovom momentu obradovalo moje roditelje, jer finansijski ne stojimo najsjajnije sad kad mama čeka posao.

Nikad nisam razmišljala o oblačenju, stilu i modi kao druge devojčice. Jednostavno, to me nikad nije zanimalo. Moj stil možda jeste dosadan, ali ja ga volim. Farmerke, duks i starke. Sigurno i udobno.

„Dosadno i nevidljivo", kaže Anja.

„Zašto su starke dosadne?", pitam je preko telefona pre škole.

„Nisu dosadne starke, nego si dosadna ti kad ih obučeš sa onim svojim groznim duksevima. Bile bi predivne kad bi ih obukla uz haljinu. Ili kad bi makar uz taj duks obukla neke lude roze čizme ili uz te farmerke neku superkul majicu sa nekom šarenom ogrlicom. Možda da ošišaš šiške ili da ti ja ispletem one pletenice što sad svi nose, tebi bi stajale fenomenalno!"

„Polako, Anja, ne mogu sve odjednom. Idemo malo-pomalo. Moram prvo da vidim da li me mama i tata puštaju samu u taj naš šoping. I koliki mi je budžet. I šta je prioritet."

„Važi, sve se dogovaramo u školi, a ti idi odmah da nagovaraš mamu. Spremi joj onaj njen omiljeni kolač... Kako se zove beše?"

„Mi ga zovemo *mamin oblačić.*"

„Idi odmah spremi taj oblačić i vidimo se u školi!"

Mamin oblačić je zapravo kolač koji se pravi od kokosa i griza, a svi znaju da moja mama obožava kokos. I to ne samo kao hranu, već i kao kremu za lice i telo, kao notu parfema ili dezodoransa. Ona kupuje mirišljave štapiće sa mirisom kokosa i cela kuća stalno miriše na njih. Pričala mi je svoju omiljenu priču o kokosu kad sam bila mala:

Nekad davno, u Polineziji, živela je u jednom plemenu kćerka poglavice po imenu Hina, koja je bila zaljubljena u siromašnog mladića. Njihova ljubav bila je zabranjena, pa je nesrećni mladić okončao svoj život, a Hina je, slomljena tugom, njegov grob natapala suzama. Na tom mestu je izraslo veliko i jako drvo, lepše i neobičnije od bilo kog drugog drveta, koje je bilo simbol njihove nesrećne ljubavi. Reč je o kokosovoj palmi čiji su plodovi imali oblik lica mrtvog mladića, i tako je njegova voljena Hina ponovo mogla da ga gleda…

Moja mama voli kokosovo mleko, ali najviše od svega voli moj kolač od kokosa, odnosno njen oblačić. Ona me je i naučila da ga pravim, ali ja imam tajni sastojak za koji ona ne zna i zbog kog je moj oblačić uvek bolji od njenog. Pravim se da sve radim kao i ona dok ga spremam, ali ona nikad ne vidi da ja u fil dodam malo bele čokolade. Tek toliko da je ne oseti, ali dovoljno da moj ima neodoljiv ukus. Zato sad, dok je mama u prodavnici, na brzinu pravim smesu za kolač sa tajnim sastojkom. Prijaće joj jer je napeta ovih dana. I dalje čeka poziv iz jedne srednje škole da joj kažu da li je primljena kao zamena ili ne.

Ubrzo su oblačići na stolu, a mama ulazi u kuću sa osmehom na licu. Pevuši svoju srećnu pesmu i odmah znam da ima dobre vesti:

„Od sledećeg polugodišta upadam u Šestu beogradsku!“, kaže, a kad vidi svoju omiljenu poslasticu na stolu, grli me, peva i igra sa mnom uz samo njenu srećnu Abinu pesmu:

The winner takes it all,
the loser has to fall,
it's simple and it's plain,
why should I complain?

Ljubim je i kažem da će biti najbolja profanka srpskog koju je Beograd ikad video, a kad pojedemo i drugi oblačić od kokosa, bojažljivo je pitam:

„Mama, išla bih sa Anjom da kupim sebi neku odeću… Smem li?“

Gleda me. U očima su joj suze.

„Izvini, mamice, možda nije pravi trenutak za to. Sačekaću..."

„Devojko moja mala, jeste pravi trenutak! Najbolji mogući trenutak! Naravno da smeš."

„Ali... Jesi li sigurna? Učinilo mi se da si se rastužila na tren..."

„Ne, ne, ovo su suze radosnice. Porasla si... Nađa, zaslužila si sve što poželiš i idi sa Anjom u kupovinu, a ja ću ti dati novac. Možda nije mnogo, ali uštedela sam ga i ovo je ono za šta od sveg srca želim da bude potrošen! Ti si divna i skromna, moja lepa devojčica, i znam da ćeš kupiti ono što misliš da ti je potrebno. I uživaj u svakom trenutku te kupovine, ljubavi moja!"

Odjednom mi je u rukama bilo tačno onoliko novca koliko košta novo plivačko odelo i znala sam da sa Anjom neću otići u kupovinu kakvu je ona imala na umu. A moj kaki duks, od kog sam želela da se oprostim, samo će još koji mesec ostati u mom ormaru, zajedno sa istim takvim crnim, sivim, teget i tamnozelenim. Nađina zabavna strana, sakrivena iza ogromnih dukseva, malo će odložiti svoj izlazak. Možda se promenim spolja kad grane sunce nad Beogradom. Za sada, sve što želim jeste da izbegavam Ninu u školi, da nastavim da se sklanjam po ćoškovima školskih učionica i hodnika, ali da ponovo budem najbolja plivačica i najzad skinem kostim koji me žulja koliko mi je mali.

Ponekad poželim da samo nestanem. Da imam tu moć da se teleportujem na drugo mesto. A ta želja u školi samo poraste. Naročito kad zvoni za kraj časa i počne odmor i kad mi tih pet minuta deluje kao čitava večnost. Za tih pet minuta

Nina može da mi priđe i kaže nešto uvredljivo. Ili da me pogleda onako kako samo ona ume, pa da se osetim loše. Mogu da vidim Filipa i da spustim glavu, pa da on pomisli da sam stvarno čudna i zauvek odustane od pokušaja da mi se javi na hodniku. Strah i dalje postoji. Mogu da budem sa Anjom i da sve prođe mirno, ali ne želim da Anja misli kako uvek mora da bude uz mene, pa joj kažem da moram da završim domaći, da moram hitno do biblioteke ili kod, recimo, hemičarke, ne bi li ona tako otišla da se druži sa drugima. Ne moram ništa od toga, zapravo bežim od najbolje drugarice jer ne želim da je gušim. Ne želim da budem posesivna i da je odvajam od drugih kad već ja ne želim da odlazim u školsko dvorište ili da se kikoćem po hodnicima. Kad ceo dan ne vidim ni Ninu ni Filipa, pomislim kako je moja misija uspela.

Ali to se danas neće desiti. Vidim je kako šalje Lidiju do mene. Tačno znam da njeni glasni i užurbani koraci vode ka jednom jedinom cilju – meni. Jer sama sam na kraju hodnika, nema nikoga ni pored, ni iza, ni ispred mene. Lidija je nekad bila glavna u školi. Ali onda, kad je Nina došla u školu u petom razredu, ona joj je bez buke prepustila to mesto na vrhu. Povukla se bez borbe i svađe, stala u senku *almighty* Nine i sebi tako osigurala siguran prolaz kroz ovu gladijatorsku arenu, kako ja zovem osnovnu školu. Nekad sam sa Lidijom išla na hor, čak sam mislila da je dobra osoba, ali kad je otvoreno počela da me omalovažava na časovima fizičkog, nazivajući me motkom, zbog visine i mršavosti, znala sam da sam pogrešila.

Staje ispred mene, ali ne sikće, već smirenim i toplim glasom kaže:

„Nađice, hoćeš sa nama na ledeni čaj posle škole?“

Nemam pojma šta da kažem osim da imam trening, ali Lidija se ne predaje. Insistira na ledenom čaju usred jeseni, kad danima pljušti kao iz kabla, a temperatura je već ispod nule.

„To nije bilo kakav ledeni čaj. Ne znam da li si čula, ali ovo je neki iz Indonezije, čajdžinica je tek otvorena tu preko puta škole. Imaju najrazličitije ukuse. Valjda imaš vremena za jedan čajić?"

„Pitaću Anju, pa ćemo možda doći", kažem i odahnem kad čujem zvono za početak časa. Lidija me nežno hvata za ruku i dodaje:

„Volele bismo da izgladimo odnose. Već smo velike za te gluposti… Kapiraš?"

„Kapiram", izgovaram, izvlačim ruku iz njene i odlazim na čas fizike.

Preplavljena sam nekim čudnim osećanjem. Kao da je neko sa mene skinuo teret težak stotinama kilograma. Nemam grč u stomaku. Glava i leđa mi odjednom stoje uspravno. Ne moram da se krijem. Niko mi ne želi zlo. Nisam predmet podsmeha. Ostaviće me na miru.

Odjednom osetim drhtaj i uplašim se.

Možda žele javno da me ponize, kao kad su prošle godine otišle u Mek sa Ikićkom, devojkom iz mog razreda, a onda su je pred svima ismejale što je napravila kikice. Školsko dvorište se celog polugodišta orilo od njihovog smeha kad god bi ta devojka prošla, ali ni to im nije bilo dovoljno, već su smislile i pesmu o njenim kikicama. Znam je i ja:

Imam male kike,
A velike sike,
Poludim od vike,
Ime mi je Ike.

Naravno da su svi znali da se radi o Ikićki, čak su i u razredu počeli da je zovu Ike, pa Iki, pa Ike-kike, a na kraju Ike-sike. Devojka se do kraja sedmog razreda ispisala iz škole. I sve to samo zato što je na Fejsbuku napisala da joj je dosta umišljenih devojčica koje vladaju školom.

Stresla sam se od pomisli na ono što bi meni mogle da urade, ali ja nemam Fejsbuk, nisam na društvenim mrežama, ništa ne govorim o njima (ja ni sa kim i ne govorim osim s Anjom), dakle, na mene ne mogu biti ljute!

Možda je sve u mojoj glavi? Možda nisu toliko loše kao što mislim? Ili, jednostavno, možda su postale bolje osobe?

Strah me napušta jednako iznenadno kako se i pojavio.

Kakav neopisiv osećaj olakšanja! Da, devojke se menjaju u osmom razredu. Zrelije su i ne bave se više tim klinačkim fazonima. Samo žele da popijemo čaj.

Posle fizike trčim do Anje da je pitam želi li na indonežanski čaj sa mnom, Ninom i Lidijom.

„A gde je Sara?"

„Otkud znam. Možda je bolesna, znaš da je i mene virus drmao nedeljama…"

„Šta sad to znači? Lidija želi da te stavi na Sarino mesto? Naprasno je postala ljubazna?"

„Ne pričaj gluposti. Možda su shvatile da su preterale. U pravu je Lidija, nismo više klinke da bismo se tako ponašale. Ipak… Imam trening. Ali stvarno želim da me ostave na miru. Da ne strepim. Ako ću to postići odlaskom u neku snobovsku čajdžinicu, onda moram da odem. Ali ne mogu sama. Anja, trebaš mi."

„Idemo, nema problema! Želim da vidim šta smeraju. I želim da vidim kako ti piješ čaj. Ti ne podnosiš čaj!"

„Ne budi mi paranoju. Anja, ne liči na tebe da tako govoriš. Probaću ovaj, možda je drugačiji..."

„Izvini, molim te. Idemo na čaj. Drago mi je što uopšte želiš negde da ideš, pa makar to trajalo i deset minuta. Uostalom, uz tebe sam. Hajdemo!"

Čajdžinica preko puta školskog dvorišta puna je devojaka iz osmog razreda i gimnazijalki koje tu dolaze posle časova. Dečaka nema. Lokal je, dakle, prepun kikotanja i slatkastih parfema i sve pršti od bebi-roze boje. Ako to nisu roze majice, onda su tu roze čizme, ogrlice ili lak za nokte. Šolje za čaj su, naravno, roze, okviri od ogledala kojima je čajdžinica ukrašena su roze, čak je i kristalni luster svetloroze. Devojački raj. Muzika je isto tako slatkasta – neki pop iz osamdesetih, a ja u mom duksu kaki boje odskačem i imam osećaj kao da su sve oči uprte u mene. Kvarim ambijent. Te oči ne razumeju da boje koje ja oblačim služe za kamuflažu, da su one tu da me sakriju. Ali na ovako roze mestu ne mogu da se sakrijem osim ako i sama ne postanem ružičasta.

„Hej, Nađa, Anja, ovde smo!", viče Lidija. Pored nje sedi Nina u džemperu boje lavande. Oko vrata ima divnu zlatnu ogrlicu sa priveskom na kom piše *Nina* i vidim da je našminkana. Samo maskara i malo sjaja na ustima. Miriše na čokoladu.

Anja i ja prilazimo i sedamo za sto. Nina nas odmerava i počinje da objašnjava sve u vezi sa mestom na kom se nalazimo:

„Ovu šik čajdžinicu drži dobra prijateljica moje mame. Napravila ju je po uzoru na onu u Londonu. Bile smo tamo prošle godine i oduševile se. Ovo mesto daje svojim posetiocima mogućnost uživanja u čaju na sasvim nov način. Juče su uveli inhalaciju. Sad ćemo da probamo..."

„Inhalaciju?", zgranuto pita Anja.

Nina se samo nasmeši i napravi pokret rukom koji kao da govori: *tako si neuka, ništa ne znaš*, i nastavlja:

„Uživanje u čaju može biti i zabavno. Okusićemo čaj u vidu vodene pare, biće nam serviran u obliku gasa i upotrebićemo slamčice za to. Slamčice sprečavaju opekotine usana i jezika. Ne brinite, sad ću vam sve pokazati."

U tom momentu nam prilazi konobarica koja na poslužavniku nosi veliku roze džezvu mirisnog čaja i četiri šolje.

Nina znalački sipa sebi čaj iz džezve u šolju, ubacuje čajne listiće i sve prekriva nekim čudnim poklopcem sa rupicom.

„Malo ću sačekati, da listići puste aromu", kaže tanušnim glasom, „a onda ću provući slamčicu kroz ovu rupu i inhalirati se... Gledajte!"

I zaista, ceo lokal i sve devojke u njemu gledaju šta Nina radi. Muzika je na trenutak prestala i svi posmatramo njeno lice koje je nestalo u vodenoj pari. Kada se oblak pare raščistio, otvara oči i kaže:

„Ta-naa! Sad sam se pročistila. Ali ne samo disajne puteve već i celo lice. Ovaj čaj u sebi sadrži antioksidante, ima nula kalorija i od njega ćete biti mršavije i lepše."

Konobarice počinju da aplaudiraju, neke devojke su sve snimile mobilnim telefonom, a onda, kad ispred sebe vidim slamčicu i čaj, potpuno sam izbezumljena. Gledam u Anju, a ona me šutira ispod stola. To je znak da ne odustanemo, iako mislimo da je ovo neviđena glupost. Anja radi sve što je videla, ali čaj joj uleće u nos i ona počinje da kašlje.

Nina je prezrivo gleda i kaže:

„Mora da se radi na tome. Ne može iz prvog puta. Ja sam imala tu sreću da naučim sve u Londonu, ali kad savladate tehniku, videćete koliko ova inhalacija prija."

„Ja bih ipak običan hladan voćni čaj", govorim pomalo uplašeno, na šta i sama dobijam prezriv pogled.

„U redu, uzmite šta želite. Preporučujem vam čaj sa mehurićima i čaj od orhideje", odgovara Nina.

Nisam ni znala da ispijanje čaja može da bude ovako zamorno. Dok se i Lidija nevešto inhalira, a sa lica joj se sliva tečni puder, Nina započinje temu o kojoj, kako je rekla, želi da razgovara sa mnom:

„Nađa, nisi mi nikad ispričala kako ste se ti i Filip upoznali. On je tako tajanstven. Znaš, uopšte ne želi da govori o tebi. Ali čujem da si ti neka dobra plivačica..."

Nina, nikad ti nisam ispričala ništa, a ne samo kako smo se Filip i ja upoznali. Naravno da ne želi da govori o meni kad sam mu nebitna, mislim u sebi, ali ne izgovaram te rečenice. Umesto toga kažem:

„Upoznali smo se na moru. On ima kuću pored one u kojoj sam ja odsela. Ne družimo se, samo smo se upoznali. Zato ne priča o meni? Sve je to površno. Kako znaš za plivanje?", izgovaram kao da se pravdam, a onda ponovo osetim kako me Anja udara ispod stola.

„Nađa, lepo reci kako ste se družili na moru, ne moraš da budeš tako skromna. Pokaži Nini onaj snimak kad ste vozili haverborde! Hajde, daj telefon!", kaže Anja.

„Nemam taj snimak odavno...", čujem sebe kako lažem. Imam ga i gledam ga svake noći. Slušam njegov veseli glas i zamišljam kako sam na moru.

„Nisi ga valjda izbrisala?", pita Anja, i sad je na mene red da nju šutnem ispod stola, dajući joj tako znak da prestane.

„Kakav je to snimak? Hajde, pričajte mi, devojke! Znala sam da ćemo se divno provesti sa vas dve!", kaže Nina i smeje se, dok meni služe hladan čaj od orhideje.

„Nađa je na moru sa Filipom vozila taj haverbord i ispostavilo se da je veoma talentovana za to", počinje Anja, ali je Nina prekida.

„Jao, meni se to uopšte ne dopada. Uopšte nije ženstveno. Ali za dečake je baš dobra fora..."

„Elem, Filip je bio oduševljen kako ga ona vozi, pa ju je snimio i poslao joj snimak na vajber."

Želim da se priča o Filipu završi pa pijem čaj naiskap i skromno dodajem, ne bih li se dodvorila Nini i osigurala da će se naši odnosi zauvek promeniti:

„Ma glupost. Ništa naročito. Uostalom, ni meni se to čudo uopšte ne dopada. Izvinite, ali ja sad stvarno moram da krenem. Imam trening."

Nina me hvata za ruku dok ustajem. Gleda me pravo u oči i kaže:

„Nađa, drago mi je što si došla ovde. Želim da te pozovem, i tebe, Anja, naravno, na Filipov rođendan krajem meseca. Evo, ovde su pozivnice."

„Zašto nam ih on nije dao?", pita Anja ono što ja ne smem.

„Ne znam. Zamolio me je da vam ih ja dam. Nema vremena, ne viđa vas, ne znam zašto", kaže i baca dve velike kartonske pozivnice ispred nas.

„Hvala ti. I hvala na čaju", izgovaram smušeno i izlećem iz čajdžinice sa Anjom.

Moj duks je upio miris listova orhideje. Proučavam pozivnicu i vidim da je na mestu predviđenom za ime zvanice na pozivnici, umesto mog imena, ispisano: *Najboljoj plivačici*.

U glavi mi je opet novac koji sam dobila za kupovinu nove odeće. Doviđenja novi kupaći kostimu, izdržaću još malo sa starim!

Moram pod hitno da odem sa Anjom u šoping.

7. poglavlje

„Kralj Šahrijar je zamrzeo sve žene kada ga je njegova prevarila. Bio je besan i pune tri godine je svake noći ubijao po jednu. Svi su bili u panici. Majke su sakrivale kćerke, žene su živele u strahu, bake su bežale sa unukama. A onda se Šeherezada dobrovoljno javila da ode kod kralja…“

„Striče, znam priču o Šeherezadi. Pričala mu je priče i namerno prekidala na najzanimljivijem delu da bi je poštedeo do sledećeg dana…“

„Da, i tako je pričala skoro tri godine, sve dok kralj više nije mogao da živi bez nje“, kaže stric i zamisli se.

„Ali kakve veze ima Šeherezada sa iznenađenjem koje imaš za mene?“, pitam ga dok sedimo u njegovoj velikoj kancelariji, koja ima pogled na ušće Save i Dunava. Beograd je beo. Pao je prvi sneg, približavamo se zimi brže nego što smo mislili. „Mislim… Zar nije iznenađenje bilo to što si me poslao u Pomparovo? Mislim, mama je bila oduševljena što je ponovo skijala posle toliko godina, a ja… ne znam ni šta da kažem. Striko, previše je to od tebe. Individualni treninzi svaki dan, najbolja oprema, savršeni bazen. Mnogo mi je značilo. Čim sam se vratila, trenerka mi je rekla da sam opet ona stara.“

„Drago mi je, Nađa. Nije to ništa, stvarno. Predugo sam bio odsutan iz vašeg života i želim da pomognem jer znam koliko si talentovana i posvećena. I zato želim da budem glavni sponzor tvom klubu. Nosićete kostime sa logom naše televizije i radija i želim da finansiram sva tvoja putovanja na takmičenja, da pomognem kako god mogu. Baš sutra imam sastanak sa tvojima iz kluba. Nego, nešto drugo sam hteo da te pitam. Vraćamo se na Šeherezadu sad. Sećaš se kad si posle Bugarske, kad ste se ti i mama vratile, napravila tortu šeherezada?“

„Sećam se, naravno. Došli smo svi kod vas, pa su mi bliznakinje rekle da obožavaju priče iz *Hiljadu i jedne noći*...“

„I ti si, kao svaka dobra starija sestra, odmah napravila tortu.“

„Nije to ništa, to je najmanje što mogu da učinim, a i znaš da volim da pravim kolače, torte, sladolede. Uživam u tome skoro isto koliko uživam u plivanju!“

„Znam to i posmatrao sam te dok si je pravila...“

„Misliš, snimao si me telefonom.“

„Aha, i onda sam taj snimak pokazao mojoj urednici jutarnjeg programa i... Pa, malo je reći da se oduševila!“

„Drago mi je. Ali... Šta sad to znači?“

„Želim da spremaš poslastice pred kamerama.“

„Ali... Pa ja to ne mogu. Nisam ja za takve stvari“, kažem zbunjeno, ali stric već pali svoj ogromni plazma televizor i na njemu sam ja.

„Malo smo sredili amaterski snimak, mada sa ovim novim telefonima mogu da se naprave fenomenalni snimci. Gledaj. Nisam skoro video nekog toliko fotogeničnog. I kad pričaš šta radiš, kako praviš, šta je važno da se uradi, koji sastojci su potrebni... Ali ta lakoća sa kojom sve radiš! To je fascinantno, Nađa. Moraš da probaš ovo da uradiš pred kamerom, jer te kamera obožava! I ti kao da postaješ neka Nađa koju ne poznajem. Samouverena, ponosna, sigurna u sebe. Reci mi, je li ova Nađa na televiziji prava Nađa ili ova što sedi ispred mene?"

„Ne znam šta da kažem. Zbunio si me. Znaš da sam ja… malo… Kako da kažem…"

„Stidljiva? Ne voliš da se eksponiraš? Razumem to, ali ovaj talenat moraju drugi da vide, kao što cela škola mora da zna koliko si dobra plivačica."

„Sad znaju. Stiglo im je tvoje obaveštenje i odmah sam bila kod direktorke, pedagoga, razredne. Bili su šokirani što ih nikad nisam obavestila ni o jednoj svojoj zlatnoj medalji."

„I? Da li sad znaju, jesu li shvatili sa kim imaju posla, da treba da te puste da ideš na takmičenja, da ti opravdavaju časove, da ne budu prezahtevni kao do sada?"

„Škola mi nije problem. Učim i treniram. Sve mogu da stignem", kažem pomalo setno, jer baš zbog plivačkih priprema u Bugarskoj nisam mogla da odem kod Filipa na rođendansku žurku.

„Možeš li makar da razmisliš o tome? Koncept je sledeći – svaka tvoja poslastica biće povezana sa nekom knjigom, pričom, bajkom ili piscem. Recimo torta šeherezada sa *Hiljadu i jednom noći*, božićni kolačići sa *Božićnom pričom*, ledene kocke sa *Ledenom kraljicom*. Imamo i crvenkapica kocke, postoji čak i starinski kolač snežana, sve sam se raspitao…"

Ja se zbunim kad me Filip pogleda u školi – kako bih se tek zbunila kad bi tri kamere bile uprte u mene? Ne smem ni da mislim o tome. Doduše, poslednjih par nedelja kao da sam se malo opustila. Razlog je to što me Nina, Lidija i Sara pozdravljaju u hodniku, ponekad čak i zastanu da porazgovaraju sa mnom, i niko mi se više ne smeje iza leđa i ne čujem iza sebe *štreberka* i *jadnica*. Ne znam da li je to zbog toga što je cela škola saznala da sam državni prvak u plivanju ili zato što je trio NLS odlučio da mi pruži šansu. A kad one nekoga odobre, to se zna, onda ga i svi drugi gledaju drugačije. Anja je odlučna u tome da ne treba da im verujem, ali ja osećam toliko olakšanje kad odem u školu da, mogu slobodno da kažem, nikad nisam bila srećnija. Iako nisam bila kod Filipa na rođendanu, na Anjin nagovor, poslala sam mu poruku iz Bugarske sa rođendanskom čestitkom i izvinjenjem što ne mogu da dođem, i od njega sutradan dobila smajlija. Iako i dalje nisam bila u njegovom društvu, bar sam ga pozdravljala u hodniku i nisam više spuštala glavu i sakrivala se na malim odmorima. Što se tiče famoznog velikog odmora, tu sam iznenadila i samu sebe – sa Anjom sam počela da izlazim u dvorište. Bile smo u skupini finih devojčica, onih posvećenih kao što sam i ja, skupini devojaka koje su išle u muzičku školu, koje su bile najbolje na takmičenjima iz istorije, biologije ili matematike, devojke koje su dobijale nagrade na književnim konkursima. Devojke koje nisu imale mnogo slobodnog vremena, jer su oduvek imale sve petice i bile predane u vanškolskim aktivnostima. I koje nastavnici vole jer školi daju poene i neki šarm inteligencije. To su devojke, kao i ja, koje nemaju bogate roditelje sa političkim vezama i koje će samo svojim zalaganjem moći da upišu srednju školu koju žele. Devojke za primer, a ipak na hijerarhijskoj lestvici mnogo ispod trija NLS. Jer devojke kao taj trio mogu da imaju slobodno vreme koje koriste za šoping, čajdžinice i žurke, one znaju da će mama i tata uvek srediti sve što zapne. Ponekad uhvatim sebe kako osećam ljubomoru prema takvim devojkama, jer sve više počinjem da mislim o ispijanju ledenog čaja i odmoru od beskrajnog učenja i treninga, mislim o lakiranju noktiju i stavljanju maskare, ali onda se trgnem i shvatim da mi i samo maštanje o tim trivijalnim, ali tako slatkim devojačkim stvarima oduzima vreme. A vremena nemam mnogo. Posle škole moram da učim, radim domaće, pišem referate, a onda pravac suvi trening ili onaj u bazenu. Ponekad mi treninzi traju više od dva ili tri sata, pa kad se vratim kući, mogu samo da se onesvestim od umora i odem na spavanje već u devet. U devet u krevet. Zajedno sa svojom mlađom sestrom sa kojom i dalje delim sobu.

„Moram da idem sad. Ali ne brini, razmisliću o svemu. Obećavam!", kažem stricu dok ga ljubim u obraz i krećem po snegu na trening. U rancu mi je cela oprema za plivanje. Nos mi curi već nekoliko dana jer ne osušim kosu kako treba posle bazena, a napolju je jako hladno. Košava probija i moju najdeblju vunenu kapu. Čekam trolu, tresem se od hladnoće jer sam obukla jaknu koju volim, ali koja nije dovoljno topla za ovo vreme, kad čujem da me neko zove. Naočare su mi mokre od pahulja pa ne vidim dobro, ali prepoznajem taj glas.

Filip stoji sa druge strane ulice sa drugom iz škole. Onim što me je oduvek zvao štreberka sa velikim Š, onim što je, kad sam došla iz Sremskih Karlovaca u Beograd, odmah počeo da ismeva moj akcenat.

Filip mi maše, pa govori nešto drugu koji nevoljno odlazi, a onda pretrčava ulicu i dolazi do mene.

„Ala je hladno!", kaže i dodaje: „Hoćemo na toplu čokoladu?"

Moj mozak u poslednje vreme radi drugačije. Tata kaže da su to hormoni, mama da je to osmi razred, Maša da je zaljubljenost. Zato, umesto da kažem da ne mogu i da moram na trening, ja kažem:

„Odlična ideja. Smrzla sam se."

Pri put u svom životu propuštam plivanje.

U kafiću je pretoplo. Sedamo za sto tik do prozora. Stižu nam tople čokolade. Za njega crna, za mene bela. Pita me šta ima novo, kako provodim dane i šta radi Bela.

„Ništa naročito, učim, treniram, pripremam se za međunarodno takmičenje u Sloveniji. Bela je nešto nervoznija ovih dana. Ne može toliko često u šetnju zbog vremena, a pošto je živahna, to joj teško pada. Šta se dešava kod tebe?", pitam ga znatiželjno. Od letos, kad smo se upoznali, shvatila sam da sa dečacima mogu da razgovaram a da ne pretrnem, a i to što smo sami, bez radoznalih očiju, dodatno pojačava moje ionako klimavo samopouzdanje. Želim da mu se svidim, pa hvatam sebe kako razmišljam šta bi Nina sad uradila. Za početak, ispravljam leđa i skidam naočare.

„I ja dosta treniram. Na fudbalu mi je najbolja ekipa. Trener je neviđen lik, baš ga gotivim. Idem na zimske pripreme, pa na skijanje. Jedva čekam da se završi polugodište. Škola je tako dosadna. Da nema društva, crkô bih tamo."

Počinjem da uvrćem kosu kao što to radi Nina. Juče mi je rekla da moram da naučim da flertujem, a ne da izgledam uvek nekako izbezumljeno.

Gledam ga u oči koje kao da me hipnotišu, jer Nina kaže da je najvažnije uspostaviti kontakt očima. Mislim da su to najlepše oči na svetu i uopšte ne čujem šta priča, a Filip sve vreme nešto priča.

„I? Ko ti je najbolji drug u ovoj smeni? Nisi se pokajao što si došao kod nas?", kažem čisto da bih nešto rekla.

„Nisam, naravno! Svi ortaci s fudbala su mi tu. I devojčice su nekako opuštenije u ovoj smeni."

„Da... Primetila sam da si nerazdvojan sa Ninom, Lidijom i Sarom", kažem, a onda se postidim zbog te svoje iznenadne hrabrosti.

„Pa, uvek su tu. Ne možeš od njih da pobegneš, zar ne? I vi ste okej sad? Video sam vas zajedno ispred škole i u onoj smešnoj čajdžinici. A i od Nininih slika na Instagramu ne možeš da živiš, tačno znam gde je uvek. I ti si na jednoj."

„Ja?", kažem zgranuto jer znam da se nikad nisam slikala sa Ninom. Naprotiv, uvek izbegavam slikanje pošto smatram da nisam fotogenična, čak i sa Anjom koja je prilično aktivna na društvenim mrežama. Ninu na Instagramu prati preko pet hiljada ljudi, dakle, i mene je toliko ljudi videlo.

„Aha, evo sad ću da ti pokažem. Slatko je", kaže i traži na telefonu sliku sa Nininog profila. „Gledaj."

Fotografija je napravljena u školskom dvorištu. Ispod lipe stojimo Anja i ja, i još jedna devojčica, koja je, inače, matematički genije. Malo je punačka i nosi protezu.

Anja je okrenuta leđima, ja sam se nekako čudno izvila kao da mi je previše hladno, nosim naočare i kosa mi je prekrila lice zbog vetra, a treća devojka se smeje širom otvorenih usta, tako da joj proteza svetli kao disko kugla. Ispod slike piše: *Zlatne osmakinje naše škole – Paganini, Felps i Tesla.*

„Ovo je grozno. Zašto je to uradila?"

„Baš si slatka na slici. Hvali vas, šta te briga."

„Da... Malo mi deluje ironično. Ali nema veze, daj da vidim šta piše ispod."

„Ne, nemoj. Komentare ne čitaj", kaže, ali prekasno – ja već čitam komentare koji kažu: *patuljak, čaplja i slon.*

Zatim: *skraćena, grbava i čelična vilica.* Onda ima i onih koji se iščuđavaju: *zar su ovo najbolji primerci u školi?* A na sve to Nina slatko odgovara: *na njih treba da se ugledamo, tako kaže direktorka.* Onda smeh, pa na stotine smajlija koji plaču i tako dalje, i tako dalje.

„Ima i mene, ne sekiraj se, gledaj." Ponovo traži sliku kod Nine, pa mi pruža telefon. Na slici on vozi haverbord, a ispod piše: *nova atrakcija u školi.* U komentaru koji je ispod pitaju je: *dečko ili vozilo?* Na šta ona odgovara tajanstveno: *šta misliš?*

„Eto zašto nikad neću biti na Instagramu ili Fejsbuku. Sad mi je jasno kako me doživljavaju."

„Ma daj, šta ti je. Ne poznaju te kao ja. Moraš da dozvoliš ljudima da te upoznaju, to stalno govori moj tata. Znaš, nekad smo bili nerazdvojni, ali sad mnogo putuje i radi, skoro ga i ne viđam. A mama kao mama. Ni ona nije tu. Da nemam svoje labradore i svoje treninge, verovatno bih poludeo. Moraš jednom da dođeš kod mene sa Belom da nam se sprijatelje i ljubimci. Nego, dolaziš li kod Nine na žurku sledeće nedelje? Rekla mi je da te je pozvala, ali da misli da nemaš vremena."

I čim je to izgovorio, neko nam pokuca na prozor.

„Mi o vuku…", kažem za sebe, a Filip je već poziva da uđe. Tu su i Sara i Lidija, ali na par metara iza nje, kao telohranitelji. Ninin izraz lica je na trenutak zbunjen, a onda namešta preterano srećan osmeh. Ulaze u bundicama i istim šubarama. Uvojci su im netaknuti – kao da njihovoj kosi sneg ne može ništa. Sve tri imaju iste čizme, samo različitih boja. Sedaju do nas. Nina mi okreće leđa i svu pažnju usmerava na Filipa, a on uživa u ovoj situaciji. Četiri devojke oko njega. Šepuri se kao lav u preriji, čak mu je i kosa boje lavlje grive. Kao da je nestao onaj Filip kog sam upoznala na moru i koji mi se do pre pet minuta poveravao, i pojavio se ovaj ovde, hladan i uobražen. Da li to ovaj grad pretvara ljude u ono što nisu ili more pomaže ljudima da budu bolji? Koji Filip je pravi? Onaj sa mora ili ovaj ovde u Beogradu?

Više ne znam koja od njih tri šta govori, samo čujem:

Ideš li sa roditeljima u Italiju ili Austriju na skijanje? Voziš snoubord? Možda se vidimo tamo. Kog datuma krećete? Dolaziš li kod mene na žurku za kraj polugodišta? Znaš li da tvoja mama poznaje moju? Kako je na Senjaku? Poznaješ li tog i tog? Jesi bio tamo i tamo? Šta kažeš za njega i nju?

I vidim njega kako uživa u tri para očiju koje gutaju svaku njegovu rečenicu. Ponovo stavljam naočare i isključujem se. Izvijam leđa, kosu puštam iz ruku, ali posmatram Ninu. Smeje se na svaku njegovu rečenicu, nežno ga hvata za ruku kad mu kaže kako ga potpuno razume što je stalno sam u kući jer je i ona neprestano bez roditelja. Dodaje kako misli da njen tata čak i ne zna koji je ona razred. Kaže to kao da priča vic i uopšte nije tužna. Njen život deluje tako glamurozno kad ona priča o njemu. Na tren se zagleda iza njega, a onda veselo dodaje:

„Naš život ima prednosti. Možemo da pravimo žurke!"

Svi se smeju, pa pokušavam i ja.

Niko mi se ne obraća, niti me gledaju, pa ustajem i kažem kako moram da idem. Filip, sedeći zavaljen u fotelji, ponovo pita:

„Nađa, dolaziš li kod Nine, nisi nam rekla?"

Nina ga besno pogleda, pa kad shvati da nema kud, okreće se i upućuje mi najsavršeniji osmeh na svetu:

„Da, Nađa, volela bih da dođeš. Poslaću ti podatke SMS-om."

„Važi, vidimo se“, kažem i brzo izlazim. Napolju sneg polako prestaje da pada. Košava smanjuje doživljaj, a ja shvatam da Nina nema moj broj telefona. Onda čujem kako me Sara doziva. Dotrčava do mene i kaže:

„Nađice, zamolila te je Nina da joj pomogneš oko sastava za lektiru ako možeš. Hm... *Sumljivo biće*?“

„Misliš *Sumnjivo lice*?“

„Da, da, šta god... Možeš li? Znaš, strašno je zauzeta oko svih tih priprema za žurku, a sastav mora da preda u ponedeljak. Biće ti večno zahvalna!“

„Okej. Nije problem. Branislava Nušića obožavam. Mogu o njegovim knjigama da pišem po čitav...“

„Da, da, onda smo se dogovorile, hajde, smrzavam se, ćaskaćemo o Branku neki drugi put. Ćao!“, govori i juri nazad u toplinu kafića.

Hoću da joj kažem da nije Branko, već Branislav, ali shvatam da to više nije važno. Bar sam pozvana na žurku.

Nikad više u životu neću propustiti trening, obećavam sebi čvrsto, ali čini mi se da ovakve prilike u kojima mogu biti sa kul ekipom neću imati često, pa mi zato u neku ruku nije žao što nisam otišla na plivanje. Kao da sam ušla u neki drugi svet, gde je sve opušteno. U tom njihovom svetu nema zabrinutih pogleda roditelja, nema žurbe zbog treninga, nema jurenja najboljih ocena. Oni kao da znaju da će uvek sve biti dobro. Žive neopterećeno i bez postavljenih granica i ciljeva. Volela bih da bar na jedan dan osetim kako je to kad nemaš nijednu brigu na svetu.

Kod kuće nema nikoga. Mama je Mašu odvela na balet, a tata je na poslovnom putu. Mazim Belu i poveravam joj se.

Njoj ponekad pričam stvari koje ne kažem ni Anji, dok sedim u svojoj sobi:

Zašto su ljudi puni zlobe kad imaju sve? Belice, ti si moja lutkica, ti mi se jedina iskreno obraduješ. I Anja, naravno. Evo, čak i Maša stalno gura svoje prstiće gde ne treba, opet mi je preturala po fiokama. Znaš kakva je. Volela bi da joj starija sestra bude čarobna vila u haljinama i lakovanim baletankama, koja piše dnevnik i stalno je zaljubljena. Ali nemam vremena za dnevnik. Ti si, Belice, moj dnevnik, moj prijatelj, sve. Znaš šta? Sto puta sam rekla da ću se promeniti i ništa, ali sad tebi, Belice, obećavam da hoću. Stvarno više ne želim da me tretiraju kao da ne postojim. Da me ismevaju na Instagramu, da me ogovaraju. Nema razloga za to, ja nikad nikome ništa ružno nisam uradila. Izgleda da sve ispadne još gore kad gledaš svoja posla. I šta se dešava sa Filipom? Kad je sam sa mnom, sav je divan, ali čim se pojavi Nina, ili neki njegov ortak, odmah postaje drugačiji. Ali teško je biti imun na Ninu. Čak i ja pomno pratim svaku njenu rečenicu i pokret, zašto onda to ne bi radio i Filip? Ona hipnotiše. Ipak, osećam u vazduhu neki naboj energije. Kao da će se nešto veliko desiti. Moglo bi da se desi. Šta ti misliš o planu koji ima stric? Da pokažem šta znam, da naučim decu kako je pravljenje kolača zabavno i lako? Da pokušam?

Onda čujem kako se ulazna vrata otvaraju. Ulaze mama i Maša. Pevuše neku pesmu zajedno. Ja zatvaram vrata i otvaram orman. Gledam u svoju garderobu i razmišljam šta da obučem sutra. Kad sam bila s Anjom u kupovini, sve što sam uzela bilo je namenjeno za Filipovu rođendanski žurku – nove farmerke koje su uže nego one kakve inače nosim, ali koje ističu moje duge noge i vitku figuru, kariranu košulju i majicu dugih rukava, na kojoj piše: *I'm gonna make the rest of my life the best of my life.* Na stvarima još uvek stoje etikete. Skidam ih i isprobavam. Farmerke mi stoje odlično. Kad obučem majicu, vidim sitnu promenu na svom telu. Grudi su mi malčice porasle. To nikad ne primećujem jer sam u širokim duksevima, a kad sam na treninzima, kupaći mi stisne telo. Preko majice oblačim i kariranu košulju. Kosu vezujem u rep. Onda tražim neki Mašin dečji sjaj za usne i nanosim ga u trenutku kad ona ulazi u sobu.

„Nađa, što si lepaaaaaa! Mamaaaaa, dođi da vidiš!", viče srećno, a onda dodaje: „Da li je to moj sjaj? Ne smeš njega da uzimaš, on je specijalan!"

Mama dolazi i gleda me.

„Mašo, pusti je, i ona je specijalna. Devojko moja mala, hoćeš da se prošetamo tu ispred kuće, do prodavnice sa kozmetikom, da kupimo neki sjaj za usne samo za tebe?"

„Hajde. Možda i neku maskaru, šta misliš?"

Gledam svoj odraz u ogledalu i sviđa mi se ono što vidim. Izgleda da sam najzad ušla u onu fazu koju moja mama naziva *nezaobilazan deo odrastanja svake devojčice*.

„Ljubavi, imaš divan ten. A to je retkost za tvoje vršnjake. Ne treba ti puder, ne treba ti ništa, osim malo maskare na tim predivnim trepavicama. Idemo odmah. Mašo, ne skidaj se, idemo nas tri da kupimo Nađi njenu prvu šminku!"

Razmišljam kako devojke u mojoj školi, a tu uključujem i trio NLS, imaju preveliku želju za odrastanjem i da se zato šminkaju već od šestog razreda. Anja bi rekla – stavljaju puder da prekriju bubuljice. Želja da budu starije nego što jesu ih je i dovela u poziciju da se tako ponašaju, kao male žene. Anja bi rekla – nafurane su. Možda to dečaci vole, a mlađe devojčice žele da budu kao one? Sve je to komplikovano, ali što je najgore, nosi i veliko breme. Od njih se očekuje da prve urade stvari koje druge devojke nisu spremne da urade. Da odlaze u kafiće, šopinge, žurke, da se poljube sa dečkom, iako na to nisu spremne ili uopšte ne žele da rade takve stvari. Moraju da nose imidž odrasle, sigurne osobe, iako su zapravo preplašene svega. Kod takvih devojaka ništa ne ide postepeno. Kreće naglo, brzo i sve ih to zbuni. Anja bi rekla – prazne su. Ja mislim da su hrabre.

Mama mi je usput rekla jednu stvar koju sam sigurna da ću zauvek pamtiti:

„Iznutra si najlepša na svetu, u to niko ne sumnja. Vreme je da daš šansu svojoj spoljašnjosti. Kad budeš bila srećna i sa jednim i sa drugim, onda si uspela. Veruj, u tvojim godinama je teško to postići, jer se stalno preispituješ, upoređuješ sa drugima... Ali ti ćeš uspeti, Nađa."

Završiću ovu godinu kao druga osoba. To će mi biti novogodišnja odluka. I čim sam to pomislila, čujem kako mi pišti telefon. Maša je brža, uzima moj telefon u ruke, jer je opsednuta telefonima i želi što pre da ga ima samo za sebe, ali ja joj ga besno uzimam i čitam poruku:

Nađa, pozivam te kod mene na žurku 25. decembra od 20 sati. Tema žurke – filmski junaci.
Nina

I, tek tako, sve se odjednom promenilo.

8. poglavlje

Većina dece u mojoj školi nosi garderobu poznatih maraka i pre bi crkli nego da obuku nešto što nije brendirano. Znajući da ne živimo u najbogatijoj zemlji na svetu, uopšte mi nije jasno kako to da svi uvek nađu novac da se dobro obuku. Doskora sam maštala o tome da se u školi uvedu uniforme, ali ovih dana ponosno šetam školskim hodnicima u svojoj novoj garderobi. Čak su me Nina, Sara i Lidija zaustavile da me pitaju gde sam kupila majicu, košulju i farmerke, i od tada počinje naše intenzivnije druženje. Posle škole pričamo o Filipu. U stvari, one pričaju. Raspituju se o njemu i svaki dan dolaze do novih saznanja. Tata mu je vlasnik firme koja se bavi uvozom sportske opreme, mama ima svoj centar za jogu. Letuju u Tivtu ako ne krstare svojom jahtom po Jadranu, skijaju u Italiji, za Prvi maj su uvek u Španiji. Saznale su da Filip želi da bude fudbaler, da voli hip-hop muziku, svoje pse i jedrenje (ali to sam već i sama znala) i onda se jednog dana Nina nagnula ka meni i rekla zaverenički, da je ne čuju ni Sara ni Lidija:

„Stalno me pita za tebe."

I tom rečenicom postale smo povezane. Nini se ne dopada niko iz škole, to je za nju previše nisko, ona voli momke iz obližnje gimnazije. Naročito one koji već sa šesnaest dolaze u školu na motoru. Nina je već imala dečka, čuvenog Mišu iz Treće beogradske, koji vozi vespu, a tata mu je glumac, baš kao i Ninina mama.

„Najbolje se razumemo mi deca umetnika... Šteta što smo bili zajedno samo tri meseca, presladak je. Ali nisam mogla da izdržim njegovu ljubomoru. Uostalom, sad mi se sviđa njegov drug", rekla mi je odlučno i ozbiljno, kao da ima već dvadeset godina i zna šta znači muška ljubomora u svim svojim oblicima. Odlučila je, zato, da mi *pomogne* oko Filipa. Nisam znala da mi treba bilo kakva pomoć oko Filipa, ali da ne bih ispala paćenica, pravila sam se da sam oduševljena idejom. Istina, Filip mi se dopada. Ali Filip se svima dopada. On je takav. Plavokos i plavook dečko, koji pleni svojom pojavom.

Anja je pomalo ljuta na mene što toliko vremena posle škole provodim sa njima umesto sa njom. Rekla sam joj da je i ona uvek dobrodošla, zovem je da ide sa nama u bioskop ili u roze čajdžinicu, ali ona stalno nalazi izgovore kako mora da vežba violinu ili da uči. Ne ljutim se na nju jer znam da sam doskora i sama takva bila – pronalazila sam sve moguće razloge da ne idem u školsko dvorište ili u šetnje sa Anjom i drugim devojkama, pa mi sada vraća. I treba da mi vrati, zaslužila sam!

I dečaci su odjednom počeli da me primećuju. Filip mi, doduše, samo namigne u prolazu, ali oni koji me do sada nisu ni primećivali, odjednom me pozdravljaju. Najhrabriji je bio Andrej, Anjin drug iz muzičke škole, koji mi je prišao na malom odmoru i pitao da mu dam broj telefona, da me pozove na njegovo takmičenje iz streličarstva. Rekla sam mu *hvala, ali nemam vremena, spremam se i ja za takmičenje*, okrenula se i otišla. Osetila sam nekakvu moć. Neko me je primetio, a ja nisam zainteresovana. Za mene je to bilo otkriće, pa kad sam sve prepričala Anji, ona mi je rekla da sam postala kompletni idiot, kao i moje nove drugarice, i da je Andrej divan dečko, da je Legolas sa Vračara (mada je meni to poređenje smešno i nije mi jasno kako neko ko nosi toliku dioptriju uopšte može da pogodi u metu), i da će ona sigurno ići da ga gleda kako gađa u metu lukom i strelom. Posle iscrpnog razgovora sa njom, baš kad sam uvidela svoju grešku i rekla joj da ću doći na njegovo takmičenje sa njom, shvatila sam da se ono održava iste večeri kad i Ninina žurka!

Počela sam da smišljam raznorazne laži tipa – moram na trening, treba da učim, ali Anja je samo prevrnula očima i otišla.

Ipak, ono što je najvažnije, i što me je posle svega oraspoložilo, jeste da su se danas, dan pred Nininu žurku, desila dva najspektakularnija događaja. Prvi je taj što sam posle škole otišla na probno snimanje kod strica (još uvek je to naša tajna jer želimo da iznenadimo mamu, tatu i Mašu), i sve je fenomenalno ispalo. Nisam se uplašila kamera, baš naprotiv, dale su mi neku unutrašnju snagu, sličnu onoj koju osećam kad plivam. Pred kamerama sam se osećala kao riba u moru, odnosno kao Nađa u bazenu.

Drugi je to što mi je stigla poruka na vajber od Filipa. I to ne bilo kakva poruka, već poruka u kojoj me pita da li želim da idem sa njim na žurku kod Nine i, ako želim, da bi on onda došao po mene kolima sa svojom mamom.

Prema Nininim instrukcijama, čekam tačno dva sata da bih mu odgovorila.

Moraš da ga pustiš da čeka odgovor bar dva sata, jer ako odmah odgovoriš, misliće da si paćenica koja stalno gleda u telefon i nema sa kim da ide.

I evo, čekam da prođe još četrdeset pet minuta – *zašto da ne?*

Nina zaista ima fenomenalne odgovore na sve – uvek su tako kul i volim da slušam njene savete. Otkako se družimo, ceo život mi je postao lakši. I lepši. Rekla mi je da Filip voli tajanstvene devojke koje su pomalo buntovne, kao i da moram malo agresivnije da se šminkam i oblačim. Da pokažem stav. Nemam pojma šta to znači i kako se pokazuje stav, ali mi se dopada kad tako nešto čujem. Mislim, da Nina ne zna o čemu priča, ne bi ni bila tu gde jeste.

Sedim sama kod kuće. Propustila sam već dva treninga zbog raznoraznih aktivnosti, a sutra ću propustiti i treći, jer najviše na svetu želim da idem sa Filipom na žurku kod Nine, i da bi se osigurala da trenerka neće pozvati moju mamu i pitati je šta je sa Nađom i zašto ne dolazi na treninge, ja sam joj još prošle nedelje javila da sam strašno bolesna. Tim potezom sam sebi obezbedila bar nedelju dana izostanaka. Pričam sa Belom:

Belice, pa nije to toliko strašno što sam uradila. I ja sam zaslužila da se malo provodim u životu, kao sva normalna deca, zar ne? Grozno je što lažem, ali za sada nemam bolju ideju…

Bela me gleda i krivi glavu. Izgleda mi kao da odobrava ono što čuje. Sledeći problem je šta obući za Nininu tematsku žurku. Anju ne smem da pozovem da je pitam za savet jer ona nije pozvana kod Nine, pa preturam po ormanu u potrazi za bilo čim što bi me inspirisalo. Duksevi, duksevi, duksevi. Mogla bih jedino da se maskiram u nekog dečaka, po onome što vidim u svom ormanu, pa razmišljam koji to filmski junak nosi dukseve sa kapuljačama. Nijedan. Gledam dalje, a onda mi pažnju privuku crne farmerke i crni duks. Treba mi neka crna kožna jakna, luk i strele, i to je to! Biću Ketnis Everdin!

Bela, gde da nađem kožnu jaknu? Kako da nabavim luk i strelu? Znam! Anja ima crnu kožnu jaknu. Ali kako da joj tražim? A luk i strelu? Pa, da – Andrej! Moram odmah da ga zovem! Koji sam kreten, nisam mu dala broj, niti uzela njegov. Pitaću Anju. Reći ću joj da želim da mu se izvinim. Bela, da li ja to počinjem da iskorišćavam ljude? Ma ne... Samo želim, jednom u životu, da se lepo provedem, znaš, ja nikad nisam bila ni na jednoj žurki, a sad idem na glavnu žurku! To je žurka sa velikim Ž!

Okrećem Anju.

„Anja, šta radiš, gde si?"

„Evo, vraćam se sa javnog časa. Smrzavam se. Gde si ti? Nisi došla danas na dodatnu iz biologije. Čekala sam te..."

„Morala sam da se vidim sa stricem. Znaš, iznenadićeš se uskoro. Spremam veeeeliko iznenađenje za sve."

„Koje? Reci mi. Samo meni, molim te, ne mogu da izdržim!"

„Hoću, kad se vidimo, ali da obećaš da nikom živom nećeš reći. Zato te i zovem. Treba mi ona tvoja crna kožna jakna – znaš onu koju ti je tata doneo iz Ciriha, ali je i ne nosiš jer ti je malo velika?"

„Tebi treba kožna jakna? Ja ne verujem šta čujem!"

„Kad ti budem rekla sve o tom iznenađenju, znaćeš zašto mi treba, ali sad me ništa ne pitaj, samo mi je pozajmi, molim te. I treba mi još nešto – Andrejev broj telefona. Hoću da ga pozovem i da mu se izvinim za ispaljivanje. Bila sam grozna. Lepo me je pozvao, a ja sam se ponašala kao neka uobražena budala. Krivo mi je."

„Drago mi je što si to shvatila. Ovih dana te uopšte ne prepoznajem. Evo, šaljem ti njegov broj u poruci, a jaknu ti donosim sutra u školu, okej?"

„Okej. Najbolja si."

Spuštam slušalicu i gadim se sama sebi, ali neka sila me vuče da uradim sve što sam zamislila, pa čim dobijem Andrejev broj, zovem i njega.

„Halo, ovde Nađa. Andrej, jesi ti?"

„Ja sam..."

„Znaš koja Nađa? Anjina drugarica, jutros smo pričali o tvom takmičenju."

„Znam koja Nađa. Nema nijedne druge Nađe u celoj školi. U stvari, ja ne poznajem nijednu drugu Nađu. Nađa plivačica."

„Da, baš ta. Izvini što te ovako iznenada zovem, samo sam htela da ti kažem da bih stvarno želela da vidim tvoje takmičenje. Nisam htela da me pogrešno shvatiš. Samo, u to vreme mi je trening, veoma važan trening. Ali volela bih da... Možda će ti zvučati čudno, ali volela bih da vidim luk i strelu. Da osetim kako je to kad ih držiš u ruci."

„Ma nema problema, dođi na jedan moj trening kad budeš imala vremena pa ću ti pokazati."

„Možeš li možda sutra posle škole da mi pokažeš? U stvari, htela sam da te pitam da mi daš luk i strelu na jedan dan. Čuvaću ih, želim da nagovorim mamu i tatu da me upišu na streličarstvo."

„Nađa, to je jako skupa oprema, ne mogu tek tako da je dajem. Može da bude i opasno ako je koristi neki amater. Ali imam kod kuće plastični, dečji luk i strelu, nešto kao igračku... Bio sam opsednut strelama od pete godine života."

„Jao, divno, mislim da će i to poslužiti svrsi. Kad mogu da dobijem tu tvoju igračku? Samo na jedan dan, obećavam.“

„Hoćeš sutra posle škole da dođeš do mene?“

„Hoću. I mnogo ti hvala!“

Kad sam završila razgovor, srce mi je lupalo kao ludo. Po prvi put u životu lažem nekoga. U stvari, ni to nije istina. Slagala sam trenerku da sam bolesna. Zatim Anju da mi treba njena jakna zbog nekakvog iznenađenja. Sad moram da joj kažem da snimam emisiju kod strica, plus moram da obučem kožnu jaknu dok budem pravila kolače. I slagala sam jednog dobrog dečka da želim da treniram sport kojim se on bavi samo da bih dobila rekvizit za maskenbal. Sve vreme lažem i roditelje – da idem na treninge, da se spremam za gradsko takmičenje iz biologije, da sam dobila peticu iz francuskog. Treninge propuštam zbog Filipa, Nine i kompanije, ove godine neću ići na takmičenje iz biologije, a prvi put sam dobila četvorku iz francuskog!

Bela, ja sam užasna osoba. Obećavam da ću prestati sa lažima od sutra. Ne, od prekosutra. Ne, ne mogu ni od prekosutra. Prestaću sa lažima od ponedeljka. Od ponedeljka krećem na treninge, popravljam ocenu iz francuskog i govorim Anji istinu. Šta ću sa Andrejom? Smisliću nešto.

Onda se setim da je prošlo već dva sata otkako me je Filip pitao da li želim sa njim kod Nine, pa brzo kucam odgovor koji mi je Nina rekla da napišem:

Što da ne?

On ne čeka dva sata, već mi odmah odgovara:

Nisi se javila, pa sam se ja u međuvremenu već dogovorio sa nekim drugim. Vidimo se tamo.

Da ne bi pomislio da sam nezainteresovana, odgovaram:

Bila sam na treningu, zato se nisam odmah javila. Koji ćeš biti filmski junak?

Onda sledi njegov odgovor, koji me potpuno zbunjuje:

Kakav filmski junak?

Na šta ja napišem:

Pa kod Nine na žurki. Zar nije tema žurke filmski junaci?

I onda poslednja poruka:

Prvi put čujem za to.

Zovem Ninu, ali zauzeto joj je. Šaljem poruku sa pitanjem: *Treba li da se maskiramo ili ne?*

Ne odgovara.

Sve mi se čini da sam bez razloga napravila potpuni haos od svog života. Sutra ću u rukama imati i kožnu jaknu i luk i strelu, a nijedna od te dve stvari mi i ne treba. Koja sam ja Ketnis Everdin! Kao i ona, postala sam borac iako mi to nije bila namera. S tom razlikom što sam ja lažljivi borac za mesto kod kul ekipe.

9. poglavlje

Evo me. Prolazim školom, kao ljudsko biće. Najzad. Svi me gledaju i pozdravljaju. Kad si primećen, kao da još više ispraviš leđa i digneš bradu. Sto sedamdeset centimetara mi više nisu problem, veoma sam zadovoljna osećanjem gledanja sa visine. Osećam moć. Nema straha. Nije mi uopšte jasno kako sam ga ikad i osećala. Ovo je neka Nađa koju volim, koja ima mnogo prijatelja i koja se po čitav dan smeje.

Da bih bila kul kao moji novi prijatelji, prestala sam da idem na dodatne časove iz biologije, a za četvorku iz francuskog kažem da je trenutak slabosti. *Trenutak slabosti.* To su takođe Ninine reči, ali one opisuju ceo moj život do današnjeg dana. Ja sam bila jedan jadni slabašni trenutak. Sad sam okružena ljudima koji me posmatraju, pričaju sa mnom, zovu na žurke i dive se mom sjaju za usne ili novom džemperu boje lavande, jer je isti kao Ninin.

Nije mi problem ni da im pomažem oko referata i domaćih zadataka, niti smatram da je pogrešno ako tu i tamo nekome napišem sastav iz srpskog ili francuskog. Treba biti dobar prema ljudima, stalno govori moja mama, jer toliko malo dobrote postoji na ovom svetu. E pa, ja sam dobra. Toliko sam srećna što sam sa NLS ekipom po čitav dan da mi zaista ne pada teško da im priteknem u pomoć oko škole. Anja mi stalno šalje poruke kako misli da me iskorišćavaju, da sam naivna i slične gluposti, a ja pokušavam da joj objasnim kako treba da im pruži priliku, jer su zaista drugačije kada ih bolje upoznaš, pa je zovem da nam se pridruži u čajdžinici i podeli sa mnom moju sreću.

„Ti čak i ne voliš čaj. Mogu samo da ti zamislim facu kad ti stiže roze šoljica, a moraš da se praviš da si oduševljena napitkom", kaže mi najbolja drugarica u poruci, na šta joj ja odgovaram samo: *dođi pa vidi uživo.*

Mama je ovih dana preokupirana svojim novim poslom, pa se priprema za sledeće polugodište. Samo peva, nasmejana je i u takvoj fazi i ne pita zašto mi treba već četvrta nova majica ovog meseca ili drugi novi džemper. Velikodušna je i srećna. Vidi da sam sigurnija u sebe, da se menjam, i želi da me podrži u mojoj transformaciji. Maša je ipak najsrećnija od svih. Čitav dan obleće oko mene i zapitkuje me šta ću da obučem, šta ću da obujem, kako ću da se našminkam. Čeprka mi po stvarima, javlja se na moj mobilni i pokušava da pronađe ljubavne poruke u njemu. Stalno je teram iz sobe, uzimam sopstveni telefon iz njenih ruku, ali ne mogu dugo da se ljutim na devojčicu sa krunom na glavi.

S druge strane, tata se pridružio Anji u zabrinutosti. Anja kaže da me ne prepoznaje jer sam joj rekla da ne mogu da učim francuski sa njom i da petica iz biologije nije sve na svetu, a tata… Sa njim je najteže. Sinoć mi je držao predavanje:

„Sada prolaziš kroz period kad osećaš da si odrasla i boriš se da to i dokažeš, sve mi je jasno, pa i ja sam nekad bio tinejdžer. Ali ti si uvek bila posebna, a sad kao da radiš sve ono čemu smo se smejali – ropski se povinuješ izgledu, koji diktiraju neke tamo, ne znam ni kako se zovu... Videla te je Maša sa njima. Ko su te devojčice? I gde je Anja? Zar si tek tako zaboravila najbolju drugaricu? Znaš šta će sledeće da se desi? Počećeš da ulaziš u fazu u kojoj se zapravo plašiš da odrasteš, pa ćeš da kriviš mene i mamu za sve, i tada će ti najbolja drugarica biti najpotrebnija, ali nje neće biti pored tebe. Misliš da ćeš kroz život moći da ideš sa decom koja su popularna i to im je jedina osobina? Ne, ljubavi, treba ti prijatelj koji te poznaje, trebaju ti roditelji, sestra, porodica. Zaboravila si na Belu! Ne šetaš je više uopšte! Nekad si jedva čekala da ideš sa njom u park, a sada... Danima mama i ja obavljamo tvoje dužnosti. Nisi napravila nijedan kolač skoro tri nedelje. To mi je najčudnije. Ne znam šta se dešava..."

„Pusti je da uživa, vidi kako je srećna!", dovikuje mama. „Ne može celo detinjstvo da joj prođe u učenju i spremanju kolača, pusti je malo da se opusti i zabavi. Ako u nekog treba da imamo poverenja, to je onda naša pametna Nađica..."

„Miro, znam, i želim da se zabavi, samo imam osećaj da nam ne govori sve. Nešto se dešava..."

„Doba srednje adolescencije se dešava! To je vreme kad se deca žale da im roditelji ne daju slobodu. Nećemo biti takvi roditelji! Kad bi mladost imala filozofiju starca, ne bi na svetu bilo nijednog sunčanog dana!"

„Ne citiraj Dučića sad, ali ako baš hoćeš citate, evo još jednog: navikavajmo mladež na dobro, od toga sve zavisi!"

„Ljubavi, pa ti citiraš Dositeja Obradovića, iznenađena sam."

„Kad mi je žena profesorka srpskog jezika, nije ni čudo..."

Onda su zaigrali uz samo njihovu pesmu i zaboravili na mene. Ja sam imala druge planove. Srećna što sam se izvukla, u školu sam otišla spokojna. Uzela sam kožnu jaknu od Anje, obećavši joj da ćemo se videti za vikend, kad ću joj objasniti svoje ponašanje, i jedva sam dočekala da se škola završi. Krenula sam sa Andrejom ka njegovoj kući da uzmem luk i strelu, mada sam pokušala to da izbegnem jer sam shvatila da možda ni nema nikakvog maskenbala (Nina se od sinoć nije javila, a nije ni došla u školu, kao ni Lidija ni Sara – ali lako je njima kad je Sarina mama doktorka pa može da im piše opravdanja kad god požele), ali nisam uspela.

Andrej izgleda kao ja nekada, mislim dok idemo ka njegovom stanu. Priča mi o svom sportu za koji sam i ja navodno zainteresovana, ali sve vreme gleda u trotoar. Malo je pogrbljen, baš kao što sam i ja nekad bila, a naočari su mu mokre od snežnih pahulja. Ja moje više ne nosim dok sam u školi. Odlučila sam da mi ne trebaju, i da mi kvare moj novi kul izgled, i da želim sočiva za Novu godinu.

Andrej mi govori nešto tipa – *osvojio sam zlatne medalje na svim državnim takmičenjima i krećem na međunarodna*, a ja pomislim na Filipa koji mi namiguje dok dribla loptu u školskom dvorištu. Kao iz daljine čujem – *nisam hteo da se zna da sam streličar, a onda si ti svima objavila kako si šampionka u plivanju pa sam i ja pomislio da treba da otkrijem svoje uspehe*, a ja zamišljam Filipa kako se spušta snoubordom sa neke planine. Onda čujem ponovo Andreja – *treba da znaju šta smo postigli, a ne samo da uzdižu u nebesa popularnu ekipu*, a ja se setim Filipa na haverbordu, pa Filipa na jedrilici, pa Filipa kada me je poljubio u obraz.

„Nađa, čuješ li me? Kažem, stigli smo“, govori mi Andrej i pokazuje na divnu vračarsku zgradu u blizini škole. Nekad sam ovuda prolazila sa Belom samo da bih videla ulaz u tu zgradu. Najlepši ulaz na Vračaru, sav izrezbaren, sa figurama koje ga uokviruju, a fasada je ukrašena raznim cvetnim motivima. Zamišljala sam nekada da živim baš u ovakvoj zgradi sa visokim plafonima, a sad, eto, imam priliku da vidim kako unutra stvarno izgleda.

„Ovde živiš? Ovo mi je omiljena zgrada u kraju. Divna je."

„Jeste, ovde smo već četiri generacije. Moja baka je ovde rođena."

Da sam došla ovde pre samo mesec dana, imala bih gomilu pitanja za Andreja o njegovoj zgradi, baki, o njemu, ali sada želim da što pre dobijem luk i strelu i odem kući da se spremam za žurku. Sve mi ide na ruku – mami i tati sam rekla da idem kod strica u studio (jer me odjednom strašno zanima posao kojim se on bavi – to je priča koju smo stric i ja smislili da bismo na miru mogli da snimamo emisiju *Kolači iz bajke*, a onda da ih iznenadimo), a stricu sam rekla da imam trening (koji zaista i imam, ali na njega neću otići), pa na miru mogu da odem kod Nine, ostanem najviše sat i vratim se kući.

Anji sam rekla da imam tajni plan sa stricem, o kom ću joj detaljno pričati za vikend, i tako sam svoje laži upakovala u šarene kutijice sa svetlucavim mašnama i svima ih podelila.

„Andrej, daj mi brzo taj luk i strelu, moram da žurim. Drugi put ćeš mi pokazati pehare, okej?"

„Evo, ovde je sve. Čuvaj ih. Iako su bezopasni i plastični, mnogo volim tu svoju prvu igračku. Bila je veća od mene kad sam je dobio. Stigla je iz Amerike..."

„Znam sve, ne brini. Čuvaću sve i vraćam ti već sutra ako treba. Žurim!", prekinula sam ga usred rečenice i izjurila iz njegove prelepe zgrade. *Nisam mu ni poželela sreću na takmičenju*, pomislim, ali odmah mi pred očima iskače Filip kako pije sok na Nininoj žurki, a kad me vidi, prilazi mi i ljubi me u obraz.

Kad stignem kući, već je tri. Maša i mama nešto prave u kuhinji. Osećam miris kokosa. Nekad, možda pre mesec dana, odjurila bih kod njih i nastavila tamo gde su stale, ali sad ne. Pravljenje kolača nije kul za novu Nađu. I ne javljam im se, već idem pravo u sobu, stavljam luk i strelu u veliku kesu pa u orman, i oblačim Anjinu kožnu jaknu. Stoji mi kao salivena! Kao da je šivena za mene. Zadovoljna sam onim što vidim, pa otvaram gugl i gledam slike glavne junakinje *Igara gladi*. Želim da budem identična. Ista kosa, ista šminka. Isti pogled. Vežbam njen pogled ispred ogledala, iako i dalje nisam sigurna da li treba da se maskiram u nekog filmskog junaka. Sviđa mi se ovo pretvaranje.

„Nađa, tu si, nismo te čuli! Moraš da prošetaš Belu! Mama kaže da nisi ni juče ni prekjuče išla sa njom u šetnju!", vrišti Maša kad me ugleda u sobi i primećujem da danas nije ni vila ni princeza, već balerina.

„Zašto si još uvek u baletskoj opremi?", pitam je.

„Vežbam za javni čas. Zar si zaboravila, to je večeras!"

Kao da su se neke sile urotile protiv mene.

„Mašo, potpuno sam zaboravila na to. Ali moram na trening…", pokušavam da se izvučem.

„Ne moraš, mama kaže da jedan trening u životu možeš da propustiš! Pitaj je!"

„Pitaću je posle. Idem da izvedem Belu, pa ćemo sve da se dogovorimo, važi?" Mazim je po glavi i jurim iz kuće sa povocem u ruci. Mislim da će mi hladan vazduh pomoći da nađem rešenje za ovaj problem. Uspela sam da ubedim trenerku da sam bolesna, Anju da radim nešto tajno sa stricem (što i nije potpuna laž), Andreja da hoću da krenem na streličarstvo, strica da treniram kao luda. Spremna sam na to da se obučem kao da idem na trening, a da u rancu ponesem stvari za žurku (sa sve lukom i strelom), da se presvučem u hodniku zgrade, da popijem sok sa Filipom kod Nine, da me vide svi kul ljudi iz škole i da se vratim kući kao da sam bila na plivanju? Spremna sam da propustim javni čas svoje mlađe sestre koja cele godine živi za to?

Bela, šta se dešava sa mnom? Porodica mi je uvek bila najvažnija, kao i plivanje. Zašto mi odjednom ništa od toga nije bitno? Samo razmišljam o nekakvoj žurki. Kako da se izvučem iz svega ovoga? Šta da radim? Ne volim ovaj osećaj kad lažem, a toliko bih volela da odem kod Nine. Ali ako niko ne sazna za laži, kao da ih i nisam izgovorila, zar ne? Vratiću se kući do deset. Tad se i inače vraćam sa treninga. Pa, zar je jedna jedina žurka toliko strašna? Bela, kad bi samo znala da govoriš...

Bela na brzinu piški. Toliko joj je hladno da joj ne pomaže ni karirani kaputić za pse, pa trči nazad u zgradu.

Kad se vratim u stan, vidim poruku od Nine.

Nađice, jesi li mi napisala onaj sastav? Ako jesi, ponesi mi ga na žurku. Najbolja si! Kisić.

P. S. Ponesi i svoju svesku iz biosa, moram sve da prepišem do ponedeljka, kretenka je rekla da će da pregleda sveske.

Uh, i na to sam zaboravila.

Sedam za radni sto i kad me mama pita šta radim, kažem joj da želim da uradim domaći odmah, da bih imala ceo vikend samo za plivanje.

„Nađica moja najbolja. I onaj tvoj otac da ti drži predavanja... Pa ti si najbolje dete na planeti!“, ljubi me u glavu i kad vidi naslov *Doživljaji Nikoletine Bursaća*, kaže:

„Ako ti treba pomoć oko tog sastava, samo reci, iskoristi jednom u životu to što ti je majka profesor srpskog."

„Ne treba mamice, hvala. Zatvori vrata samo, da mogu da se koncentrišem."

„Važi, Nađa, ali zapamti – stavi akcenat na patriotizam. Znaš kakva ti je profesorka", namiguje mi mama i izlazi nasmejana.

Ja stavljam šake preko lica i dođe mi da plačem. Imam najbolju mamu na svetu. Ne samo što je lepa, nego je i najpametnija i najzabavnija. Od nje sam nasledila gustu braon kosu, visinu i ljubav prema pravljenju kolača. Od nje sam oduvek dobijala bezuslovnu ljubav, podršku i potpuno poverenje. Kaže za mene da sam najbolja kćerka na celoj zemaljskoj kugli, njena jedina malena, ponos i sreća, a ja je sad lažem. Nije zaslužila. Niko to nije zaslužio. A onda, baš kad počinjem da pišem sastav za Ninu, stiže mi poruka od Filipa.

Žao mi je što ne ideš sa nama na žurku, ali nema mesta u kolima. Stvarno sam mislio da si me ispalila pa su mi se uvalila tri druga sa Senjaka. Jedino nekome da sedneš u krilo.

Sva moja unutrašnja previranja i razmišljanja odmah su nestala. Razmišljam šta bi Nina rekla na sve ovo. Sigurno nešto kratko i nedefinisano. Nešto škakljivo. Nešto kao: *Ne sedim po krilima. Vidimo se tamo, ali ako želiš, možeš da me vratiš kući.*

Ipak, za tako nešto nemam hrabrosti pa samo napišem: *sve OK, vidimo se kod nine.*

On mi pošalje stiker OK i ja se bacam na pisanje sastava. Kad napišem i poslednju rečenicu, definitivno znam šta želim. Da odem na žurku i da vidim Filipa.

Zato idem kod mame i krišom, da me Maša ne čuje, kažem joj da bih zaista pre otišla na trening nego na Mašin javni čas, ali da ne želim da je povredim. Mama je puna saosećanja, kao i uvek, jer moje oči su pune suza, koje ona tumači kao grižu savesti i ljubav prema mlađoj sestri (izjeda me griža savesti i obožavam mlađu sestru, tu nema govora), pa mi kaže da će ona sve srediti i da ne brinem.

„Mi krećemo iz kuće oko sedam. Javni čas joj počinje u osam. Ako traje do devet, kući smo do deset – pola jedanaest. Obećala sam joj da ćemo svratiti u onu čajdžinicu preko puta vaše škole posle predstave. Kaže da tamo idu samo najkul devojke. Najkul? Odakle li joj taj izraz, pitam se. Tako da se vidimo večeras, a ja ću joj reći da ne smeš da propuštaš treninge zbog takmičenja u Sloveniji i da ćemo sve snimiti telefonom. Razbij ih u bazenu, jedina malena!“

„Hoću, mamice“, kažem i krišom gledam na sat. Tačno je šest. Još dva sata do žurke i večeri koja će odrediti dalji tok mog života. Da li ću uspeti da se izvučem sa svim svojim lažima, odem na žurku, budem bar sat vremena sa Filipom i vratim se kući do deset? Izgleda da hoću.

Osmeh mi se pojavljuje u uglu usana i to mi se uopšte ne dopada. Ali ne mogu da ga sklonim.

10. poglavlje

Nina živi u ulici koja izlazi na hotel Metropol. Svi pričaju o njenom penthausu koji gleda na pola Vračara i o terasi koju noću obasjava svetlost hotela sa jedne i svetlost uličnih farova sa druge strane. Neki pričaju da se kod Nine na terasi prelamaju sve boje velegrada. Reflektori, semafori, ulično osvetljenje, svetla bilborda, svi zajedno prave fantastični lajtšou baš na toj terasi. Stojim ispred njene zgrade u petnaest do osam i gledam ka toj terasi. Šteta što je zima pa neću moći da budem na njoj. Ali ako se naše druženje nastavi…

Došla sam prva. Sramota me je da zvonim na interfon pre osam pa se vrzmam po ulici sa rancem u kom mi se nalaze luk i strela i oprema za plivanje. Onda ulazim u prodavnicu da kupim žvake i da se malo ugrejem dok ne prođe tih petnaest minuta i, dok besciljno lutam rafovima, kupujući vreme, stajem oči u oči sa Lidijom i Sarom. Odmeravaju me od glave do pete i pitaju šta tražim tu.

„Ušla sam da kupim žvake“, kažem kao da radim nešto pogrešno.

„Žvake su na kasi, a ne kod sokova“, izgovaraju u isto vreme. Onda nastavljaju naizmenično, jedna pa druga:

„Hajde, kad si već ovde, da nam pomogneš. Idi uzmi četiri soka od jabuke, ali ona bez šećera, Nina ne unosi šećer, i donesi nešto gazirano, to je za goste. Mi pijemo samo ove organske sokove, kao i Nina."

„Uzmi i čips, onaj najveći, i kokice, i vidi ima li još nekih grickalica. Nama idu ove gricke bez glutena… Tako."

„A da kupimo i nešto slatko?"

„Ubiće nas Nina, znaš koliko se trudi da ne jede ništa slatko!"

„Možda ima nešto zdravo slatko…"

„Ne, ne postoji ništa zdravo slatko. Nađa, idi uzmi one male čokoladice, sakrićemo ih pa ćemo ih jesti kad nas ona ne vidi. I nikome ni reči o ovome."

Kad pokupujemo sve sa spiska, odlazimo u Nininu zgradu. Tu nas pozdravlja portir koji nam pridržava vrata od lifta. Ja nosim sve moguće kese dok se Sara i Lidija svađaju koja će od njih da sakrije čokoladice. Najzad se dogovore da svaka stavi po dve u brus. Ja svoje držim u rukama, a kad se vrata od lifta otvore, iz njega ulazimo direktno u dnevnu sobu.

Prvo što vidim kad uđem kod Nine je neopisivo belilo. Kao da mi ta belina muti vid. Sve je belo. Zidovi, nameštaj, parket, zavese. U belim vazama koje stoje na podu je belo veštačko cveće različitih oblika i veličina. Na belom stolu je bela činija u kojoj je sušeno mirisno belo cveće. Na belom kaminu stoje beli ramovi sa crnobelim slikama, a na belom klaviru beli svećnjak sa belim svećama. Tepisi su beli, i plašim se da zakoračim na njih jer su mi čizme mokre od bljuzgavice. Vešto ih izbegavam, kao i Sara i Lidija, koje pratim do Ninine sobe. I tamo očekujem belinu, ali kad uđem, odahnem. Iako nisam fan roze boje, kad vidim da je sve roze, nekako mi je lakše.

„I Nađa je stigla. Stavi te kese na krevet, slobodno. Moramo da izvučemo naše sokove i grickalice i ostavimo ih ovde. Nećemo da pijemo to đubre za goste. I dok ne zaboravim... Nađa, daj mi sastav iz srpskog i svesku iz biosa. Vraćam ti je odmah posle Nove godine, ne brini", kaže Nina i ne okrenuvši se, jer ima savršen pogled na sve što joj se događa iza leđa, zbog ogledala ka kome je okrenuta.

„Nina, šta ćemo sa tepisima? Svi će ući blatnjavi i mokri, napolju je haos", kaže Sara.

„Da, da, ako upropaste tepihe, tvoja mama će...", nastavlja Lidija.

„Zabole me šta će moja mama", kaže Nina najmirnijim glasom na svetu. „Ona nije ovde. Neka histeriše zbog tepiha sutra. Taman će shvatiti da postojim."

„Sigurna si da neće doći večeras?", pita je Lidija.

„Da li se ti to plašiš moje mame?"

„Ne, naravno da ne. Samo pitam."

„Neće doći. Na premijeri je u Novom Sadu. Tamo će se, kao i posle svake premijere, napiti, završiti u hotelu i doći će sutra, možda čak i prekosutra."

„A tata? Gde ti je tata?", pita je Sara.

„Rekla sam vam: otišao je kod švalerke. Šta je tu toliko čudno? Najnormalnija stvar na svetu je da pobegne od svoje žene, velike dive, i da se vrati kad i ona – sutra-prekosutra. I ona je u Novom Sadu sa svojim dečkićem. Nađa, deluješ mi šokirano, nisi valjda puritanka?"

„Ne... Nisam", kažem potpuno zbunjeno. I dalje stojim potpuno obučena, sa rancem na leđima.

„Šta si to obukla? Šta je to?", odjednom se sve tri okreću ka meni i skaču da me vide. Skidaju mi perjanu jaknu, gledaju kožnu koju nosim ispod.

„Gde ti je crveno?"

„Kakva je ovo jakna?"

„Zašto pantalone?"

„Ne možeš ovako!"

„Ovo je crvena žurka!"

„Imaš li bilo šta crveno?"

Tek tada primećujem da su sve tri u crvenom.

Lidija nosi crveni kašmirski džemper i crvene uske pantalone. Sara je u crvenoj majici sa V-izrezom i u crvenoj puf suknji. Obe na nogama imaju crvene *Ugg* čizme sa crvenim šljokicama. Onda ustaje i Nina. U dugačkoj svilenoj haljini crvene boje. Ramena su joj gola. Nosi nekakve minđuše sa crvenim kamenjem, pa kad vidi kako ih posmatram, kaže:

„Rubini. Mamini. Neće imati ništa protiv da ih nosi njena jedinica večeras." I nasmeje se. „Nego... Šta ćemo s tobom?"

Gleda me dugo. Pretura po mom rancu i baca luk i strelu na pod kao da joj se gade.

„Šta ti je ovo? Zašto si i dalje tako čudna?"

„Rekla si mi da je tema žurke filmski junaci. Trebalo bi da budem Ketnis Everdin", kažem pomalo ljutito.

„Ketnis *ko*? Šta pričaš? Ne znam ko je to, a javila sam svima da ne želim na hiljade Džejms Bondova po kući. Jasno sam rekla da želim crvenu žurku."

„Pa, meni nisi javila", kažem drsko.

„Dakle, svima jesam, osim tebi, to želiš da kažeš. I zato si se pojavila ovde sa lukom i strelom kao neka tamo Ketrin ili kako se već zove. Niko i ne zna ko je ona!"

„Ona je glavna junakinja filma i knjige *Igre gladi*. Znaš, distopijska naučnofantastična pustolovina... Film je gledalo nekoliko miliona ljudi..."

„Nikoga ne zanima ništa o tome, Nađa", kaže gledajući me direktno u oči. „Videću šta imam za tebe. Ne želim da mi pokvariš žurku. Nećeš biti u toj majici i tim pantalonama. Tako si neugledna."

Nina besno odlazi do svog garderobera koji je, kad se otvori, veličine moje i Mašine spavaće sobe, i traži stvari za mene. Ne vidimo je jer je duboko u velikom ormanu, ali vidimo stvari koje baca ka nama. Crveni duks, karirana crvena škotska suknjica i crvene hulahopke.

„Oblači to odmah. Hulahopke ne moraš ni da mi vratiš", poslednje je što kaže kad čujemo zvuk interfona. Sara i Lidija trče da otvore vrata, Nina se još jednom okreće ka meni, gleda me kao da hoće da kaže da sam namerno došla sve da upropastim i izlazi iz sobe. Crvena svila vuče se po belom tepihu. Izgleda gotovo filmski.

Zaključavam vrata i počinjem da se presvlačim. Duks oblačim odmah. Miriše na Ninu, mekan je i divan. Sa suknjom mi ide teže, jer Nina je niža od mene i očigledno nosi manji broj od mene, pa je jedva zakopčavam. Hulahopke navlačim nešto duže jer su mi i one knap, pa kad se pogledam u ogledalo, vidim da izgledam previše, kako bi Nina rekla, *napucano*. Makar nisam neugledna. Ne želim da budem neugledna. Ne, nikad više.

Na meni je sve suviše zategnuto i previše kratko. Karirana suknjica mi jedva prekriva zadnjicu, ali nemam kud. Čujem Filipov smeh i želim da izađem iz sobe da ga pozdravim što pre. Ponovo se gledam u Nininom ogromnom ogledalu. Pokušavam da spustim suknju nadole, ali ne vredi. Šta mi je tu mi je. Uzdišem, izdišem, otključavam vrata i izlazim iz sobe.

Muzika već trešti. Odnekud se pojavio di-džej koji za svojim pultom nasred ogromne bele dnevne sobe pušta muziku.

Neki nepoznati momci me odmeravaju i smeškaju se. Gurkaju se laktovima kad prođem pored njih. *Okej, izgleda da im se dopada ono što vide*, tešim se. Idem iz sobe u sobu, ali ne vidim ni Ninu, ni Saru i Lidiju, ni Filipa. Tu su neke devojke koje prepoznajem iz škole. Klimaju mi glavom u znak pozdrava dok đuskaju uz muziku. Vidim i Filipove prijatelje, one sa kojima stalno igra fudbal u školskom. Gledaju me, ali kao da nisu sigurni ko sam ja. Jedan priđe i kaže *ćao, Nađa*, a ostali se došaptavaju. Onda ugledam njega na terasi. Stoji sa Ninom. Terasa je sada zastakljena, pa im ne smeta ni sneg ni vetar. Postoji i ogromni grejač na njoj, poput onih što stoje po kafićima. Filip i Nina su ispod tog velikog električnog grejača i ona mu pokazuje nešto u daljini. Naslonjena mu je na rame. Zaista, na stotine svetlosnih zraka prelama se kroz tu terasu praveći spontani lajt-šou. On se smeje i gleda u pravcu ka kom ona pruža prst. Onda ga hvata za ruku i drži ga tako sve dok se on ne udalji od nje i priđe ivici terase. Gleda nadole.

„Hej, Nađa, ne stoji ti loše to što ti je dala Nina. Nekako si… kao mi“, kaže Sara, koja se iznenada pojavljuje ispred mene i jede čokoladicu koju je izvadila iz brusa. Kad vidi da gledam ka Filipu i Nini, dodaje:

„Nadam se da će se smuvati već jednom.“

Ja sam šokirana.

Nina zna da mi se Filip dopada. Pa, ona mi je prva davala savete kako da mu priđem, šta da mu napišem, kako da se obučem. Govorila mi je šta on voli, šta ne voli. A sad čujem kako je zaljubljena u njega. Zar nije rekla da joj se dopada drug bivšeg dečka? Da su osmaci za nju najobičniji klinci?

„Zar se Nini dopada Filip?“

„Bože, Nađa, pa to zna cela škola. Sve što ti je govorila o njemu bilo je pogrešno, samo da bi te držala što dalje od njega. Rekla ti je da mu ne odgovaraš na poruke bar dva sata, zar ne? Pa, imala je dva sata da mu smesti gomilu drugova koje će voziti njegova mama. Rekla ti je da on voli buntovnice? Ni to nije istina. Jednom joj je rekao da najviše mrzi devojke koje su ljute na ceo svet. I ovaj poziv na žurku i druženje sa tobom... Zar misliš da joj se ti dopadaš i da želi da budete drugarice? Samo želi da vidi da li se Filipu dopadaš ti ili ona. Večeras je poslednji test i svi znamo ko će ga proći, zar ne? Ne ljuti se... Budi srećna što su te zbog Nine svi primetili. Da nije bilo nje, i dalje bi stajala sama u hodniku sa onim svojim... luzerkama. Hajde, idi popij nešto i zabavi se dok možeš i dođi da se slikamo za Fejsbuk i Instagram, večeras si top!"

Ali ja već idem nazad ka Nininoj sobi. Želim da se presvučem i nestanem sa ovog mesta. Želim da sam u bazenu, da plivam, i da izbacim iz sebe svu negativnu energiju. Želim staru Nađu. Želim da budem na javnom času svoje sestre. Želim svoj stari život bez foliranata u njemu.

Mrzim sebe jer sam ispala naivna. Niko ne želi da se druži sa mnom – a i zašto bi? Za sve ove ljude ja sam samo devojka sa kraja hodnika, sa kojom mogu da se poigraju. Ja sam njihova zabava. Nisam čak ni pretnja.

U Nininoj sobi pokušavam da pronađem sve svoje stvari. Na podu su mi pantalone i majica, kožna jakna je završila u kupatilu na lavabou. Ranac sa plivačkom opremom je otvoren, a kupaći kostim bačen na krevet. Skupljam sve i vraćam u ranac. Pokušavam da pronađem luk i strelu, ali ne uspeva mi. Onda u sobu ulazi Nina i kaže:

„Ovo tražiš?"

U ruci drži luk i polomljenu strelu.

„Dečaci su se malo zaigrali… Žao mi je."

Otimam joj sve iz ruku i stavljam u kesu.

„Idem da se presvučem. Ostaviću ti stvari na krevetu", kažem i odlazim u kupatilo.

Ona dovikuje:

„Nađa, ne trebaju mi te stvari, slobodno ih sve zadrži. Lepo ti stoje."

Odjednom čujem i Filipov glas.

„Šta joj lepo stoji?"

Nina odgovara:

„Karirana suknjica. Pozajmila sam joj za žurku jer je došla potpuno nespremna. Nađice, izađi da te Filip vidi."

Na brzinu se presvlačim, slažem duks, suknju i hulahopke jedne preko drugih i izlazim u svojoj garderobi bez reči.

„Hvala na pozajmici. Moram da idem." Stavljam Nininu garderobu na njen krevet.

„Zašto tako brzo? Još nije ni devet…", pita me Filip, a Nina se ubacuje:

„Pusti je. Ionako nije ni želela da dođe. Sve joj smeta, kao da je stalno ljuta na ceo svet."

Želim da joj kažem da nisam ljuta na ceo svet, već samo na nju, da znam da mi namerno nije javila da je njena žurka crvena žurka, da joj se sviđa Filip i da je spremna da uradi sve samo da ja ne budem blizu njega. Ali ništa ne govorim. Ponovo postajem Nađa koja samo želi da bude nevidljiva, da nestane i da ne mora da se susreće sa njenim pogledima.

Prolazim pored njih bez reči, ali Filip ide za mnom. Govori mi da ostanem još malo, pita me na koga sam ljuta, da li želim nešto da popijem. Nina ga vuče za ruku i govori: *pusti je, neka ide.*

„Nikome na žurki ne treba neraspoložena devojka. Ja sam uradila sve da se oseća kao kod svoje kuće, dala sam joj garderobu, pobogu! Nezahvalna je."

Moram da joj odgovorim, moram nešto da joj kažem.

„Nina, hvala ti na svemu. Nisam ljuta i ne želim da ti pokvarim žurku, samo moram da idem."

„Ali zašto?", Filip je uporan.

„Ne osećam se dobro."

„Ispratiću te onda", kaže i kreće za mnom ka izlazu. Beli tepisi su već sivi, svuda se vide tragovi čizama i cipela. Čini mi se da vidim i otisak ruke na belom klaviru, kao i mrlje od soka na zavesama.

Dok silazimo stepeništem, ćutimo. Čujem korake iza nas, čujem Saru i Lidiju kako se domunđavaju i ulaze u lift, tako da, dok Filip i ja siđemo stepenicama, njih dve već stoje dole i čekaju nas. Obe jedu čokoladice koje su sakrile od Nine.

„Filipe, ispratićemo nas dve Nađu. Znamo gde živi", kaže Lidija.

„Svašta, idite gore, hladno je. Ići ću ja sa njom."

„Ionako moramo do prodavnice, nestalo je koka-kole", javlja se i Sara.

„Kupiću ja sve što treba kad se budem vraćao. Pustite nas da prođemo", kaže Filip i hvata me za ruku, dok drugom pokušava da pomeri Saru od ulaznih vrata. Kad izađemo na ulicu, čujem iza sebe – *gotova je.*

„Šta je ovo bilo?", pita me Filip.

„Ne znam. Ništa mi nije jasno. Kao da su Sara i Lidija Ninini telohranitelji. Sve rade za nju."

„Ma to vidim, nego šta se desilo sa vama pa moraš da odeš? Vi devojke se stalno svađate oko gluposti."

„Nismo se posvađale. Samo... Nije sve onako kako sam mislila da jeste."

„Nikad nije. Ako ne želiš da pričaš o tome, u redu je. Žao mi je što nećeš biti na žurki."

Ja ćutim. Ne znam šta bih mu rekla. Da sam razočarana? Da sam mislila da mi je Nina prijateljica? Da mi se dopada? Da sam želela da dođem na žurku samo zbog njega? Da sam shvatila da sam u Nininoj nemilosti samo zato što on razgovara sa mnom?

„Evo, ja sam u ovoj ulici. Ne moraš dalje da me pratiš, vidiš, blizu sam..."

„Onda... Vidimo se u školi, posle Nove godine. Ideš li negde za doček?"

„Ne, biću kod kuće. Imam mnogo da učim, znaš već... Treninzi i sve – za mene nema raspusta. Mnogo sam propustila. Onda ide moj rođendan, pa plivačke pripreme po prvi put sa klubom..."

„Baš si zauzeta! A kad ti je rođendan? Praviš nešto? Mislim, doći ću sigurno, kad već ti nisi mogla kod mene zbog tog tvog plivanja."

„Moj rođendan je prvog februara, ali ne verujem da ću ga slaviti sa društvom. Samo porodica i Anja, jer je ona kao porodica", kažem, a u sebi pomislim: *koje društvo bih ja mogla da pozovem?*

„Možda je glupo što ti ovo govorim, ali... Stalno mislim kako smo se super zezali na moru. Nedostaje mi to. Sa tobom imam osećaj da mogu da pričam o svemu. Čudno je. Ne mogu to ni sa kevom i ćaletom, ni sa ortacima..."

„Da, bilo je lepo tamo u Tivtu..."

„Možda da dođeš kod mene jedan dan kad se vratim sa puta? Šta kažeš? Znaš, ono što smo pričali... Sa Belom?

Možda se i vidimo za tvoj rođendan ako budem u Beogradu. I ako ne budem, zvaću te prvog februara!"

I tek tako, vratio mi je osmeh na lice.

„Naravno. Javi se kad se vratiš u Beograd pa se dogovaramo."

„Super. Onda..."

„Onda, ćao. Čekaju te na žurki."

Okrenuo se, a onda je zastao. Kao da želi da kaže još nešto. Međutim, prišao mi je, kao onda na moru i poljubio me u obraz.

„Vidimo se", kaže i trči niz moju ulicu sa rukama u džepovima.

Pahulje su počele da padaju intenzivnije. Toliko su krupne da mogu da vidim šaru na svakoj ponaosob. Beograd više nije siv i blatnjav, ponovo postaje beo. Ulica je tiha, a na prozorima se vide novogodišnji ukrasi i lampice koje iz toplih soba obasjavaju snežni pokrivač.

Meni obrazi gore kao da imam temperaturu.

Gledam na sat pre nego što otključam vrata. Tačno je devet i petnaest. Taman da na miru sklonim sve stvari, da skinem maskaru sa očiju i legnem u krevet pre nego što moji dođu kući. Sve ide po planu. Sutra nastavljam sa starim životom. Vraćam se na plivanje (mnogo mi nedostaje), jedva čekam da napravim kolač koji već dugo planiram da spremim, da se ispričam sa Anjom, da uradim sve domaće. Nedostaje mi čak i biologija! Nekakav udar adrenalina me potpuno obuzima, zaboravljam na sve laži kojima sam se služila u poslednje vreme i zaista imam osećaj da sam spremna na sve. Niko mi ništa ne može, ja sam na vrhuncu sveta!

Ulazim u kuću. Čujem neko jecanje. Bela istrčava pred mene i cvili. Mazim je, a onda čujem i glasove koji tiho pričaju.

„Evo je. Saberite se svi", kaže tata tiho.

Sav adrenalin nestaje. Obrazi mi poprimaju bledu boju.

Ja ulazim u dnevnu sobu. Na kauču sede mama, tata i stric. Na fotelji je trenerka Milka, a za terpezarijskim stolom Anja i Maša koje jedu.

Osećam grč u stomaku.

„Nađa, sram te bilo!", dovikuje Maša i nastavlja da jede palačinku.

„Mašo, idi i spremaj se za krevet", kaže joj tata mirno, a mama dodaje: „Anja, dušo, vreme je da i ti polako kreneš kući. Hvala ti na svemu."

Anja ustaje od stola, prolazi pored mene i gleda me sa nekom neizmernom tugom u očima. Na tren me dodiruje po ramenu i šapuće: „Javi mi se sutra."

„Nađa, sedi", kaže stric.

Sedam ispred njih. Nisam ni jaknu skinula, a hladno mi je. Drhtim.

„Strašno si nas sve razočarala", čujem svoju trenerku, a onda osetim kako mi se suze, same od sebe, potpuno nekontrolisano, slivaju niz lice.

Pričali su svi u isto vreme, ali svelo se na ovo: stric je doveo svoje kćerke bliznakinje na Mašin javni čas, i kad su mu rekli da sam ja na treningu, odlučio je da ostavi kćerke na Mašinoj predstavi, a on da ode da me vidi i da sa Milkom dogovori nešto oko sponzorstva. Tamo je zatekao Milku, koja ga je pitala da li sam bolje i kada ću ponovo početi da dolazim na treninge. U međuvremenu, Anja je na Instagramu videla moju sliku (da, Sara je okačila sliku na kojoj ja pokušavam da povučem prekratku kariranu suknju nadole) ispod koje je pisalo *transformacija godine*, pa kad su moji od strica saznali da nisam na treningu, pozvali su Anju da vide da li sam sa njom i tako saznali da sam zapravo na žurki kod Nine. Odmah su došli kući i svi zajedno me sačekali.

Ne želim da vas razočaram. Ne želim da se razočaram. Ali šta god da planiramo u životu, nešto će nas razočarati. Ili ćemo nekoga razočarati. Kao kad želim da napravim tatinu omiljenu poslasticu – rafaelo kuglice, a shvatim da u kući nemam kokos, niti imam novac da ga kupim. Ili kad silno želim da odgledam neki film, a shvatim da se on prikazuje baš kad ja treba da odem na trening. Sva ta mala razočaranja pokvare zadovoljstva. Tu su i one veće neprijatnosti – ocena na koju sam računala nije dobijena, prvo mesto na takmičenju nije osvojeno, pa, evo, i vi, odrasli, suočavate se sa tim! Posao koji ste očekivali nije došao, letovanje koje priželjkujete ne možete da ostvarite. Ne želim da pobegnem od svojih osećanja, želim sa njima da se suočim i da iz svih ovih situacija izvučem nešto korisno. Neću da vas ubeđujem da mi nije ništa, neću izgledati veselo i ponašati se kao da se ništa nije desilo. Neću biti besna, neću mrzeti sebe. Preuzeću odgovornost.

Ne izgovaram ništa od ovoga, ali vidim na njihovim licima da veruju da sam samu sebe razočarala.

„Nađa, samo nam reci zašto? Misliš da te ne bismo pustili na žurku? Sve to laganje zbog neke žurke?“, pita me mama.

„Ne znam zašto. Previše sam se uplela. Počelo je bezazleno i nisam htela nikoga da razočaram. Nisam želela da razočaram ni vas, ni strica, ni Milku, ni Anju. Mislila sam da ćete svi biti srećniji ako i dalje mislite da mi je plivanje i učenje sve na svetu. Lagala sam da vas ne bih razočarala.“

„Ljubavi, normalno je da želiš na žurke, na rođendane i u bioskop. Normalno je da želiš da se družiš sa drugima, a ne samo sa Anjom. Normalno je da ponekad propustiš trening, da dobiješ četvorku. Samo laganje može da povredi ljude, a ne drugo mesto na takmičenju, loša ocena ili odlazak na žurku", kaže tata nežno, a zatim mu ton postaje ljutit: „Sve ovo da bi bila popularna? Da bi bila u društvu popularnih? Znaš ti i bolje od toga."

„Kako da ti verujemo posle svega ovoga?", pita Milka.

„Tako što sam zbog svega ovoga shvatila da vas volim najviše na svetu i da nijedna žurka nije važnija od svih vas ovde. I ove dve koje su otišle…", kažem, misleći i na Mašu i Anju. „Morate da mi verujete kad vam kažem da me užasno grize savest i da bih sve na svetu dala da mogu da vratim vreme."

Ali vreme ne može da se vrati. Šteta je učinjena. Moji roditelji mi nikad više neće verovati kao nekad, koliko god pokazivali da mi veruju. Anju sam napustila zbog drugih, Mašu nisam primećivala, Belu ignorisala, Andreja iskoristila… Povredila sam sve ljude koji me vole.

Moram da im pomognem da pronađu izgubljeno poverenje, jer mi poverenje ljudi koje volim znači više od bilo čega na svetu.

Odlazim u sobu. Niko nije rekao da li sam kažnjena i kako. Nisu mi rekli ni da su ljuti, povređeni ili besni. Rekli su mi da me vole. Zbog toga se osećam još gore.

Ne želim da izađem iz sobe nikad više. Sve što želim je da zaspim i probudim se kad se završi zima. Kao neki tužni usamljeni meda. Zato i grlim svog medvedića i plačem, a on postaje mokar od mojih suza.

11. poglavlje

Prvi put sam shvatila da sam stidljiva kad sam imala devet godina. Tek sam došla u Beograd, nakon prodaje naše porodične kuće u Sremskim Karlovcima. Tata je dobio poslovni premeštaj za Beograd, a mama je bila presrećna što se selimo, jer u glavnom gradu, bila je sigurna, postoje beskrajne mogućnosti za njenu decu, a naročito za mene – plivačicu. Godinama su me vozili čak u Novi Sad da bih trenirala plivanje, a eto, sad ću imati olimpijski bazen pored kuće. Tako su i birali stan i kraj Beograda u kom ćemo živeti. Od novca koji su dobili od porodične kuće sa pokvarenim bazenom uspeli su da nađu mali ali svetao stan u blizini Sportskog centra Tašmajdan. U njemu je bazen i otvoren i zatvoren, ali što je najvažnije, tamo je žena koja će postati najbolji trener kog sam ikad imala – bivša olimpijska takmičarka, legendarna plivačica stare Jugoslavije – trenerka Milka. Na treninge ću, mislili su, moći uskoro i sama da idem, dovoljno je da pređem dve ulice i već sam na bazenu. Dakle, zbog mene smo ovde gde jesmo. Na Vračaru, blizu Tašmajdana. Stan ima pedesetak kvadrata, što je bio priličan šok za mene kada sam ušla u njega. Naviknuta na kuću od preko tri stotine kvadratnih metara, sa velikom okućnicom i šarenim dvorištem, ovaj stančić u Beogradu bio mi je prvih godinu dana kao mali zatvor. Zato sam svaki dan bila napolju sa mamom (ni tada nije radila i bila je na birou za nezaposlene) i sestrom, i to u velikom Tašmajdanskom parku.

U to vreme je na Taš dolazila devojčica po imenu Mia. Moja mama i njena mama upoznale su se sasvim slučajno. Miina mama prišla je mojoj i pitala je da li je slobodno da sedne pored nje na klupu, na šta je dobila širok iskren osmeh i odobravanje. Tako su počele da se druže, a Mia i ja da se klackamo, ljuljamo i penjemo na penjalice. Mia je uvek odlučivala koje ćemo se igre igrati, a ja, željna društva, uslišavala sam joj svaku želju, iako nikad nisam volela barbike ili bilo koje druge lutke. Nisam ni imala lutke. Maša ih je volela, ja ne. Ja sam preskakala vijaču, vrtela hulahop oko struka, donela lastiš u park, na šta su me sve devojčice čudno pogledale, ali ipak sam ga vezala sa jedne strane za brezu, a drugu stranu mi je držala mama. Kad je Mia došla u moj život, sve se promenilo. Rekla mi je da je lastiš igra iz prošlog veka, da je vijača za decu sa sela, a hulahop za debele devojčice koje treba da smršaju. Da treba da vozimo rolere, da smišljamo koreografiju uz muziku i da idemo da zezamo dečake. Rolere sam u tom trenutku mogla samo da sanjam. Igranje uz muziku nikad nisam ni probala, osim kad me mama uhvati za ruke i vrti po kući, a dečaci... Njih sam se stidela.

„Nađa, kako si tako stidljiva!", vikala je Mia dok bih ja stajala iza drveta i čekala da se ona vrati (uzimala je dečacima loptu i zadirkivala ih tako što ju je šutirala na drugu stranu). „Pa neće da te pojeduuuuu!"

Ali ja nisam išla sa njom kod dečaka. Nisam išla ni kod drugih devojčica, jer su one bile kao i Mia, sve što su želele sa devet godina bilo je da zezaju dečake iz parka i da ih jure. Nijedna nije želela da se penje na drvo, igra školice ili ljulja na ljuljašci najjače što može. Tako sam ostala sama. Miina mama je jednom rekla mojoj da mora da me odvede na neki razgovor jer sam *zaista stidljiva preko svake mere*, i tako su njih dve prestale da se druže. Kad sam pitala mamu da li misli da sam previše stidljiva, ona me je zagrlila i rekla:

„Stidljiva si koliko treba da bude stidljiva bilo koja devojčica. Savršena si baš takva kakva jesi. Ako si za nekoga stidljiva jer nisi agresivna, onda taj neko mora dobro da razmisli šta nije u redu sa njegovim detetom."

Ovo poslednje nisam baš najbolje razumela, ali reč *stidljiva* mi je odzvanjala u ušima.

Tih dana sam posmatrala sebe u ogledalu i upoređivala se sa Miom. Ona je bila niska plavuša, ja za glavu viša od nje i brineta. Pomislila sam da niske plavuše upravljaju svetom. Bila sam beskrajno tužna.

Onda mi je u život ušla isto tako niska devojčica, doduše, sa crnom kratkom kosom – Anja. Na kraju trećeg razreda, kad sam pomislila da nikad neću steći prijateljicu u Beogradu, došla je devojčica iz drugog odeljenja i pitala me na velikom odmoru da li znam da preskačem vijaču. Da, njihova nastavnica je baš na sledećem času fizičkog trebalo da ih ocenjuje, a ona me je jednom videla na Tašu kako preskačem, pa se, eto, pitala…

„Naravno da znam i naučiću te za deset minuta!", rekla sam oduševljeno, pa smo posle škole, kad su mame došle po nas, pitale da li možemo zajedno na Taš.

„Naravno da možete!", naše mame su rekle uglas, i te godine, kasnog proleća, vijača je spojila mene i Anju.

Miu sam i dalje viđala na Tašu, ali kad god bih prošla pored nje, ona je okretala glavu. Jednom mi je isplazila jezik.

Nisam joj uzvratila, ali Anja jeste, pa je Mia brže-bolje potrčala kod mame i tužila nas.

„Ne idi kod njih dve, Miice. To su dve nevaspitane devojčice", čule smo kako kaže njena mama dok nam se Mia plazila iza maminih leđa. Tako smo nas dve postale nevaspitane, a Mia je iza sebe imala armiju devojčica koje su radile sve što i ona. Plazile se (mada njihove mame nikad to nisu primećivale), bacale dečacima lopte, glancale svoje šarene rolšue, prskale malu decu vodom, smejale se svima iza leđa. I takve, važile su za plavokose anđele. Kasnije, čula je moja mama, Miini roditelji su se razveli, mama joj je doživela neku vrstu nervnog sloma, tata oženio devojku mlađu od njega trinaest godina, a Mia je rasla sa babom. Odbačena i nevidljiva za roditelje.

Na sreću, Mia nije išla u moju školu. Ali na nesreću, Nina jeste. Čim je nestala Mia, pojavila se Nina. Isti tip. Ista visina. Ista boja kose. Ista nevidljivost za roditelje, koja se nadoknađuje vidljivošću u školi i na društvenim mrežama.

„Anja, hoćeš da dođeš kod mene da... pričamo?", pitam Anju telefonom. Danas je trideseti decembar, dan pred doček Nove godine.

„Ne pada mi na pamet, zovi svoje nove drugarice. Možete da pričate o džemperićima, čajevima, koliko je čija mama uradila plastičnih operacija... Ah, da, tvoja nije, zamisli – imaš lepu i pametnu mamu koja te obožava."

„Dokle ćeš se ljutiti na mene? Milion puta sam ti se izvinila, milion i sto puta sam rekla da sam kreten, milijardu puta da si ti moje sve!"

„Doći ću, ali da znaš da sam ljuta."

„Dobro, ljutko. Dođi kod mene i nastavi da budeš ljuta. Samo dođi."

„Dolazim sa Andrejom. Želi da mu već jednom vratiš luk i strelu."

„Anja, znaš da se strela polomila, sačekaj da pronađem makar sličnu i da mu kupim novu..."

„Reci mu istinu pa onda traži novu strelu koju ćeš da kupiš. Prestani više da lažeš ljude oko sebe."

„Ali ne lažem. Ne želim da ga..."

„Šta? Povrediš? Pa, povredila si ga svaki put kad mu nisi odgovorila na poruku! Ne mogu više da mu govorim da ne znam gde si!"

„U pravu si. Dođite. Čekam vas."

Počela sam da sređujem sobu. U stvari, da sređujem za Mašom. Po njenom krevetu bile su razbacane barbike, plišane šarene igračke, bojice i gomile sitnih šarenih malih ponija. Moj krevet i moj radni sto uvek su u savršenom redu. Ipak, ako već delim sobu sa sestrom (a čini mi se da ću je deliti večno), a dolaze mi drugari u goste, red je da pospremim.

Dok sve stavljam na svoje mesto, razmišljam o dnevnom rasporedu koji imam otkako su svi otkrili da nisam išla na treninge zbog druženja sa popularnom ekipom iz škole, da sam išla na žurku bez pitanja (i to kod devojke koju moji roditelji ne poznaju), da sam uništila strelu koju sam pozajmila, da sam dobila nekoliko loših ocena (nisam stigla da učim jer sam svakodnevno radila domaće zadatke za Ninu, što na pauzi za mali odmor, što kod kuće, ponekad čak i u čajdžinici)... Dakle, moj novi raspored nije ništa drugo nego vraćanje u formu. Nisu mi ga nametnuli roditelji, stvorila sam ga sama za sebe, a on izgleda ovako: buđenje u šest, odlazak na bazen, trening u bazenu do devet, dolazak kući, učenje francuskog i biologije, čitanje lektire. Ručak, odlazak na suvi trening. Vraćanje kući. Užina. Odlazak kod strica na posao. Pored toga što želim da snimim emisiju pod radnim nazivom *Kolači iz bajke*, ja kod strica sada radim za džeparac – učim o poslu iza kamere, ali uglavnom se sve svodi na nošenje kablova, pražnjenje piksli i kuvanje kafe. Želim da zaradim za svoje novo plivačko odelo. Posle tri sata rada kod strica, dolazim kući i spremam se za još jedan trening u bazenu. Tek u pola deset stižem kući, večeram i padam u krevet od umora. Sutradan počinjem sve iz početka, i tako sve dok ne odem na zimske plivačke pripreme u februaru, u drugom delu zimskog raspusta, neposredno posle mog rođendana.

Danas mi je stric rekao da ne dolazim jer je prevelika gužva zbog novogodišnjeg programa, pa imam vremena za Anju. I za Andreja. Tata i mama nisu sumnjičavi, ali me ipak zovu telefonom svakih pola sata. Ako je tata na poslu, zove me da ko bajagi vidi kakav je bio trening, ako mama izađe napolje sa Mašom na sankanje, zove me da proveri da li sam jela. Smišljaju razloge samo da bi videli jesam li tamo gde treba da budem.

Osećam se kao kriminalac sa nanogvicom, pa sam rekla mami da ti pozivi moraju da prestanu.

„Malena, razumi nas. Ti si toliko divno dete. Sa tobom nikad nije bilo problema. Ti čak nemaš ni Fejsbuk profil pa da strepimo da li ti pišu neki manijaci. Najbolja drugarica ti je savršena kao i ti. Do sada smo u svakom trenutku znali gde si, nije bilo razloga za bilo kakvu brigu. Onda, kad se sve ovo desilo, shvatili smo da si tinejdžerka i da i za tebe postoje izazovi kao za svu decu. Treba nam malo vremena da se naviknemo.“

„Znači, bolje je da sam da sam neprestano bila sa drugaricama po kafićima posle škole, da sam bila hirovita, razmažena i zahtevna? Onda biste mogli da se nosite sa mojim odrastanjem?"

„Naravno da nije tako. Najsrećniji smo što si takva kakva si. Ali i savršena deca pogreše, kao i savršeni roditelji", rekla je umilno. „Vidiš, uzimali smo te zdravo za gotovo, nismo primetili da se menjaš i da želiš da budeš drugačija. To je naša greška."

„Ali ne želim da budem drugačija, želim da budem ista ovakva, samo da se ne sakrivam. Sećaš li se Mie sa Taša? Ne želim više da budem u senci neke Mie ili Nine, da se plašim šta će mi reći, da li će me prihvatiti, odobriti ono što radim, kako izgledam ili šta volim."

„Svet je pun Nina. I dobro je što postoje. Jer onda ne bismo znali koliko smo srećni što nismo takvi."

„Ne, mama, svet i dalje misli da je ono što Nina kaže i uradi važno."

„Onda ćeš ti promeniti svet."

Tako smo razgovarale ovih dana pred spavanje. Pričala sam mami šta me je privuklo Nini, da sam bila fascinirana njom iz nekog čudnog razloga, da više ni sama ne znam iz kog. Kao da je sve što ona uradi ili kaže – magično.

„Želela si divljenje. To je ljudski i normalno. Svi pokušavamo da se svima svidimo, ali neko to radi agresivno i na loš način. A drugi… Pa, drugi znaju da sve ono što rade ne rade zbog publike, već zbog sebe. Kad si ponosan na samog sebe, to je ono što se računa."

Mamine reči mi odzvanjaju u ušima dok sređujem sobu. *Želela si divljenje… Svi pokušavamo da se svima svidimo… Kad si ponosan na samog sebe, to je ono što se računa…*

Tata nije bio toliko blag. Odlučio je da me kazni tako što neće pričati sa mnom (izdržao je čak tri dana) i što će za sve da mi drži predavanja. Isto tako, za njega sam u kazni, samo što ne zna kako da me kazni jer ne igram igrice, ne tumaram po ulicama i tržnim centrima sa drugaricama iz kraja, niti sam previše vezana za svoj mobilni telefon.

„Ne znam ni kako da te kaznim. Ne mogu da ti oduzmem treninge i pripreme, nisam monstrum!“, rekao je kao da je razočaran što za mene kazna ne postoji.

Onda čujem zvuk interfona i znam da moram da se suočim sa najboljom drugaricom i dečkom koji mi je verovao, a ja sam ih izneverila.

Anja ulazi kod mene bez Andreja.

„Otišao je na trening i rekao da uzmem njegov luk i strelu od tebe. I šta ćemo sad?“

Nemam ideju. Pogledala sam preko interneta gde može da se nađe ista takva strela, a kad sam pozvala prodavnice, rekli su mi da tu igračku ne dobijaju već nekoliko godina. Postoji, doduše, slična strela, čini mi se i lepša i jača, ali može da se kupi samo u paru sa lukom i košta više i od mog toliko željenog plivačkog kostima. Kad smo kod njega, uspela sam da skupim više od polovine para, ali čini mi se da ću ipak morati da ga se odreknem u korist luka i strele.

„Slušaj“, kaže Anja. „Moramo da mu kažemo istinu. Ne možeš više da ga lažeš i izbegavaš. I kazaćeš mu da ćeš mu kupiti novu čim se završe tvoje pripreme...“

„Ne verujem da ću do tada uspeti da zaradim toliko para. Imam otprilike pola, ali stric mi plaća nedeljno. Trebaće mi bar još dve nedelje da bih zaradila.“

„Ne brini, imam ja novac da ti pozajmim, pa ćeš mi vratiti kad budeš imala. Okej?“

„Anja, ne znam zašto si ovoliko dobra prema meni. Nisam to zaslužila... Hvala ti.“

„Najbolje drugarice za to i služe. Valjda smo još uvek to?", pita me tiho.

„Jesmo, naravno. Uvek i zauvek!"

„Okej, onda, a sad mi reci kakvo to iznenađenje spremaš? Nikad mi nisi rekla zašto ti je trebala moja kožna jakna."

I zatim sam joj ispričala sve o žurki, o Ketnis iz *Igara gladi*, o tome kako mi Nina nije javila da je žurka zapravo crvena, o tome kako sam joj pisala sastave iz srpskog, kako je moja sveska iz biologije još uvek kod nje, kako sam saznala da joj se sviđa Filip i razloge zbog kojih me je primila u društvo. Ispričala sam joj kako Lidija i Sara rade kao vojnici sve što im Nina kaže, čak i kad se ne slažu s tim, kako se zbog nje kriju kad jedu čokolade, kako trče gde im se kaže na samo jedan Ninin pogled. Kako se plaše njene mame skoro koliko i same Nine.

„Sve je to toliko tužno, u stvari. Nije mi jasno kako sam pala na sve to", kažem utučeno.

„Pala si kao što pada cela škola, ceo kraj, možda pola tinejdžera u Beogradu. Nina je od sebe napravila nekakvog idola. Evo, i ja je pratim na Instagramu. Da li te zanima gde je i šta radi?"

„Hm... da. U stvari, ne. Ipak, da. Ne znam!"

„Dakle, juče je krenula na put sa mamom i tatom. Čekirala se sa aerodroma, naravno, kao i svaka budala slikala je pasoš iz kog viri avionska karta na kojoj piše Pariz. Danas je već stavila sedam slika iz Grada svetlosti, evo, gledaj. Jedna ispred *Luj Vitona*, druga iz restorana... Gospode, zašto joj je mama ovako ljuta na svakoj slici, zna li ta žena da se smeje? Treća je ispred Ajfelove kule, četvrta takođe, peta, šesta i sedma ispred Luvra..."

„Uživa u Parizu. Kad bismo nas dve mogle da ga vidimo!"

„Bože, Nađa, pa ići ćemo. Čim završimo srednju školu. Jesi li zaboravila na naš plan? Čim postanemo punoletne, krećemo na put oko sveta. Ja ću da zarađujem tako što ću svirati violinu kao ulični zabavljač, a ti pravi kolače kojima niko neće odoleti!"

„Kad smo već kod kolača...", kažem, i onda joj pričam sve o emisiji *Kolači iz bajke*. Anja oduševljeno skače po sobi i već sebe stavlja u ulogu scenariste, jer ko bi bolje napisao priču o bajkama od nje – pasioniranog čitača?

„Nađa, Nađa, pa ti ćeš uskoro postati poznata ličnost! Jesi li razmišljala o tome? Šta će Nina da kaže na sve to? Umreće od zavisti!"

„Neću da razmišljam o Nini. Samo se nerviram. Ne znam ni da li će mi ikad vratiti svesku iz biologije. Čini mi se da ću morati celu ponovo da prepišem... od tebe."

„To nije ništa. Završićeš prepisivanje očas posla. Nemoj ni da je zoveš da joj tražiš svesku. Ignoriši je. A Filip? Šta je sa njim?"

„Ah... Ne znam. Misliš li da se svi osmaci ljube u obraz? Mislim, posmatrala sam NLS. One se sa svima ljube. I sa dečacima i sa devojčicama. Je li taj poljubac u obraz nešto normalno i drugarski?"

„Da li ti to i dalje razmišljaš o onom poljupcu sa mora?"

„Ma ne. Bio je još jedan. One večeri kad me je ispratio sa žurke. Pričali smo i kao da je oklevao: zastao, krenuo, pa se vratio, pa opet zastao i *puf* – poljubac u obraz!"

„Sa drugarskim poljupcima se ne okleva. Vidiš drugaricu, priđeš, poljubiš. Ako je oklevao, onda se zbunio. A ako se zbunio, znači da je mislio na nešto drugo, a ne na običan drugarski kis. Nađice, šta se dešava sa vama?"

„Ništa, najverovatnije baš ništa! Rekao mi je da voli da priča sa mnom. Nije rekao ništa tipa – slatka si, lepa, neverovatna, sviđaš mi se. Samo da voli da razgovara sa mnom."

„To je lepo."

„Jeste. Baš lepo. Valjda."

I onda, ponovo, počinju da mi gore obrazi. Kad pomislim na Filipa, naviru mi osećanja koja ne mogu da uporedim ni sa jednim drugim. Zapljusne me nekakva bujica osećanja, koja su čas u usponu, čas u padu. Kad pomislim na njega, dobijem osećaj zanesenosti, sreće, ushićenosti, pa čak i motivacije. Kad vidim Filipa kako mi se smeje, kad vidim da mi je stigla njegova poruka, ja sam na nebu, ništa ne može da me spusti na zemlju danima. Da li je to zaljubljenost? Ne znam. Još uvek nisam iskusila tako nešto.

„Nađa, da li si zaljubljena u Filipa?", pita me Anja ozbiljno.

„Ne znam. Stvarno ne znam. Možda je ovo zaljubljenost. Volela bih kad bih znala da prepoznam tu zaljubljenost."

„Nađa se zaljubila, Nađa se zaljubila!" Anja igra po sobi.

„Prekini, sad zvučiš kao Maša! Još samo fali da mi uzimaš telefon i krišom čitaš poruke i staviš krunu na glavu", kažem smejući se, pa obe padamo na moj krevet i smejemo se sve dok ne dođu Maša i mama. Anja zatim mora u muzičku na polaganje iz violine, a ja, kao nekad, ostajem sa Mašom, mamom i Belom. Mama pušta Šade, i onda znamo šta sledi. Uz Šade se nabolje prave palačinke sa čokoladom i mlevenim keksom. Učim Mašu kako se palačinke prevrću u tiganju. Pevamo *Kiss of Life*, to je naša pesma za pravljenje palačinki, i nekako se savršeno uklapa uz ovaj snežni dan dok mislim na Filipa. U stvari, već brojim sate i dane do trenutka kad će me pozvati ili kad ću ga videti u školi.

12. poglavlje

Zanimljivo je da većina sisara ne mora da uči da pliva. Oni zapravo samo ponavljaju pokrete sa kopna, i na taj način plivaju. Čovek je retko biće koje mora da nauči da pliva. Ne može da ponavlja svoj uspravni hod sa kopna u vodi da bi plivao, mora da koristi ruke i noge na specifičan način i mora pravilno da diše. Ipak, kad bebe ubace u bazen, one instinktivno znaju da plivaju. Čudna smo mi bića.

Starim Grcima je plivanje bilo važno kao što im je bilo važno opšte obrazovanje. Poznata je njihova izreka – *sramota, ne znaš ni pisati, ni plivati.*

Razmišljam o svemu ovome dok se penjem na postolje iznad svoje staze. Moje mesto je broj pet. Pet mi je srećan broj. Levo od mene je devojka iz Novog Sada, a desno moja najveća konkurentkinja iz Beograda, sa kojom sam u istom klubu. I dalje se šepuri u svom plivačkom odelu tirkiznozelene boje. Dva puta me je pobedila na internom takmičenju, dva puta sam ja nju. Ima individualne treninge svaki dan, vežba po pet sati dnevno. Mama i tata joj plaćaju najbolje kondicione trenere, fizioterapeute i šalju je na sve moguće pripreme. Ja sam prvi put sa svojim klubom na pripremama, zahvaljujući stricu. Već deset dana intenzivno radimo na aerobnoj izdržljivosti i na tehnici, i vežbamo takmičarski start i što efikasniji okret.

Ovo je peti put od kada smo došli da pravimo neku vrstu takmičenja između sebe. I ovaj peti put će odlučiti koja od nas dve je bolja. Sto metara slobodnim stilom.

Gledam u svoja stopala. Saginjem se u poziciju za start. Čujem zviždaljku i skačem.

U vodi sve prestaje, kao i obično. U vodi mi je jedino važno da pobedim. Volim pobednička postolja, medalje i pehare.

Prva sam dok dolazim do kraja bazena. Znam da mi je okret slabiji od okreta moje konkurentkinje, ali u dovoljnoj sam prednosti da me i lošiji okret neće omesti u pobedi.

Okrećem se u vodi. Koncentrisana sam isključivo na rad ruku i nogu. Na disanje.

Nađa, ti si državna prvakinja, prvakinja Balkana. Uskoro ćeš biti juniorska evropska, pa svetska.

Stižem na cilj. Izranjam.

Milka stoji iznad mene i viče:

„Bravooooooooo! Rekord!“

Nisam sigurna da li gleda u mene.

Skidam naočari. Milka mi prilazi i viče:

„Novi rekord, malena! Toooo!“

Prva sam. Pobedila sam sa pola sekunde razlike.

Vratila se stara Nađa. Suze mi teku od radosti. Preumorna sam, ali trud se isplatio. Sve što je trebalo da uradim bilo je da prestanem da gubim vreme sa Ninom i kompanijom i da ponovo uđem u formu. Kako sam ikad mogla da pomislim da treba da propustim jedan jedini trening? Kako sam tako lako zaboravila koliko volim plivanje, trke i udar adrenalina? Mogu s mirom na evropsko juniorsko prvenstvo u Ljubljanu za mesec dana. Toliko sam srećna da prvi put posle skoro mesec dana ne mislim na Filipa koji mi se nije javio kad je došao sa puta posle Nove godine, nisam ga videla u školi, a nije mi ni rođendan čestitao. Zaboravio je na mene.

Anja ga je videla sasvim slučajno iz autobusa, kad je išla u muzičku školu. Stajao je na ulici sa Ninom.

Ni Nina nije dolazila u školu posle Nove godine i Božića. Nikad mi nije vratila svesku iz biologije, kao što sam i mislila. Sara i Lidija me više i ne pozdravljaju na školskom hodniku, a ja se, kao nekad, družim sa Anjom i ostalim finim devojčicama. Jedina razlika je u tome što se ne sakrivam i trudim se svim silama da više nikad u životu ne budem *tamo neka stidljiva sa kraja hodnika*.

Novu godinu, kao i moj rođendan, proslavili smo intimno. Mama, tata, Maša, stric i Anja su se, kao i obično, potrudili da me iznenade. Za četrnaesti rođendan sam od mame dobila moju omiljenu tortu – monte tortu, ili – kako mi volimo da je zovemo – tortu *plivačicu*. Nju retko ko zna dobro da pripremi. Ni ja je ne spremam, želim da moju omiljenu tortu meni uvek spremi mama. Možda se plašim da je i tu ne preteknem, pa joj dozvoljavam da bude jedini ekspert za nju. Kad sam je probala prvi put, za svoj deveti rođendan (tada ju je moja mama prvi put pripremila), zaljubila sam se u nju. Meka je, sočna, čokoladna sa hrskavim lešnicima. Savršena.

Od mame i tate sam takođe dobila novo plivačko odelo. Posle nekoliko godina sam odahnula. Moje telo se dosta razvilo otkad smo kupili poslednji takmičarski kostim, a s obzirom na to da sam sav novac koji sam zaradila potrošila na luk i strelu za Andreja, ovaj poklon me je ostavio bez daha. Bukvalno sam se rasplakala kad sam otvorila kutiju sa mašnom koju mi je pružila Maša. Rekla je:

„Seko, najsrećniji ti četrnaesti rođiš i sa srećom da ga nosiš!"

Od Anje sam dobila knjigu *Popularna*, sa posvetom: *Mojoj najboljoj drugarici, da uživa u popularnosti koja će uskoro da je zapljusne. Ako ne zbog zlatnih medalja, onda zbog pravljenja kolačića. Neka ti ova godina bude najslađa godina na svetu!*

Maša mi je kupila najdrečaviji ružičasti sjaj za usne koji sam ikad videla, a stric mi je doneo najnovije forme za mafine, alat za dekorisanje kolača, specijalne modle sa izbacivačima, modle za keks i fondan, pribor za praline, tacne, postolja i podmetače za torte.

Kad je odlazio kući, šapnuo mi je:

„Imam još jednu poslovnu ponudu za tebe. Treba mi bebisiterka. Devojčice su kod mene svakog drugog vikenda. Plaćam dobro i očekujem efikasnu i dobru uslugu. Znaš kakve su bliznakinje. Malo im duže treba da odu u krevet, a tebe najbolje slušaju. Kad se vratiš sa priprema, odmah me pozovi."

„Striče, ne treba da mi plaćaš za čuvanje bliznakinja. Znaš koliko ih volim i biće mi zadovoljstvo da budem sa njima."

„Ne, ne, insistiram na plaćanju. Treba ti novac, sad si u godinama kad ćeš početi da izlaziš sa drugaricama u bioskop, na sladoled, otkud znam šta već radite i jedete. Samo se ti meni javi čim dođeš, važi?"

„Ne verujem da će me tata uskoro pustiti da izađem bilo gde, ali novac mi je potreban za druge stvari. Hvala ti na poverenju."

Zagrlila sam ga i tada sam primetila da je srećniji nego obično. Osmeh mu se vratio na lice. *Verovatno ga je prošla tuga za bivšom ženom koja ga je ostavila*, pomislila sam.

Vratiće se osmeh i meni, čim me Filip pozove.

Ali nije pozvao.

Evo, već je sredina februara. Pripreme mi se uskoro završavaju, novo školsko polugodište počinje, a od njega ni traga ni glasa.

Sedim u sobi sa dve drugarice iz kluba. Upravo smo ručale i taj sat u sobi nam je jedini odmor u toku dana. Razmišljam o tome da otvorim profil na Instagramu, kako bih videla gde je Filip. Moje cimerke se kikoću i škljocaju selfije. Zovu me da im se pridružim, pa kažem sebi: *što da ne?* – nameštam kosu i prilazim telefonu.

„Nađa, napući se malo. Pokaži ta divna usta. Gledaj, ovako!“, uče me kako treba da se pozira i – gle čuda – sviđa mi se. Smejemo se, uživamo u slikanju i odjednom sam sigurna u to da je definitivno došlo vreme da se pojavim na makar jednoj društvenoj mreži. Zaboga, imam četrnaest godina! Četrnaestogodišnjakinje i treba ovo da rade.

Uostalom, ako želim da znam šta drugi o meni misle, najbolji je način da otvorim profil na Instagramu i sačekam komentare. Nisam narcis kao Nina, tako da neću veličati svoj lik i delo. Ali nema ničeg lošeg u tome što želim malo da sc opustim i najzad isprobam tu vrstu aktivnosti u kojoj moji vršnjaci uživaju. Možda se prijatno iznenadim.

„Devojke, kako da otvorim Instagram?“, pitam svoje cimerke, i čim to izgovorim, njih dve oduševljeno dotrčavaju da mi sve objasne i pokažu.

„Evo, sve je sređeno, ali potrebne su ti još dve najvažnije stvari. Ime i jedna fenomenalna fotka!“

Tako sam postala *Nadjacupcake011*.

A onda su počele pripreme za fotografiju.

Kosu su mi uvile figarom, tako da su mi lokne padale do pola leđa. Stavila sam samo malo maskare i sjaj na usta. Skinula sam naočare. Obukla sam svoju omiljenu majicu sa nacrtanim kolačićima i natpisom *Life Is Sweet.* Sela sam na stolicu, malo nakrivila glavu, nasmejala se i – moja profil-fotka je rođena.

„Nađa, ti si rođena za ovo. Ja se obično slikam bar dvadeset puta da bi jedna jedina fotografija ispala kako treba, a ti sedneš i – *puf* – dobiješ savršenu fotku iz prve! Ili sam ja jedan odličan fotograf, ili si ti rođena za foto-modela!“

„Okej, vreme je da pronađem prijatelje na ovom čudu“, rekla sam kao za sebe i počela da tražim sve koje znam. A takvih je malo. Prvo Anja, onda Andrej, onda sve moje plivačice sa kojima sam trenutno ovde na pripremama. Htela sam da vidim Filipa, ali profil mu je zaključan, tako da sam ga ostavila za kasnije. Ne daj bože da pomisli da sam ga dodala čim sam otvorila profil na Instagramu.

Nađa, polako, smiri se. Pronađi još nekoga. Opa, stric mi je tu. I Milka! Iju, pa njih dvoje se i međusobno prate. Okej, evo pratim već petnaestoro ljudi, od svih njih mene je zapratilo deset… Do sutra će ih biti više pa ću moći da dodam i Filipa. Ako me ne prihvati? Ups, evo još jednog zahteva za praćenje! Lidija? O, bože, da li da je prihvatim odmah ili da sačekam? Kako me je odmah videla? Evo, stiže zahtev i od Sare. Dakle, Nina šalje izvidnicu. Sigurna sam da sede negde zajedno i ko zna šta smišljaju. Ostaviću ih na čekanju još malo, baš me briga!

„Nađa, hajde da se slikamo nas tri, da staviš svoju prvu sliku na Instagram! Hajde, dođi! Tako. I jedan, dva… Čiiiz!“

„Daj da vidim kako smo ispale!“, kaže jedna.

„Naravno, ja kao kreten, vas dve ste super. Kropujte me ili me bar provucite kroz neke filtere da mi se ne vide ove dve bubuljice. I stavi neki haštag, kao *#instalove* ili *#instamood*. I obavezno nas taguj!“, dodaje druga.

Kad je sve završeno i kad je slika postavljena, sedim i čekam. Naravno, njih dve su odmah lajkovale, kao i većina plivačica sa priprema (moja konkurentkinja sa tirkiznozelenim kostimom nije), Anja je napisala – *dobro došla, cvetu moj*, a Andrej je poslao smajlija koji namiguje. Za sat vremena imala sam 12 lajkova.

Odlazim kod Nine na profil. Ona ga drži otvorenim za javnost. Svaka fotka ima na stotine lajkova, prati je tačno pet hiljada sedamsto osamdeset i četiri osobe. Ali ono što me preseče posred stomaka je slika od pre dva dana, na kojoj je na skijanju sa Filipom. Ona je u skijaškoj opremi boje vanile, a on je naslonjen na snoubord. Lica su im prekrivena skijaškim maskama, a ispod fotografije piše: *kad sretneš omiljenog dečka iz škole u Livinju, onda više i nije tako hladno*.

Slika je dobila preko hiljadu lajkova, a ispod su sve sami hvalospevi: *kako ste slatki*, *prelepi*, *divni*, ili: *vi znate da uživate*, *top*, *vrh* i slične gluposti.

Nije ni čudo što je zaboravio moj rođendan i što me se nije setio! Sve ono što je rekao, kako voli sa mnom da razgovara, bla-bla-bla, sve je bila laž. Poljubac u obraz je čisto foliranje. Sve što želi je neprestana pažnja od svih. Željan da se dopadne, da ga obožavaju, da mu se dive. Kako to nisam videla ranije, kako neko takav može da mi se svidi? Naravno da mu je zabavno u Italiji dok se spušta na svom snoubordu sa vrha planine, zašto bi se setio mog rođendana?

Pobeda koju sam izvojevala danas iznenada me više ne čini srećnom. Raspoloženje mi se naglo pokvarilo, pa kad je došlo vreme da odemo na popodnevni trening, obukla sam se u kupaći i krenula ka bazenu kao na robiju.

Što sam uopšte i došla u virtuelni svet! Bolje da ništa ne znam i da živim u utešnim lažima. Eto, čak i na netu sam luzerka...

Onda se setim da imam dogovor sa roditeljima da, kad poželim da otvorim Fejsbuk ili Instagram ili bilo koju drugu društvenu mrežu, moram da kažem njima, da moram svoj profil da držim zaključanim i da mogu da se dopisujem isključivo sa ljudima koje poznajem.

Okej, čim dođem u sobu, javiću mami. Uostalom, više nisu ljuti na mene zbog svih onih gluposti koje sam napravila krajem prošle godine. Završila sam polugodište sa svim peticama (jedva), Milka me ponovo hvali na sva zvona, sama sam zaradila novac radeći kod strica i u svako doba dana sam bila tamo gde je i trebalo da budem. Dakle, neće biti problema zbog Instagrama.

Na treningu uspevam koliko-toliko da se koncentrišem, mada se osećam pomalo rastrojeno. Sve vreme razmišljam o tome koliko lajkova imam na svojoj prvoj slici, da li je stigao još neki zahtev za praćenje, da li da prihvatim Lidiju i Saru kad se vratim ili da ih odbijem, da li večeras ipak da dodam Filipa ili da se pravim da mi nije predmet interesovanja? Ipak je on zaboravio na mene i ne želim da mu stavim do znanja da ja nisam na njega.

Kad toliko nedoumica imam oko Instagrama, šta bi sa mnom bilo da imam profil i na Fejsbuku, Snapčatu, Tviteru... Ne smem ni da pomislim na to. Videću kako će ovaj virtuelni svet uticati na mene. Ako ovoliko budem razmišljala o svemu tome svaki dan, bolje da odmah ugasim profil. Moram da budem koncentrisana. Imam Evropsko prvenstvo u Sloveniji za desetak dana, završavam osnovnu školu i moram da se pripremam za srednju, plus treba da snimim još tri emisije za strica pre nego što se prva bude emitovala u aprilu, i to tačno na dan kad bude bila godišnjica braka mojih roditelja. To će im biti moj poklon, a prva emisija će biti u znaku ljubavi, i to one večne – baš za njih. Pravim tortu prva ljubav i pričam priču o Nušićevoj prvoj ljubavi – Persi, ali i o prvim ljubavima mnogih pisaca (kao uvod u emisiju koja će se baviti pričama, bajkama i knjigama uz pravljenje torti). Anja mi je predložila, a stric je usvojio, ime emisije – *Moj slatki život*. Anja je, dakle, kuma, i kao takva, odlučeno je da ona sa mnom napiše sve što ću reći u svojoj prvoj slatkoj epizodi.

Sve mi ovo prolazi kroz glavu dok treniramo. Milka vidi da sam odsutna i sve pripisuje umoru. Kaže mi da odmah idem u sobu i da će mi tamo doneti večeru, da moram da odmorim i da se naspavam do sutra. Naravno, jedva sam dočekala da se strovalim u sobu sa telefonom u ruci i bogami – imam šta da vidim.

Ne samo što mi je i Nina poslala zahtev za praćenje, nego je to uradio i Filip. Od euforije što su me se naprasno svi setili zaboravljam da pozovem mamu i, nekim čudom, kao da sam u spokoju sa čitavim svetom, počinjem da tonem u san.

Sutra ću zvati mamu, sutra ću prihvatiti Filipa. Sutra ću biti koncentrisana na treningu. Sutra…

13. poglavlje

Jutros sam potpuno izgubljena u vremenu i prostoru. Sluđena sam od treninga, uzbuđena zbog nastavka snimanja emisija kod strica, umorna od ponavljanja lekcija. Prvi je dan škole drugog polugodišta, a ja osećam veliku radost. Pre samo par meseci bila bih očajna zbog same činjenice da moram da prođem kroz školu, a sada je sve drugačije. Toliko toga mi se dešava. Sedam i petnaest je ujutru.

Ijao, koji je danas dan? Četvrtak? Imam li prvi čas? Da li se promenio raspored ili nije?

Šta da obučem? Da se doteram? Možda nešto sasvim drugačije? Prvo da proverim vreme? Hladno je! Okej, oblačim duks! Vraćam ga na velika vrata, dosta mi je džemperića boje lavande i ostalih gluposti!

Šta ću sa frizurom? Da je uvijem figarom? Ne, ne, smotana sam za pravljenje frizura definitivno. Vezaću rep. A šminka? Ne, ne, možda samo balzam za usne…

Imam istoriju, biologiju… Ne, nemam biologiju, čekaj da proverim raspored… Likovno, istorija, matematika… Okej, spremna sam. Samo da me ne prozove na matematici, nisam najsigurnija sa ovim kvadriranjem i korenovanjem. Moram više da vežbam!

Gde su mi cvikeri, ne mogu da ih nađem!

A onda se setim da mi naočari više ne trebaju. Prvo što sam uradila kad sam došla sa priprema bio je odlazak kod očnog lekara. Mama mi je zakazala dugo očekivani pregled. Otišle smo kod mamine prijateljice oftalmologa, koja me poznaje od rođenja, i iako sam kod nje bila stotinu puta, ovu poslednju posetu nikada neću zaboraviti. Nikad neću zaboraviti taj dan.

Sedela sam na klupi u čekaonici žmureći, a kroz glavu su mi prolazile različite misli.

Da li će od danas biti drugačije, da li ću imati više samopouzdanja, da li će me ovo ohrabriti da prošetam školom ne skrivajući se?

U jednom trenutku sam čula svoje ime i prezime. Ustala sam sa klupe, uhvatila mamu za ruku. Udahnula sam duboko, srce mi se ubrzalo i imala sam neobičan osećaj u stomaku. Prošla sam kroz velika drvena vrata zelene boje i sela na stolicu.

Nisam ovde prvi put. Sedela sam na ovoj stolici hiljadu puta, ali nikad me nije obuzela ovolika trema i uzbuđenje pred očni pregled, mislila sam u sebi.

Preko puta mene sedela je jedna prijatna žena u belom mantilu, crvene kose i vedrog lica. Pogledala me je i blago se osmehnula.

„Verujem da je ovo poseban dan za tebe, Nađa."

Odgovorila sam joj potvrdno klimajući glavom. U ovom trenutku samo sam želela da se sve što pre završi, da se konačno rešim debelih i ružnih naočara. Da konačno progledam.

„Možeš ući kod doktorke."

Doktorka je, kao i obično, sedela za radnim stolom i nešto kuckala po tastaturi. Ispred mene je bila sjajna bela tabla sa krupnim i sitnim slovima, a sa moje leve strane kutija puna malih okruglih stakala pomoću kojih doktorka određuje dioptriju. Nervozno sam se vrpoljila na stolici, iščekujući da pregled počne. Nadala sam se da se moja dioptrija nije znatno pogoršala. Ubrzo je doktorka započela pregled. Uradila sam uobičajene testove za vid, pogledala mi je oči kroz neku čudnu aparaturu, koju ja iz nekog razloga nazivam mikroskopom, i pregled se završio dok si rekao keks. Doktorka je ponovo počela da nešto kucka po tastaturi i blago se smeškala.

To verovatno znači da su mi rezultati u redu!

U tom trenutku jedan ogroman osmeh pojavio se i na mom licu. Sigurno se doktorka nasmejala mojoj presmešnoj faci! Ali sama pomisao na sočiva, koja sigurno neću dobiti, odnela je taj osmeh kao vetar lišće. U jednom momentu, dok su mi se sve te misli provlačile kroz glavu, primetila sam da doktorka ispisuje dva recepta. To nije bilo uobičajeno. Uvek dobijem samo jedan. Ovaj put je bilo drugačije. Taj drugi recept predstavljao je moja sočiva. Da! Upravo tako! Nađa zvanično više neće nositi ogromne debele naočari! Toliko sam bila srećna da sam imala osećaj da mogu da preplivam okean. Energija i uzbuđenje koji su strujali mojim telom bili su neverovatni. Preuzela sam recepte i velikom brzinom se uputila ka izlazu.

„Polako, Nađice, pa neće sočiva pobeći", rekla je mama.

„Očigledno se danas dešavaju čuda. Bolje da požurimo, da sočiva slučajno ne odlete", odgovorila sam.

„Razumem da si uzbuđena, ali ne moramo baš da trčimo", rekla je kroz smeh.

„Dobro, možda sam se malo zaletela."

Ušle smo u najbližu optiku i predale recepte, a prodavačica je donela malu kutiju. Oči su mi se caklile.

„Da li želite da vam zakažemo besplatnu obuku kod nas?"

„To bi bilo odlično. Kada imate slobodan termin?"

„Kad god vama odgovara. Možemo da obavimo obuku odmah."

Vukla sam mamu za ruku kao malo dete i uputila joj *puppy face*.

„U redu."

Obuka nije bila teška. Savladala sam je brzo. Neke devojčice iz moje škole su mi rekle da je za njih stavljanje i vađenje sočiva pomalo zastrašujuće. Izgleda da sam toliko želela sočiva da je obuka za mene bila laka kao perce.

Izašle smo iz optike sa novim pogledom na svet. Bilo je kasno po podne, sunce je polako zalazilo i još jednom se pozdravljalo sa mojim gradom. Gde god da sam pogledala, sve je bilo jasno, bistro, puno boja. Za mene oslobađajuće. Uvek sam imala osećaj da me naočare sputavaju. Sada je bilo kao da se gusta magla raščistila pred mojim očima. Sve je izgledalo lepše i čistije. Videla sam svaki kamenčić na zemlji, svaku travku. Pogledala sam mamu, jedva zadržavajući suze.

U potpunosti sam razumela čika Jovu Zmaja – *ala je lep ovaj svet*.

To se desilo juče, a ja po navici ovog jutra tražim svoje ružne naočare po kući. Nema ih! Nikad ih više neće biti! Toliko sam srećna da palim radio i plešem sa Mašom koja viče: „Gladnaaaa saaaam!"

Mama je počela da radi i više nema ispečenih kroasana ili američkih palačinki sa džemom od kajsija, koje me čekaju na stolu pre škole, zato Maša i ja na brzinu stavljamo pahuljice u činije, prelivamo ih mlekom i jedemo stojeći.

Već je petnaest do osam, tata je izašao iz kuće pre dvadeset minuta, a ja vodim svoju mlađu sestru u školu.

Tek kad obučemo jakne i uzmemo rančeve, vidim da je Maša obukla suknju sa ljubičastim šljokicama.

„Ne misliš li da si malo preterala? Ideš u školu, ne slavimo Novu godinu! Šljokice nisu za učionicu", kažem joj.

„Šljokice su za sve! I za Novu godinu i za učionicu i za ulicu. Nema šanse da je skinem!", kaže ponosno.

„Okej, samo nemoj posle da se žališ ako te budu zezali."

„Mene da zezaju? Zašto bi me zezali? Pa nisam nevaspitana ili glupa, samo nosim suknju sa šljokicama! Bože, Nađa, ništa ne znaš!", kaže Maša mudro i u tom trenutku moja mlađa sestra mi otvara oči.

„Bravo, Mašinka. Budi svoja. I budi srećna. Baš te briga šta drugi misle i govore. Znaš, pametnica si ti mala. I imaš divnu suknju! Hajde, idemo u školu!"

Treba biti svoj i nikad ne treba slepo pratiti gomilu. Treba oblačiti ono u čemu se osećamo najbolje, a ne ono što nam kaže kul ekipa. Treba se stideti neznanja, nevaspitanja i bezobrazluka, a ne omiljene suknje. Ili omiljene majice i pantalona za koje neko kaže da su *taaakooo neugledne*.

Hoću da napravim eksperiment. Danas ću školom hodati ponosno, uzdignuto i nasmejano u svom omiljenom duksu. Teget je boje i ni po čemu se ne ističe. Farmerke su plave, kao i nove patike. Kosa mi je u repu, sočiva u očima. Ništa na meni ne odskače, niti privlači pažnju. Ali ja ću ići školom kao da sam u Mašinim šljokicama. Da li će me primetiti i kakva će biti reakcija? Da li će videti da ne nosim naočare? Ah, koliko samopouzdanja odjednom imam zbog tih malih sočiva!

Ispred škole prvo ugledam Anju. Prilazim joj sa najvećim osmehom i grlim je.

„Ala je neko raspoložen! I gde su ti naočare?“, kaže mi najbolja drugarica, a ja njoj kažem da su one moja prošlost, hvatam je podruku i zajedno vodimo Mašu do njenog sprata trčeći. Usput srećemo dve drugarice iz mog razreda, koje mi se inače nikad ne obraćaju (one su među vernim obožavateljkama NLS-a) i koje mi dobacuju:

„Nađa, kul su ti patike!“

Nasmejem im se i zahvaljujem.

U povratku, pošto je Maša uspešno sprovedena do učionice, srećemo tetkicu Zorku. koja mi kaže:

„Ala si se ti, devojko, prolepšala, sva blistaš!“

Zatim nailazimo na dva dečka iz košarkaške ekipe, koja se gurkaju laktom, i jedan kaže, misleći da ga ne čujemo:

„To je Nađa.“

Nastavljamo do moje učionice, gde se rastajemo. Upravo je zvonilo drugi put i moramo hitno na čas. Anja u hodu kaže:

„Ne znam šta se desilo, ali nekako si drugačija. Jesi videla onu dvojicu kako te gledaju? Nemoguće da je to zato što nemaš cvikere. Nešto drugo je u pitanju.“

„Hajde, vidimo se na odmoru, trči da ne zakasniš!“

Ulazim u učionicu, a ceo razred se okreće ka meni. Ranije bih u tišini samo sela na mesto, niko me ne bi ni primetio niti pozdravio. Sad sam nasmejana, nekako puna sebe zbog eksperimenta. Hodam sporo, više ne bežim u klupu. Ne gledam u pod, već u svet oko sebe.

„Ćao, Nađa!“, kaže najlepši dečko u razredu.

„Hej, Nađa!“, dobacuje i njegov najbolji drug.

„Kako je bilo na pripremama?“, pita me njihova drugarica.

„Super ti je fotka na Instagramu!“, dodaje devojka, najpoznatija jutjuberka u našoj školi.

„Je li te slikao neki profi fotograf?", pita me njena drugarica. Ovo su sve dečaci i devojke iz mog razreda. Nikad nisu bili zli prema meni, ali me nikad nisu ni primećivali. Govorili bi mi *ćao* u prolazu, jer su pristojni, ali me nikad nisu pitali kako sam, šta radim i da li želim da se družim s njima.

I ne krivim ih. Krivim sebe. Krivim tu nametnutu stidljivost koju sam gajila. Krivim svoj kukavičluk.

Pričam im o svojim pripremama, o tome kako me je za Instagram slikala drugarica, o takmičenju u Sloveniji. Svi smo prijatelji u virtuelnom svetu. Stojimo u krugu jer profesorka kasni, smejemo se. Najzad sam u grupi. Najzad sam prava tinejdžerka. Srećna i nasmejana uprkos neuglednom duksu. Mogu da budem prihvaćena i sa kosom u repu, sa naočarima za vid. Potrebno je samo da budem nasmejana, ponosna na samu sebe, da ne pokušavam da nestanem i da budem nevidljiva. Moj teget duks, moja visina, moje patike, moja duga kosa u konjskom repu – sve su to moje šljokice. Može da se sija i bez veštačkog sjaja. Onaj istinski i pravi sjaj dolazi iznutra, rekla bi moja mama.

Časovi odjednom prolaze veoma sporo, jer ja, ovako srećna, jedva čekam da se suočim sa Filipom. I Ninom. Prvo sa Ninom, a onda sa Filipom. Nikako zajedno.

Na velikom odmoru, dok grickam plazmu sa Anjom i Andrejom, prilaze nam Sara i Lidija.

„Bebice jedu plazmicu?", kaže Lidija, a Sara se nadovezuje:

„Jedu taj šećer, a ne znaju da će za godinu dana da im porastu guzice." Opaska je upućena meni, a onda odmerava Anju i nastavlja:

„U stvari, ovoj mršavoj neće, ona bar pliva pa se troši, ali Anja, tebi to sedenje sa violinom neće učiniti nikakvu uslugu, to ti je jasno, zar ne?" Onda obe umiru od smeha.

„Vas dve ste... nevaspitane. I izvadite te čokoladice iz brusthaltera pre nego što nekome kažete nešto u vezi sa ishranom!“, kažem prkosno, sećajući se čokoladica koje su sakrivale od Nine na žurki.

„Ne znam o čemu pričaš. Stvarno si čudna, u pravu je Nina. Čudna, čudna, *čudakinja*!“, kaže Lidija i zatim obe odlaze kod Nine.

Gledam u njihovom pravcu. Nina ne skida pogled sa mene. Onda, baš kad sam htela da se okrenem i odem, primećujem Filipa koji uzima loptu za basket od nekog petaka i počinje da igra košarku sa dva druga. Nina mu prilazi i nešto šapuće, pa se oboje okreću ka meni. Filip me gleda, pa ostavlja loptu i dolazi do nas. Anja i Andrej ga odmeravaju, pa ustaju sa zidića kao da treba da me odbrane od nečega.

„Hej, gde su ti cvikeri?“, pita me.

„Došao si da je pitaš gde su joj naočari?“, ubacuje se Anja.

„Ne, došao sam da je pitam nešto drugo, ali neću dok ste vas dvoje tu.“

U tom momentu se oglašava zvono za kraj velikog odmora i ja kažem:

„Kasnije me pitaj. Moram da idem.“

Anja mi u hodniku kaže da sam baš bila kul, jer sam ga na pristojan način oduvala. I da sam super odreagovala sa Sarom i Lidijom.

„Ne znam zašto su se sad okomile na mene. Misliš li da ću stvarno biti gojazna jednog dana?“

„Anja, pusti budale. Šta te briga šta imaju da kažu. Ti si najnasmejanija i najvoljenija devojka u školi. Tebe bukvalno svi vole! To je dovoljno.“

Na kraju časova se ne zadržavam u dvorištu. Anja mora da žuri u muzičku, a Andrej me zove kod njega. Ne želim ponovo da ga odbijem, ali moram, jer treba da završim domaće, a zatim da odem kod strica na snimanje poslednje epizode emisije *Moj slatki život*. Nismo snimali više od mesec dana pa sam se uželela kamera. Shvatila sam da su mi baš te kamere, za koje sam mislila da su bauci, pomogle da se vidim u drugačijem svetlu. Dale su mi drugačiji pogled na mene samu. Pokazale su mi samu sebe u drugačijem svetlu i pred njima sam se osećala prijatno, kao pored Anje ili kao kad skočim u bazen. Zato sam žurno krenula ka kući, obećavajući Andreju da dolazim kod njega čim izađem iz gužve, ali čim sam to izgovorila, neko je povikao moje ime iz sveg glasa. Okrenula sam se i našla licem u lice sa Filipom, koji je bio na svom haverbordu. Tada sam shvatila da se polako približava proleće. Malo je otoplilo, sunce je zasijalo jače, a dečaci iz naše škole ponovo su stali na svoju omiljenu zanimaciju.

„Nađa, moram nešto da te pitam."

„Pitaj onda brzo, jer žurim."

„Jesi ti to nešto ljuta na mene?", pita me dok staje na trotoar.

„Ne, nisam, zašto bih bila ljuta?", kažem i gledam ga direktno u oči. I opet se izgubim u njima. Plavetnilo je svuda oko mene.

„Čudno se ponašaš, kao da si ljuta..."

Trgnem se na reč *čudno* jer sam je i previše puta čula u poslednje vreme.

„Čudno? Šta je to čudno kod mene, hoćete li mi objasniti?"

„Ko smo to mi?"

„Pa, recimo ti, Sara, Lidija i Nina. Stalno mi govorite da sam čudna. Ako sam čudna, zašto uporno dolazite da razgovarate sa mnom? Niko vas ne zove!", kažem ljutito.

„Ne znam šta se dešava. U stvari, znam šta se dešava. Zato si takva, rekla mi je Nina."

„Šta ti je Nina rekla, pobogu? Šta ona to još ima da kaže?"

„Pa to... O tome priča cela škola. I ja sam se iznenadio."

„Šta? Reci već jednom! O čemu priča cela škola?"

„Pa, o tome kako si zaljubljena u Nininog bivšeg dečka. I da si se obukla izazovno na njenoj žurki samo zato što si znala da je on tamo. Onda, kad sam te ja ispratio kući, bila si ljuta jer si ga videla sa Ninom i razočarala si se. On je još uvek zaljubljen u nju, a ne u tebe. I tako nešto... Sad kao ne podnosiš Ninu zbog njega, ne javljaš joj se, ne družiš se s njom više. Danas si je gledala pogledom punim mržnje. Kaže da je baš tužna što si postala takva, da te je baš zavolela. Sve mi je ispričala još na zimovanju."

Ne uspevam da progovorim. U šoku sam.

„Sve je to... glupost. Najobičnija laž", samo to prevaljujem preko usana.

„Zvao sam te. Za rođendan."

„Nisi me zvao."

„Da li je i to laž, Nađa?"

„Jeste. Nisi me zvao."

„Jesam. Pitaj sestru", kaže, okreće se i odlazi na haverbordu.

Ulećem u kuću kao furija. Onda se setim da je mama počela da radi i da je trebalo da odem po Mašu u školski boravak, pa trčim nazad do škole sa Belom. Kad izađemo na ulicu, dok Bela trčkara oko nas, pitam je:

„Mašo, jesi li se javljala na *moj* telefon kad mi je bio rođendan?"

Maša ćuti.

„Nisam ljuta, samo želim da proverim da li me neko laže."

Maša me gleda i kaže:

„Obećaj da nećeš biti ljuta."

„Obećavam."

„Pa, bila si u kupatilu, a telefon je zvonio, pa sam se javila i on mi je rekao da kažem da je zvao. I ja sam zaboravila da ti kažem jer su nas zvali mama i tata da duvamo svećice, a ja sam htela prva da ti dam poklon, a onda je stric stigao sa bliznakinjama i zaigrale smo se pa sam opet zaboravila, a onda si ti otputovala na pripreme, pa sam opet zaboravila i kad sam se setila da te je zvao neki Filip, prošlo je puno dana i onda nisam više htela ni da kažem da se ne bi ljutila", izgovara sve u jednom dahu i vidim da joj naviru suze.

„Dobro, Mašinka, sve je okej. Nisam ljuta. Stvarno nisam. Bilo pa prošlo. Ali obećaj i ti meni nešto. Možeš li?"

„Mogu! Sve ću da obećam!"

„Ne javljaj se više na moj telefon. Važi?"

„Važi, Nađa. Najnajnajvaži."

Zvao me je. *Zvao me je!*

Ali sad je kasno. Sad više veruje Nini nego meni i to niko i ništa ne može da ispravi.

Mama uskoro dolazi iz škole. Kaže da joj je na novom radnom mestu bolje nego što je očekivala, a to potvrđuje time što pušta svoju omiljenu pesmu za ponedeljak – *Upside Down* od Dajane Ros.

Ništa ne može da te oraspoloži ponedeljkom kao klasični disko, pa nastavlja da đuska sa Mašom. Ostavljam ih razigrane i odlazim kod strica na posao. Za njih sam kod Anje. Učimo istoriju.

14. poglavlje

Ogovaranje je kao narkomanija, rekla mi je jednom mama, jer ljudi koji se bave drugim ljudima počnu to da rade bezazleno, a onda više ne mogu bez toga. Ogovaranje im je kao disanje. Kao narkomanu droga. *Jadni su to ljudi, Nađice, jer bavljenje tuđim životima dolazi iz nemoći, iako se oni osećaju moćno.*

Tek sa četrnaest godina razumem zašto devojke vole da ogovaraju. Tako imaju saveznike. Dobijaju na važnosti, dele tajne. Ogovaranje im je neka vrsta tajnog kluba i zato se osećaju moćno. Istina je da su nemoćne i kukavice jer hrabri ljudi se suočavaju sa istinama i govore drugima šta misle o njima u oči. Ogovaranje je za slabiće. Širenje laži o drugima je gore i od ogovaranja. Jer ogovaranje može ponekad da bude samo prenos tačnih informacija. Ali širenje laži, ili mračna strana ogovaranja, kako to naziva Anja, najgora je od svega. Sedim kod nje u sobi i jadam joj se.

„Sve je bilo lakše kad sam bila nevidljiva. Sad kad svi znaju ko sam i šta sam, svi me ogovaraju“, kažem očajno.

„Pa kad Nina, koja je ekspert za mračnu stranu ogovaranja, širi te priče koje nemaju veze sa mozgom!“

„Ali ja i ne znam kako izgleda taj njen bivši. Čula sam za njega, znam da ide u Treću…“

„Čula si jer smo ih svi ogovarali – i Ninu i njega."

„Ali nije to ogovaranje!"

„Jeste, ali nije mračno ogovaranje. Nismo nikad ništa ružno rekli o njima. Svi su jedno vreme pričali o Nini i Miši. I o njegovoj vespi. I svima je bilo vrlo zanimljivo da li su se poljubili, da li će ostati zajedno, čak su se neki i kladili koliko će njihova veza opstati… Nismo prenosili ništa za šta nismo bili sigurni da se desilo. Ovo što Nina radi tebi – to je maliciozno. Čista manipulacija ljudima da bi se ona osetila moćnije. Ne bi me čudilo da iskrsne još neka priča…"

„I? Šta sad da radim?", pitam Anju dok ona vadi svoju violinu iz kutije i priprema je za vežbanje.

„Ne znam. Mislim da treba prolaziti pored ogovarača uzdignute glave i ignorisati ih. Onda će im dosaditi ogovaranje", kaže Anja i počinje da svira neku divnu melodiju.

Slušam je pažljivo i razmišljam o onome što je rekla. Melodija koju svira pomaže mi da trezveno razmišljam, a ujedno me i smiruje.

„Šta to sviraš? Prelepo je", pitam je tiho. Anja završava i uzdiše.

„Bramsa. Kad ga sviram, smanjujem nervozu. Kao kad ti praviš kolače. Ili plivaš. Tako je meni sa Bramsom, a naročito sa njegovim sonatama. Nego, hajde da napravimo plan i da završimo osmi razred kako treba. Kao carice, a ne kao jadnice. Treba jednom zasvagda da se završi sve ovo sa Ninom. Za početak, pozovi Filipa i reci mu sve."

„Šta sve? I zašto njemu da govorim?"

„Zato što je zbog njega sve ovo i počelo. Ako Filip tebi poveruje, Nina je razotkrivena. Treba nam samo jedna jedina jaka karika da bismo mogle da je raskrinkamo."

„Ne želim nikoga da raskrinkavam. Želim samo… Želim da me svi puste na miru."

„To iz tebe progovara stara Nađa. Zar nismo rekli da je nestala? Zar ćeš tek tako dopustiti da te gaze? Ako ti hoćeš, ja neću!", kaže Anja i ponovo počinje da svira Bramsa.

U pravu je. Filip treba da zna istinu. Ipak me je pozvao za rođendan, kao što je obećao, a ja sam bila ljuta na njega misleći da me je potpuno zaboravio. Moram to da mu objasnim, za početak. A onda, u zavisnosti od toga kako se razgovor bude dalje odvijao, reći ću mu celu istinu. Da li to onda uključuje i istinu o tome ko mi se zapravo dopada?

„Nađa, hajde da za trenutak ne mislimo na Ninu. Pričaj mi o emisiji koju si snimala. Jesi li uspela da kažeš sve što sam ti napisala?", prekida me Anja u razmišljanju.

„Videćeš. Uskoro ćeš sve videti. Uskoro ćete svi sve videti", kažem zagonetno i nasmejem se. „Ali mnogo si mi pomogla sa svojim tekstom o prvim ljubavima. Super se uklapa u sve ono što spremam pred kamerama. I emitovaćemo je baš na godišnjicu braka mojih roditelja. Biće super, ali ne želim sve da ti otkrivam. Molim te, budi strpljiva!"

Pošto moram da se vratim kući – kod strica sam bila skoro tri sata, pa kod svoje najbolje drugarice još sat, i već je skoro devet uveče – ljubim Anju u obraz i istrčavam na ulicu. Beograd je u mraku sav išaran automobilskim farovima. Posle dužeg vremena sve je suvo. Nema kiše, nema snega, ne duva ni vetar. U vazduhu se oseća prerani dolazak proleća. Želim da dočekam proleće mirne duše i čiste savesti i zato šaljem Filipu poruku (posle dužeg vremena bez Ninine asistencije). Ta poruka nije ni tajanstvena, ni isfolirana, već iskrena. Obična poruka koja glasi:

Ako si slobodan, volela bih da se čujemo. Nađa

Nisam imala mnogo vremena da razmišljam o tome šta bih mu tačno rekla, jer mi je telefon odmah zazvonio. Filip.

„Evo, javljam se odmah. Baš sam krenuo na trening."

„Da li još važi onaj tvoj poziv? Bela i ja kod tebe?"

„Da, da, naravno. I ne spominjem to više, mislio sam da me kuliraš namerno."

„Zašto bih te kulirala?"

„Ne znam, i ja sam se to pitao. Otkad sam te zvao za rođendan, nestala si bez traga i glasa i odjednom se pojavljuješ na Instagramu."

„Kako si saznao da sam na Instagramu?"

„Neko mi je pokazao, ne znam… Nisi me ni dodala za prijatelja pa sam bio sto posto ubeđen da si ljuta ili tako nešto."

„Nisam...Nego sam zaboravila na taj virtuelni život otkako sam se vratila sa priprema. Nemam vremena za sve to."

„Prvi put čujem da jedna devojka zaboravi na svoj Instagram profil. Obično su opsednute lajkovima. Uostalom, Sara i Lidija su mi rekle da njih nećeš da potvrdiš za prijatelje, da si ljuta, onda Nina sa onom pričom… Vi devojke ste strašno komplikovane."

„Da, jesmo. Objasniću ti sve kad se vidimo."

„Hoćeš u petak posle škole? Ako si *free*."

„Može, trening mi je tek predveče. Onda… Vidimo se."

„Vidimo se. Evo, ulazim u sportski centar, moram da prekinem."

„Okej, ćao."

„Ćao."

* * *

Bodrim sama sebe ispred ogledala. Petak je i posle škole Filip će doći sa mnom do kuće po Belu, a onda ćemo otići kod njega. Pomalo je smešno to što želimo da upoznamo svoje kućne ljubimce. Sigurno se moja mama ovako osećala kad je vodila mene na druženje kod devojčica koje su kasnije govorile da sam dosadna i stidljiva. U stvari, one su meni bile beskrajno dosadne sa svojim lalalupsi lutkama. Plašile su me te lutke sa dugmićima umesto očiju. I dan-danas mi izgledaju kao da su izašle iz horor filmova. Pitam se da li će se Bela uklopiti sa Filipovim labradorima, umesto da se pitam da li će nama biti lepo kod njega. Interesantna stvar je da sa Filipom nikad nisam imala nikakvu tremu u komunikaciji. Nas dvoje uvek lepo razgovaramo. Bez neprijatnih pauza ili nedostatka tema. Sa njim sve ide glatko, kao da se znamo milion godina.

Belice, nemoj da budeš stidljiva. Igraj se sa labradorima. Filip kaže da su divni i umiljati i da obožavaju male pse. Ko tebe ne bi voleo tako slatku, poslušnu i dobru?

„Nađaaaa, zakasnićemo!“, viče Maša iz hodnika, držeći svoj roze ranac na leđima. Ja se pojavljujem pred njom u farmerkama i kariranoj košulji. Kosu sam pustila da mi pada niz leđa. Imam trunčicu maskare na trepavicama.

„Otkad nosiš sočiva, postala si prelepotica“, objavljuje značajno.

„Odakle ti ta reč – *prelepotica*?“

„Čula sam onu Saru kako kaže Nini da je prelepotica. I meni je prelepotica ta Nina. Ima tako divnu odeću. Samo ne ume lepo da gleda.“

„Kako ne ume lepo da gleda? Ne razumem kako neko može lepo ili ružno da gleda", pitam svoju mlađu sestricu.

„Može. Ti lepo gledaš. Kad me pogledaš, ja sam srećna. Kad me pogleda Nina, nisam srećna", objašnjava mi Maša.

„Kako Nina tebe uopšte može da gleda kad nisi čak ni u istom školskom dvorištu, a učionica ti je skroz na drugom kraju škole? Ne možete ni da se sretnete."

„Moje drugarice iz razreda i ja špijuniramo osmakinje. Jednom su nas uhvatile kako ih gledamo dok su se šminkale, jednom kako ogovaraju, jednom kako krišom jedu čokolade. Videla sam Ninu sto puta i uvek me pogleda… loše… ne zna da gleda, kažem ti!"

„Okej, nemoj više da špijuniraš, to je skroz bez veze. I nije kul. Važi?"

„I rekla je Nina za tebe nešto kao da misliš da si postala kul. Ja mislim da si ti uvek kul, ali bila bi i više kul ako bi obukla neku haljinu, suknju ili tako nešto kao Nina."

„Hajde da ne pričamo o Nini i o onome što ona govori. Idemo u školu odmah, inače ćemo zakasniti na prvi čas", kažem nervozno i hvatam Mašin ranac da joj pomognem do škole sa tih desetak kilograma koje mora da nosi na leđima.

U školi sam ceo dan zamišljena. Anja nije tu da mi pruži podršku zbog odlaska kod Filipa jer ima veliko takmičenje u muzičkoj školi, a zbog odlaska na dodatnu iz biologije, dogovora sa istoričarkom oko takmičenja i razgovorom sa direktorkom o mom evropskom takmičenju iz plivanja ne uspevam ni da odem na veliki odmor niti da vidim Filipa.

Ninu sam videla u školskom hodniku i poslušala Anjin savet. Samo sam prošla pored nje, kao pored turskog groblja. Nisam spustila glavu niti sam skrenula pogled, naprotiv – pogledala sam i ja nju bez reči. Čim sam prošla pored nje, čula sam Lidiju i Saru kako se kikoću uz reči: *Šta ova zamišlja?*

Zamišljam da vas nema, da ne postojite i da niste bitne. Eto šta zamišljam!

Ipak, srce mi je lupalo kao ludo. Strah od njih u meni se iznenada opet pojavio, ali uspela sam da ga prevaziđem jer sam samo mislila na to kako ću danas da se družim sa Filipom.

Čim je zvonilo za kraj poslednjeg časa, otišla sam ispred glavnog školskog ulaza, gde smo se dogovorili da ćemo se naći i on se pojavio posle dva minuta sav zadihan.

„Moramo da požurimo. Ne želim da nam se neko nakači", kaže i brzim korakom kreće ka mojoj ulici. Pratim ga u stopu, iako je mnogo brži, i ćutimo do moje zgrade.

„Hoćeš sa mnom gore?", pitam ga.

„Neću, sačekaću te ovde. A gde ti je sestra, zar ne moraš po nju?"

„Ne danas. Danas mama dolazi po nju jer ima manje časova. Evo, brzo ću, samo da uzmem sve što mi treba za Belu. Kako idemo do tebe? U autobus smemo sa ljubimcima samo do jedan i od šest po podne, ako se ne varam. Hoćemo u šetnju?"

„Ma jok, idemo taksijem, ništa ne brini."

Odlazim po Belu i stavljam joj oko vrata specijalni roze kaišić koji koristimo samo za svečane prilike, a koji ona uopšte ne voli. Uzimam isto tako roze povodac, stavljam u ranac kutiju keksića za pse i silazim na ulicu. Tamo me već čeka taksi. Filip sedi napred i govori taksisti kuda idemo, pa ja sedam nazad sa Belom. Ona se ponaša kao kraljica. Sedi u mom krilu nepomično kao nekakva slatka skulptura i posmatra svet oko sebe. Bela obožava vožnju kolima i put do Senjaka prolazi brzo jer, iako je petak, u Beogradu nema gužve, a mi hvatamo zeleno na svakom semaforu na koji naiđemo. Taksista skreće levo, pa desno, ide pravo, pa vijuga, i na kraju ulazimo u ulicu prepunu drveća. Najlepši drvored koji postoji u Beogradu je baš u Filipovoj ulici i on taksisti kaže da stane kod neke bledosive kuće.

„Evo nas!“, kaže Filip značajno. Vidi se da je ponosan na svoju kuću – a kako i da ne bude kad je lepa, velika i sa ogromnom baštom koju štiti velika kamena ograda ukrašena puzavicom. Podseća me na kuću u kojoj sam odrasla. Kuću koju smo nekad davno morali da prodamo i zauvek napustimo. Pitam se ima li Filip bazen u svom zadnjem dvorištu, kao što sam ga nekad imala i ja. Ako i ima, njegov sigurno radi.

„Hej, čekaj malo“, kažem dok stojimo ispred njegove velike masivne kapije od kovanog gvožđa. „Samo da vidim… Da, ovde živi moj stric! Neverovatno. Vidiš onu kuću tamo preko puta? Onu belu? E pa, to je kuća mog strica. Vi ste komšije!“

„Da li tvoj stric ima kćerke bliznakinje?“

„Ima! Znači, poznaješ ga?“

„Nisam ga upoznao, ali moji jesu. Mislim da su čak moj tata i tvoj stric izašli na neku večeru skoro. Verovatno pričaju o poslu. Eto, sad si mi na neki način i ti komšinica. Preko strica!“, kaže smejući se dok ukucava šifru za otvaranje kapije. A kad se otvori, zakoračujemo u moje detinjstvo.

Filipovo dvorište ispred kuće podseća me na moje odrastanje u Sremskim Karlovcima. Ruže, savršeno podšišana zelena trava i tuje kao da su posađene identično kao u mojoj nekadašnjoj kući. Čini mi se i da su platnene ležaljke iste boje kao što su bile naše. Čak i veliki kameni roštilj stoji na istom mestu kao nekad kod nas!

On me vodi ka zadnjem dvorištu. I baš kao što sam i pomislila, tamo je bazen. Iste veličine kao moj. Prazan kao moj.

„Prazan je, punimo ga tek negde u maju“, kaže ponosno i hvata me za ruku. „A sad da te upoznam sa dečacima. Hajde, Bela!“

Bela sve vreme ide uz mene. Obazriva je jer je na nepoznatom terenu. Nije razigrana kao obično jer želi da se upozna sa okolinom. Zatim Filip otvara još jedna vrata, koja se nalaze u zadnjem dvorištu, i iz njih istrčavaju dva divna labradora zlaćane boje. Skaču na Filipa, mašu repom i ližu ga po rukama i licu, a tek onda primećuju Belu, koja stoji pored mene. Pošto su je onjušili, ona pravi par koraka napred i seda. Uši su joj dignute kao da sluša šta imaju da joj kažu.

„Bak, Don, donesite loptice!“, kaže im Filip odsečno, a njih dvojica odmah trče u dvorište i za tren oka pronalaze svaki po jednu žutu tenisku lopticu, dotrčavaju do Bele i stavljaju ih ispred nje. Bela, kao prava dama, njuši jednu pa drugu, kratko laje, kao da kaže *hvala*, i otrčava na mesta na kojima su oni bili. Bak i Don kreću ka njoj, ali manjom brzinom, i gledaju šta Bela radi. Izgledaju kao dva džentlmena.

„Divni su!“, kažem oduševljeno, pa kad vidimo da se njih troje lepo slažu i da su se zaigrali, ulazimo u kuću. On sve vreme udara fudbalsku loptu desnom nogom. Kaže da ga pimpovanje smiruje. Pravim se da znam šta to znači i ne usudujem se da pitam zašto mora sad da se smiri.

Filip, naravno, ne prestaje da priča. Govori mi kako je prvo dobio Baka za deveti rođendan (baš kao i ja Belu), pa odmah zatim i Dona za deseti, jer se plašio da će Baku biti dosadno.

„Grozno je kad si jedinac, nisam hteo da moj ljubimac nema društvo i da bude sam po čitav dan, kao ja“, kaže nekako tužno, ali raspoloženje mu se odmah menja kad ugleda nešto na velikom šanku, koji odvaja trpezariju od dnevne sobe.

„Vidi, ćale mi je ostavio poklon! Jao, pa tražio sam mu ovu igricu još pre mesec dana. Izgleda da me se ipak setio kad je otišao na put. Nisam ni znao da je već stigao. Nađa, hajde da je isprobamo!"

„Hajde!", kažem oduševljeno jer obožavam da igram igrice, ali za njih nemam vremena, a i misaona imenica mi je u ovom trenutku da imam Sonijev plejstejšn.

„Nije plivanje, ali je Fifa! Nađa, samo nemoj kao sve devojke da prevrneš očima. Daj šansu fudbalu!"

„Ja svakom sportu dajem šansu. Kad sam mogla da idem da gledam Andreja kako cilja u metu sa lukom i strelom, mogu jednom i da igram fudbal."

„Uvek zaboravim da nisi kao druge devojke. Nađa, ti si tako... drugačija."

„Drugačija?"

„U dobrom fazonu."

Čim nam je sipao sokove i stavio čips u velike bele činije, uključuje igricu. Dok čekamo da se učita, ja ga posmatram sa strane. Lepši je nego što je bio na moru. Imam osećaj da je još porastao, da se još više razvio i da mu je osmeh još čarobniji. Ali najvažnije je to što, kad sam sa njim, kao da svi problemi nestanu. I dalje ima moć da oboji svet oko sebe. Da, istina je, jer je ova velika dnevna soba, u kojoj se nalazimo, sva u sivim i crnim tonovima. Mračna je, a ja ipak osećam toplinu i vidim svetlost svuda oko sebe. Ne čujem ga kad počne da mi objašnjava ko je koji igrač, kakvu strategiju treba da imam dok igram, ne čujem ni kad priča o svom omiljenom fudbaleru, samo gledam u njegove oči i kosu. Slušam taj prelepi glas, ali se gubim u njegovim rečima.

„Nađa, izgleda da ti idu ove stvari. Nisam ni sumnjao. Kad sam u Tivtu video kako voziš haverbord, mislim da sam se… znaš… oduševio."

„Pa kad imam dobrog učitelja", kažem tiho. O bože, da li ja to flertujem?

Odjednom, baš kad sam mu dala gol, okreće se ka meni i gleda me:

„Stvarno, gde su ti cvikeri?"

„Nema ih, najzad. Dobila sam sočiva."

„Bila si slatka sa onim tvojim cvikerima."

„Hoćeš da kažeš da sam sad grozna?", pitam smejući se.

„Ne. Sad si… Pa, znaš… Imaš baš lepe oči. Plave, kao moje. Gledaj!", kaže i širom otvara oči da ih bolje vidim. *Filipe, znam tačno kakve oči imaš,* mislim u sebi, *mislim na njih svaki bogovetni dan.*

„Aha, ista nijansa", kažem kratko.

„Nije ista, moje su malo svetlije, ali tvoje…", kaže i ne uspeva da završi rečenicu jer nas u tom trenutku prekida zvuk interfona. Filip ustaje i odlazi do malog ekrana koji pokazuje ko je na kapiji, pa kaže:

„Moja mama sa Nininom. Sranje! Otkud sad njih dve ovde? Obično mi mama stiže tek predveče, zar nije na nekoj jogi ili tako nešto?"

„Nisam znala da se druže."

„Ni ja. Ali izgleda da su se baš zavolele otkad smo se slučajno sreli na zimovanju. Nema veze, idemo nas dvoje napolje da vidimo šta rade Bela, Bak i Don, neka njih dve sede ovde i prave koktele", kaže i odmah zatim čujemo ženske glasove pomešane sa zvukom potpetica.

Pre nego što smo ih i videli, osetili smo jake parfeme. A onda, taman kad smo ustali, na velikim dvokrilnim vratima dnevne sobe pojavila se Filipova mama. Prvi put je vidim i nisam je tako zamišljala. Mislila sam da liči na tatu, ali ne, on je ista mama. Ima njene oči – nebeskoplave, istu plavu kosu, samo što je njena duga, skoro do pola leđa i perfektno isfenirana. Niska je, ali skladno građena, sa velikim grudima. Na njoj je sve bež. Bež pantalone, bež košulja i bež cipele na potpeticu. U ruci drži bež pismo-tašnu. Odmerava me od glave do pete i kaže:

„Vidim, imaš društvo." Prilazi mi i pruža ruku. „Ja sam Filipova mama, a ti si..."

„Nađa, drago mi je", kažem tiho.

„Nađa... Nađa? Čekaj, jesi li ti ta Nađa iz Tivta?", pita me znatiželjno i ponovo počinje da me odmerava.

„Jesam...", odgovaram bojažljivo.

„Mama, Nađa je iz moje škole, rekao sam ti da ćemo doći danas. Ona ima Belu", prekida me Filip jer vidi da mi je neprijatno.

„Dobro, deco, ovde sam sa prijateljicom. Filipe, ti znaš Nininu mamu, a ti Nađa, ako si iz iste škole kao Filip i Nina, da li ti poznaješ gospođu?", pita me Filipova mama dok Ninina prilazi i gleda me istim pogledom kao njena kćerka. Maša je u pravu. Neki ljudi ne umeju da gledaju. Od ovog pogleda se osećam grozno. Gospođa Ninina mama ima jednako loš pogled i ne ume da gleda, baš kao i njena kćerka!

„Nađa, kažeš? Ti si ona mala što je uzela stvari moje Ninočke i nikad ih nije vratila?", pita gledajući me pravo u oči.

„Ja... Ne znam... Kakve stvari? Pogrešili ste sigurno... Ja sam...", kažem toliko tiho da nisam sigurna da me čuje, jer samo želim da nestanem odatle.

„Znaš ti odlično o čemu pričam. Moja Ninočka je pravila *red party* i pozajmila ti je neku suknju, duks i šta ti ja znam i nikad joj nisi vratila. Tačno se sećam da je rekla Nađa. Nema dve Nađe u toj vašoj školi! Toliko je sirotica bila razočarana i povređena, danima je plakala sama u sobi. Nekome daš ruku, pružiš ljubav, a taj ti tako vrati", kaže Ninina mama i seda na fotelju praveći se da je skrhana od bola. Filip me gleda i, videvši da drhtim, kaže:

„Bio sam tamo i lično sam video kako Nađa vraća sve stvari i stavlja ih na krevet. Onda sam je i ispratio do kuće i znam da nije ništa uzela. Naprotiv, njoj su polomili strelu koju je donela."

Kad je to izgovorio, gledam ga začuđeno jer nisam ni znala da zna za Andrejevu polomljenu strelu i kažem:

„Moram da idem. Bilo mi je drago."

Istrčavam u dvorište, hvatam Belu i stavljam joj povodac. Čujem Filipa iza sebe kako me doziva, ali ja već izlazim na ulicu. Trčim do kuće svog strica i lupam na vrata. Na sreću, on je tu. Otvara mi i ja ulećem kao furija. Zatvaram vrata iza sebe i počinjem da plačem. Pola sata ne mogu da prestanem, kao da se svaka frustracija, i nepravda koju sam osetila na svojoj koži, i zloba pojavila u meni u vidu suza i želim sve da ih izbacim napolje. Sve nepravde, sve tuge, sve malicioznosti koje sam doživela u životu kao da ponovo proživljavam, a te suze, imam osećaj, sve će ih odagnati.

Stric me grli i kaže:

„Samo se isplači, Nađa. A kad se dobro isplačeš, sve mi ispričaj."

15. poglavlje

Kad sam bila klinka, jedva sam čekala da porastem. Baš kao moja sestra sada, ali ja sam to želela iz drugih razloga. Mašini razlozi za brzo odrastanje su: *moći ću sama da odlučim šta ću da obučem i kakvu želim frizuru* (mada to radi i sada, jer kako inače objasniti milion kikica na njenoj glavici i šljokice čak i na patikama), a moji snovi o odrastanju nekada su bili vezani isključivo za plivanje. Mislila sam da, kad porastem, niko nikad neće biti brži od mene u vodi. Mislila sam da su velike devojke nezaustavljive u plivanju, pa sam milion puta gledala snimke svoje imenjakinje Nađe Higl kako na svetskom prvenstvu u Rimu osvaja zlato u prsnom stilu. Tada sam bila kao Maša sada, a Nađa je za mene bila velika nepobediva devojka, kojoj niko ne može da priđe. Bila je kraljica, moj idol, i htela sam da budem kao ona, iako mi prsni stil nikad nije najbolje ležao. Oduvek sam najviše volela kraul, jer je za mene to najlepša, najbrža i najdinamičnija sportska tehnika plivanja. Onda sam, kad sam malo porasla, opsesivno pratila Kejti Ledeki, Amerikanku koja je sa samo šesnaest godina u Barseloni osvojila čak četiri zlata. Moj životni san bio je da, kao ona, sa svojih *sweet sixteen* stojim na postolju za prvo mesto, da svi slušaju srpsku himnu i tapšu mi dok ja plačem od sreće. Onda siđem sa postolja, mahnem mami, tati i Maši i kažem u kameru: hvala mojim roditeljima, sestri, trenerki Milki i najboljoj drugarici Anji što su uvek bili uz mene. A kad me pitaju šta mogu da poručim svim devojčicama koje žele da budu najbolje u plivanju, rekla bih – ne odustajte, ne obazirite se na prepreke, jer nije važno koji plivački kostim imaš (tada sam imala neki stari teget, iako su sve druge plivačice nosile crvene, roze i ljubičaste), nije važno ni da li si slabovida, da li ti se smeju u školi, da li te ne primećuju, da li te zezaju. Ništa od toga nije važno. Važno je da voliš to što radiš i da nikad ne odustaneš zbog kostima, smejanja ili slabovidosti.

Da, i tako mala, sa svojih desetak godina, mislila sam o tome kako ću jednog dana svim tim zlicama iz škole reći da njihovo podrugljivo smejanje nije uticalo na moj uspeh. A bila sam vrlo nesrećna.

Prvi susret sa ozbiljnim šikaniranjem osetila sam čim sam se preselila u Beograd. Deca u novoj školi bila su surova. Iako sam se svim silama trudila da se ne ističem, jednom prilikom sam se odvažila i na horu pitala Saru da li negde vidi moju teksas jaknu. Sve bi bilo u redu da sam rekla baš to – *teksas jaknu* – ali mi smo je u Vojvodini zvali drugačije.

„Lidija, izvini, da li je moj gornjak na tvojoj stolici?“

Ona se okrenula ka meni i zaprepašćeno me pogledala:

„Gornjak? Kakav gornjak? Jesi li ti to rekla *gornjak*?“

„Da, da mislim da je iza tebe. Nema veze, pogledaću ja“, rekla sam brzo, želeći da po svaku cenu što pre izađem iz svečane sale u kojoj se održavala proba hora.

„Čekaj! Daj da vidim šta je gornjak! Hej, ljudi, je li neko čuo za reč *gornjak*? Gornjak, gornjak, gornjak! Zvuči tako grozno!“

Ja sam prišla stolici i sa naslona uzela svoj *gornjak*.

„To je teksas jakna. Zapamti: tek-sas jak-na. Tako se priča u Beogradu", rekla je Sara, a sve devojčice su već umirale od smeha. Jedino je Lidija prišla i rekla:

„Pustite je, ja sam čula za gornjak. Moja tetka je iz Novog Sada, tamo se to tako kaže."

Nisu pomogle ni Lidijine reči jer sam bila obeležena kao Nađa Gornjak i taj nadimak me je pratio do kraja četvrtog razreda, kada sam se izveštila u nevidljivosti. Niko više nije imao želju čak ni da me zeza i ja sam mislila da sam uspela. Lidija je onda postala najbolja drugarica sa Ninom, Sara im se priključila veoma brzo i trio NLS postao je nezaustavljiv u suptilnom maltretiranju.

Nastavila sam da plivam, da pravim kolače. Da se smejem sa Anjom, da se osećam sigurno uz porodicu. I dalje sam gledala snimke plivanja Kejti Ledeki i njeno obaranje svetskih rekorda. Zamišljala sam sebe na postolju. Živela za to. Pronalazila utehu u snovima o Olimpijskim igrama ili svetskim takmičenjima.

Danas živim taj svoj san. Nalazim se u Sloveniji, u Kranju, na Evropskom juniorskom prvenstvu. Imam četrnaest godina. Važim za favorita. Roditelji nisu sa mnom jer, kao prvo, preveliki bi im bio trošak da plate put i smeštaj, a kao drugo, moraju da rade. Sa mnom je moja Milka, koja me bodri kao da mi je i majka i otac. Svaki dan mi govori:

„Gledaj na ovo kao na novo iskustvo. Ne opterećuj se pobedom. Sam dolazak ovde je velika pobeda. Uživaj u svakom trenutku. Ti i ja smo tim, ja te bodrim, ti me slušaš. Verujem u tebe, kao što i tvoja porodica veruje u tebe. Ma ja sam ti porodica!"

Šetam se pored dvorca koji je sagrađen 1510. godine, a u kome je boravio knez Pavle Karađorđević. Sama sam i čitam prospekt koji sam dobila od vodiča, a koji kaže da je baš ovaj dvorac najbolje očuvani renesansni dvorac u Sloveniji. Vodič mi je krišom rekao da su se baš u njemu pre petnaest godina sastali američki predsednik Buš i ruski predsednik Putin. Prija mi ova daleka šetnja. Razmišljam o svemu onome što me je ove godine snašlo. O tome kako sam od jedne nevidljive postala takozvana *kul* devojka, makar i na momenat, kako me je primetio najlepši dečko u školi, kako sam bila u društvu najpopularnijih devojčica i osećala se važno i moćno. Kako sam shvatila da su me samo iskoristile, kako su počele da ispredaju laži o meni i kako sam, uprkos svemu, baš ovde.

U Sloveniji sam već drugi dan i ovom šetnjom se nekako psihički pripremam za sutrašnje takmičenje. Milka mi je rekla da danas odmaram i da odem na izlet da razbistrim glavu ako želim.

Iza sebe sam ostavila Filipa, koji je bezuspešno pokušavao da dođe do mene ova dva dana. Jer posle svega onoga što se desilo kod njega, kad me je Ninina mama optužila za krađu njenih stvari, nisam imala snage za pravdanja, ni za objašnjavanja, niti za bilo kakvu priču. Bila sam potpuno slomljena, a s obzirom na to da me je kroz dva dana čekao put za Sloveniju, stric me je posavetovao da svaki kontakt ostavim za kasnije. Pobegavši tog dana iz Filipove kuće, nakon neutešnog plakanja, ispričala sam mu sve šta mi se desilo. Pričala sam svom stricu celu priču, od samog početka. Od letovanja u Tivtu, kada sam Filipa upoznala, preko Ninine žurke, do ove optužbe. On je sedeo, slušao me, a nakon što sam završila svoj monolog, samo je rekao:

„Ljudi koji govore laži o drugima i koji su zlobni ostare prerano od svoje zloće. Jer kako je rekao Dučić: *Čovek, kuvajući otrov, uvek otruje najpre sebe samog*. Vidi samo tu našu glumicu – sva je namrštena i nekako sprčena. Izjeda je neka gorčina, vidi se. Njena kćerka, ta njena Nina… pa ona je samo dete. A deca se ugledaju na roditelje. Nije ona kriva. Nisu je dovoljno grlili. Meni je nje žao, Nađa. De, nemoj plakati više. Ideš sad u Kranj. Tamo ćeš razbiti. Veruj mi, ovo ti se sad čini kao nekakav smak sveta, ali nije. Sve je to odrastanje. A ta Nina je samo sporedan i nebitan lik u tvom životu. Gledaj, ne bi me čudilo da je ona zapravo fascinirana tobom i da je sve ovo privlačenje pažnje. Čim želi mami da isprlja bele tepihe da bi je primetila, siguran sam da želi i tebe da iznervira da bi joj ti ponovo prišla…"

„Ali ja neću da joj priđem nikad! Jedva čekam da se završi škola i da je više *nikad* ne vidim!"

„Naravno da nećeš da joj priđeš – bar ne sad. Kad se vratiš iz Slovenije, znaćeš sama šta treba da uradiš. Ali ne možeš da se oslanjaš na to da neke ljude nećeš više nikad videti. Zapamti šta sam ti rekao. Hajde sad, vodim te na trening, taman da u bazenu izbaciš sav taj bes."

Onda pogleda u moj telefon pa nastavi:

„A šta ćemo sa ovim delijom koji te zove već… hm… sedmi put? Brine se. Javi mu da si dobro, evo, idem ja da se obujem da odvezem Belu kući i tebe na trening, a ti popričaj malo s njim. Ako me pitaju tvoji otkud ja sa Belom?"

„Zna mama da sam na Senjaku kod druga sa mora. Pričala sam joj o Filipu. Evo, napisaću joj poruku da smo se sreli i da si ti ponudio da me odvezeš. Ne mogu sad da joj pričam celu ovu priču. Ne želim da je sekiram, ona misli da je divno što imam nove prijatelje…"

Ustala sam i otišla do velikog prozora u dnevnoj sobi, koji gleda na Filipovu kuću. Videla sam ga kako i dalje stoji na ulici sa svojim labradorima. Koračao je sa njima gore-dole i sve vreme gledao u mobilni telefon. Okrenula sam ga.

„Filipe, izvini..."

„Uplašio sam se. Mislim, znam da si kod strica, ali... Već sam razmišljao da pozvonim."

„Nisam mogla da ti se javim. Razgovarala sam sa stricem. Htela sam da ti kažem da..."

„Ne moraš ništa da mi kažeš. Ona budala od Ninine mame nije normalna. Nađa, znam da priča gluposti, čula si me šta sam rekao..."

„Jesam i hvala ti što si pokušao da me odbraniš. Nisam htela da se ovako sve završi. Htela sam s tobom da pričam o nečemu, ali sad je sve ispalo još gore."

„Pa, izađi da pričamo."

„Ne mogu. Stric će me sada odvesti na trening."

„Onda sutra, prekosutra, kad god hoćeš."

„U ponedeljak idem na Evropsko juniorsko takmičenje. Za vikend ću imati ubitačne treninge, a u pauzama moram da se odmorim što više. I... mislim da je bolje da taj razgovor obavimo kad se vratim."

„Ali... Mislio sam... Kad se vraćaš?"

„Sledećeg petka."

„Okej. Javi mi bar odande šta se dešava. Kako je na takmičenju... i tako to."

„Javiću se... i tako to."

Onda je stric ponovo ušao u dnevnu sobu, držeći ključeve od kola u rukama, i pokazao na sat kao da je krajnje vreme da krenemo.

„Moram da idem. Zvaću te“, rekla sam i spustila slušalicu. Nisam ni sačekala da mi kaže *ćao*.

Sada sam sama samcijata na Brdu kod Kranja. Slušam cvrkut ptica i uživam u prirodi koja me smiruje. Svi ti događaji zbog kojih sam ronila suze u nekakvoj su magli. Stric je rekao da ću znati šta treba da uradim kad se vratim iz Slovenije, ali ja nemam ni najmanju naznaku šta je to što bi trebalo da se desi. Neka stara Nađa bi se ponovo sklonila, učinila se nevidljivom i pustila horde zloća da pobede. Neka buduća Nađa bi im se suprotstavila i rekla da su lažovi, spletkaroši i da ih žali jer ih roditelji nisu dovoljno grlili.

Ali šta bi uradila ova sadašnja Nađa? Ni nova ni stara, nego ova ovde, koja sama šeta pored dvorca i sluša pevanje ptica u duetu?

„Nađa, ovo ti je šansa da testiraš sama sebe. Da testiraš svoje veštine u odnosu na druge, mogućnost za postizanje novog ličnog rekorda, ali ovo je i za mene test – ovako najbolje pratim tvoj napredak. Zato idi tamo i daj sve od sebe. Zaboravi na sve što te muči. Ne postoji niko i ništa. Samo ti i ovaj bazen ispred tebe. Možeš ti to!“

Krećem na startnu poziciju. Mislim na to kako moj plivački klub dugo nije osvojio neku značajnu medalju. Nekako sam pomirena sa sudbinom jer pored mene su Austrijanka, Nemica, Slovenka i Hrvatica sa najboljim evropskim rezultatima i, iako ja imam bolje vreme od njih u slobodnom stilu, dosad nikad nisam bila na ovako važnom i velikom takmičenju. One su iskusnije od mene, a u svakom sportu iskustvo je presudno.

Stojim po ne zna se koji put na postolju za start i gledam u svoja stopala. U ovakvim trenucima uvek se setim Milkinih reči: *ne postoji niko i ništa, osim bazena ispred tebe.*

Mogu ja to.

Onda sledi truba za start i skačem u vodu. Na skoku, na tom savršenom odrazu, posebno smo radile Milka i ja, danonoćno.

Plivam ludački. Ne gledam oko sebe. Fokusirana sam samo na svoj cilj i na okret koji mi nije najjača strana. Prvi put u životu ne mislim na Milkine savete, ne mislim na svoju konkurenciju, na svoje slabosti. Koordiniranim dejstvom nogu i ruku obezbeđujem neprekidnu propulziju za kretanje tela napred.

Plivam kao da mi život zavisi od ove trke. Sto metara je sve što u ovom trenutku imam i što za mene postoji.

Imam snage kao da se potisnuti bes i tuga slivaju u moje ruke i noge.

Okrećem se savršeno.

Nastavljam ka cilju prazne glave jer su mi udovi i glava jedno. Savršeno sinhronizovano biće koje je došlo da pobedi.

Sigurna sam u sebe.

Dolazim na cilj i izranjam.

Uvek prvo pogledom potražim Milku, ali po prvi put ni to ne radim. Ne gledam u ostale takmičarke. Nemam strah od poraza, već osećam nekakvu čudnu ravnodušnost.

Sam dolazak ovde je velika pobeda. Uživaj u svakom trenutku.

Vidim da nikome nije jasno ko je pobedio. Na ekranu nema rezultata, a sudije se i dalje raspravljaju. Milka mi ne prilazi, već razgovara s hrvatskim i austrijskim trenerom.

Izlazim iz bazena i odlazim da se presvučem. Milka ide za mnom. Kaže:

„Nađa, ne znam šta da ti kažem..."

„Milka, sve je u redu. Nisam ništa gledala, učinilo mi se da sam… ne znam. Sve je bilo drugačije. Nisam obraćala pažnju ni na koga. Plivala sam sasvim drugačije nego obično…"

„Aman, Nađa, vrati se, kažu mi da si prva! Gledali su foto-finiš!"

Znam da foto-finiš u plivanju nije moguć zbog nemogućnosti kamera da precizno uhvate liniju pod vodom. Zato većina snimaka vara. Vreme se meri od trenutka kad se oglasi pištaljka do trenutka kad plivač dodirne predviđeno mesto ispod startnog bloka koje šalje elektronski signal. To omogućava merenje vremena u stotinkama sekunde.

„Pobedila si onu riđu Austrijanku za dve stotinke!"

Sve mi se čini nekako besmisleno. Dve stotinke. U pitanju su tako male jedinice vremena da čovek ne može ni da ih registruje ni da ih pojmi.

„Nađa, prva si! Čuješ li ti mene? Zašto ne skačeš od sreće sa mnom?", viče Milka, i tek onda vidim da me sve vreme drži za ruke i skače.

„Nađa, šampionka Evrope sa dve stotinke ispred glavne uzdanice Austrije! Mala, maestralna si!"

I tek tako, shvatam da u tom trenutku živim svoj san.

Tuga zbog zloća, problemi, spletke, sve je to u nekom drugom svetu. Nekakvom nevažnom, malom, jadnom svetu, za koji sam do juče mislila da je najvažniji. U koji sam pošto-poto htela da uđem, za koji sam lagala, bila ono što nisam, išla na mesta koja ne volim.

Ovo je moj život. Ovo sam ja. Nađa sa zlatom oko vrata i himnom u ušima.

Sadašnja Nađa, najzad ponosna na sebe, kao što su ponosni porodica i pravi prijatelji.

I da, potpuno mi je jasno šta treba da uradim kad se vratim u školu.

Stric je bio u pravu. Sve mi se iskristalisalo.

„Milka, toooooooo! Uspela saaaaam!“, vrištim. I skačem.

Posle par minuta skakanja, odmah šaljem četiri poruke sa istom sadržinom: *Osvojila sam zlato na sto metara u slobodnom stilu. Prvakinja!* Jedna je za mamu, druga za tatu, treća za Anju, i četvrta za Filipa.

16. poglavlje

„Godinama smo radili za ovo, Nađa je dala srce i dušu za ovo, i bolje nagrade od zlata na Evropskom prvenstvu nije moglo da bude. Samo nas dve znamo kroz kakve smo teškoće prolazile, kakve treninge smo imale, a samo Nađa može da kaže koliko je odricanja napravila u životu. Jer pogledajte današnje četrnaestogodišnjakinje, sve su po čitav dan u tržnim centrima i na internetu, kukaju kako nemaju vremena za školu, kako su nastavnici prezahtevni. A Nađa je sve postigla – da bude odličan đak, da osvoji zlato na jednom od najvećih takmičenja u svetu i da nađe vremena za prave prijatelje. Moram da kažem da je u današnjem svetu posebna čast i zadovoljstvo poznavati devojku kao što je Nađa, a najveća sreća za mene kao nekadašnju plivačicu jeste da imam tu privilegiju da radim sa ovakvom devojkom."

Mama, tata, Maša, Anja i ja gledamo Milku u vestima kod strica na njegovoj TV stanici. Izveštaj o mojoj zlatnoj medalji traje već par minuta. Gledaoci su mogli da vide celu trku.

„Nađa, kad ćeš ti da kažeš nešto?", pita me Maša nestrpljivo, gledajući u televizor.

„Neću ništa da kažem, mene sve vreme gledate kako plivam, nemam ja šta tu da izjavljujem."

„Devojko mala, pesmo moga grada!", kaže mama kroz suze i ljubi me, a tata se nadovezuje: „Ma kakva pesma grada – pesma mog života! Toliko sam ponosan na tebe, sine!"

„Onda i ja želim nešto da izjavim", dramatično kaže Anja i ustaje s fotelje, držeći u rukama čašu za vino u kojoj je sok od borovnice, kucka o nju kašičicom, pa nastavlja:

„Dakle, Nađa, svi smo se okupili ovde u tvoju čast i da proslavimo tvoje zlato", kaže, ali onda je prekida zvono na vratima. Maša trči da vidi ko je, gunđajući što sve ovo neko prekida. Maša voli svečane događaje. Zbog nje smo se svi obukli najbolje što možemo. Mama je stavila šarene balone pune helijuma svuda po kući, kupila gomile cveća, napravila sedam vrsta kolača i obukla svoju omiljenu puder-roze haljinu. Tata je u beloj košulji i farmerkama, Maša i Anja u belim haljinama sa karnerima (tvrde da se nisu dogovorile oko izbora garderobe), a ja sam ostala dosledna sebi – u crnim pantalonama i u majici koju su mi svi svečano uručili čim sam doputovala iz Slovenije, a na kojoj piše: *Keep your head up, you are made for victory!*

Stric ulazi sa bliznakinjama uz reči: „Jesmo propustili prilog?", pa kad mu svi kažemo da jeste, Anja još jednom moli za pažnju:

„Molim vas, želim da kažem jednu važnu stvar. Biću kratka!"

Maša joj tapše, bliznakinje se priključuju, pa kad svi sednemo i okrenemo se ka njoj, Anja nastavlja:

„Ovaj Nađin uspeh došao je u pravo vreme jer svi ovde prisutni znamo kroz kakvu je krizu prolazila ove godine. Ali neću sad o lošim stvarima i ljudima, želim da govorim samo o pozitivnim. Dakle, Nađa, ti si moja najnajnajbolja drugarica na čitavom svetu. I znam koliko si truda uložila u plivanje koje obožavaš. Nisi išla sa mnom i ostalima u bioskope, parkove, tržne centre – kako kaže Milka – doskora nisi bila na internetu, nisi radila skoro ništa što radi jedna tipična tinejdžerka. Ali ipak nisi bila nezadovoljna. Nikad. Uvek bi pre ostala kod kuće i pravila kolačiće, iako imaš vremena za blejanje po kraju sa društvom, uvek bi pre otišla kući i završila sav domaći nego što bi posle škole ostala u dvorištu na trač-partiju, uvek bi pre šetala Belu kad imaš vremena nego išla na nekakve popodnevne žurke... Uvek si znala šta ti je prioritet i išla si ka svom cilju. Većina tinejdžera je zbunjeno, ne znaju šta im je cilj, šta vole, čemu streme, vuku se besciljno kroz život i sve što imaju je maštanje o nekom nerealnom praznom životu prepunom skupe garderobe."

„Šta fali lepoj garderobi?", odjednom skače Maša.

Svi se smeju i kažu joj da sedne i da će dobiti svojih pet minuta.

„Hoću da kažem da skupe stvari ne čine ljude srećnijim i uspešnijim. To čine ciljevi, ljubav, požrtvovanost. I to je to. Ah, da, najponosnija sam najbolja drugarica na svetu i volim te do sunca i nazad i želim da ti poklonim ovu šolju na kojoj su ispisane reči Abrahama Linkolna: *Uvek imajte na umu da je vaša odluka da uspete bitnija od bilo koje druge.* Živela!"

Zatim se svi kucamo, a onda se ponovo oglašava zvono na vratima. Maša ponovo gunđa i trči da otvori, i vidim da ulazi i Andrej sa ogromnim buketom cveća. Kad vidi da svi imamo vinske čaše u rukama, kaže:

„Sve sam propustio, zar ne? Već ste imali i zdravicu. Nađa, izvoli, ovo je za tebe. Čestitam!"

„Hvala, nije trebalo. Sedi, posluži se", odgovaram i pokazujem mu ka stolu sa slatkim đakonijama. Mama već pušta našu pesmu, *Devojko mala* od *Idola*, i već uz prve taktove svi igraju. Mama sa stricem, Maša sa tatom, bliznakinje jedna sa drugom. Anja, Andrej i ja smejemo se i đuskamo sami za sebe. Vidim da se Anja i Andrej smeškaju jedno drugom. *Opa*, mislim se, *ovde se nešto dešava*, pa ih oboje grlim.

Devojko mala, pesmo moga grada,
Što si mi dala, srce puno sna…

Slavimo do duboko u noć. Oko ponoći svi odlaze, a stric mi na vratima kaže:

„Malena, duguješ mi bebisitovanje. Progledao sam ti kroz prste prošlog vikenda zbog svih onih dešavanja, putovanja i ostalih stvari. Puštam te i ovog vikenda da se odmoriš, zaslužila si. Ali sledeće subote da si došla već u pola osam uveče. Jasno?“

„Jasno“, odgovaram i krećem u krevet punog srca. Jedino što može da mi pokvari san je razmišljanje o povratku u školu. Iako me tamo čekaju čestitke, tapšanje po ramenima i pohvale, i dalje ne želim da se susretnem sa Ninom. Ona kao da je i dalje jedina osoba na svetu koja još uvek može da zagorča moj slatki život.

U školi su, naravno, svi čuli za moj uspeh. Posle razgovora sa direktorkom i obećanja da će mi popraviti svaku spornu ocenu (zahvalila sam se, iako kod mene više ništa nije sporno što se tiče ocena), posle čitanja obaveštenja kroz školski razglas (Anja je odskora zadužena za čitanje vesti i obaveštenja, kao i za odabir muzike koja će se slušati na velikom odmoru) o tome kako sam juniorska prvakinja Evrope u slobodnom stilu na sto metara, posle aplauza koji sam dobila u razredu, počeo je čas istorije. Nisam bila spremna za ispitivanje. Nisam stigla da naučim sve ono što sam propustila. Ili bar ne svaku lekciju. Kad je profesorka došla do mog imena, rekla je suvoparno:

„Spremi se za sledeći čas, danas ću te preskočiti."

Sve bi bilo sasvim u redu da je sledeći čas sledeće nedelje. Ispostavilo se da je taj sledeći čas već sledećeg dana, jer smo gubili istoriju pa moramo da je nadoknadimo. *Svet i Jugoslavija posle Drugog svetskog rata nije mi najzanimljivije štivo na svetu*, mislim u sebi, *kako do sutra sve da naučim?* Onda mi padnu na pamet reči koje mi stoje na šolji koju sam dobila od Anje – da je moja odluka da uspem važnija od bilo koje druge – i nekako se smirujem.

Uživaću u ovom danu. Ovo je moj dan. Danas mi ništa neće pokvariti sreću i samopouzdanje.

I čim sam to pomislila, eto Nine ispred mene. Stojim ispred kabineta za hemiju i jedem čokoladne keksiće koje mi je mama spakovala za užinu. Da, znam da imam četrnaest godina i da nijedna četrnaestogodišnjakinja ne nosi užinu od kuće, ali ja volim ove keksiće i baš me briga šta će drugi da kažu. Vadim još jedan iz šarene salvete i gledam Ninu kao što ona gleda mene. Od glave do pete. Izgleda da je osvajanje zlatne medalje u meni stvorio neku hrabrost, jer se pre samo nedelju dana ne bih usudila da ovako pogledam bilo koga.

Nina, ovo sam od tebe naučila.

Pogled koji je Nina usavršila, a ja ga sad imitiram, ide ovako: osobu preko puta sebe pogledaš prvo direktno u oči. Onda odmah spustiš pogled na obuću. Tu se malo zadržiš, kao da si šokiran onim što vidiš, a zatim polako dižeš pogled nagore. Gledaš u noge, pa u ono što nosi preko grudi, zatim uzdahneš kao da si smoren od svega toga što vidiš i vratiš se na oči. Tek onda nešto izgovoriš.

„Prijatno", kaže Nina uz kiseli osmeh.

„Hvala, izvoli", kažem ja, ne menjajući izraz lica. Mrtva sam ozbiljna. Moju ozbiljnost pojačava i muzika koju je Anja izabrala za veliki odmor, njenog omiljenog Johanesa Bramsa i njegove *Mađarske igre*. Prepoznajem muziku jer sam je slušala godinama u omiljenom crtaću – *Tri praseta*.

Nina gleda u taj moj čokoladni keks. Izgleda kao da će se svakog trenutka ispovraćati. I izgleda da je naučila nešto na tim časovima glume, jer znam da bi ga pojela samo kad ne bi bilo publike. A publika je tu, u pozadini. Lidija i Sara polako prilaze kao podrška, pa kad stanu tik do nje, ona izgovara:

„Ne, hvala. Mislim da ću da preskočim tu kaloričnu bombu."

Vidim da Lidija i Sara gutaju pljuvačku dok gledaju u moj keks pa i njih nudim.

„Uzmite, imam još dva, taman za vas dve", kažem im.

Lidija gleda u keks pa u Saru. Sara gleda u Lidiju, pa u keks. I dalje gutaju bale, a onda obe pogledaju u Ninu. Da bih im olakšala, kažem:

„Preukusan je. Napravila ih je moja mama. Od putera i belgijske bele čokolade. Topi se u ustima. Hajde, uzmite, ja ne mogu više."

Lidija pruža ruku. Ipak je ona najhrabrija. Pa da, nekad davno me je branila kad su me zezali zbog *gornjaka*. Znam da u njoj još uvek čuči ona dobra devojka sa hora. Zato joj stavljam keks umotan u salvetu u ruke.

„Probaj, oduševićeš se."

Nina gleda u Lidiju kao da ne veruje sopstvenim očima i kaže:

„Ne mogu da verujem da ćeš u sebe da staviš *to*. Čak nije ni bez glutena. Ali dobro. Nisam došla da razmenjujem recepte."

Dok ona to izgovara, moj keks je već u Lidijinim ustima.

„Ovo je nešto najlepše što sam ikad probala! Saro, moraš da probaš!", viče i dodaje Sari drugi keks, koja je jedva dočekala da neko probije led sa isprobavanjem bilo čega što u sebi ima čokolade, glutena i belog brašna. Trpa ga u usta i uzdiše od zadovoljstva.

„Znam da nije najzdravije, nema integralnih žitarica ni crnog brašna, da, ima šećera, ali ja sam celog meseca toliko trenirala da smem sebi to da priuštim. A i vama neće ništa faliti da s vremena na vreme probate ovako nešto", kažem puna sebe. Ovo je neka vrsta male pobede nad Ninom.

„Samo vi žderite, videću vas za koju godinu", sikće Nina.

„A ti, Nina? Da probaš malo? Možda od belgijske čokolade postaneš... šta ja znam... srećnija... nasmejanija...", kažem, i dalje je gledajući direktno u oči.

U tom trenutku nam prilazi i Filip. Nasmejan i srećan kao uvek. I najogorčenija osoba na planeti bi uz taj osmeh zaboravila na jad, čemer i crnilo koji su mu u srcu. Njegove plave oči tope led. Ali ne i kod Nine.

„Filipe, da li veruješ šta ove rade? Ova ovde izigrava neku supersportistkinju, a promoviše nezdravu ishranu!"

„Ne znam o čemu se radi", kaže Filip zbunjeno. „Ako su opet neke vaše ženske dijete i gluposti, onda odoh. Nađa, čestitam! Carica si!"

„Hvala", kažem sa osmehom od uva do uva, a onda se okrećem ka Nini. „Ne pravi dramu oko jednog običnog keksa. Opusti se."

„Filipe, vidiš li ti ovo? Došla sam ovde da joj čestitam na uspehu, a ona se breca na mene! I posle mi ti pričaš kako je ona fina i da treba da joj pružim šansu posle svega. Sad se vidi ko je kakav. Folirantkinjo!“, kaže Nina besno.

Filip zastaje i gleda me. Kao da želi da kaže nešto važno, da stane na moju stranu, da odbrusi Nini, ali odjednom se predomišlja. Gleda onda i Ninu, pa se samo okreće i kaže:

„Ma ne mogu ja te vaše fore.“

Nina još par sekundi stoji ispred mene i smeje mi se u facu. Onda se okreće i odlazi. Čujem kako ponavlja Sari – *koja folirantkinja*.

„Pusti je, nervozna je od gladi“, kaže mi Lidija punih usta, a onda me hvata za ruku i dodaje: „Čestitam! Jesi carica!“

Uzvraćam joj stisak rukom i pitam je:

„Zašto sve to trpiš?“

Lidija samo uzdiše i sleže ramenima.

Već uveliko zvoni za početak časa pa odlazim na hemiju. Kapiten košarkaške ekipe mi baca kosku, Filipov drug, koji mi se nekad podsmevao zbog akcenta, sad mi viče da ga svi čuju – *Nađa, ćao!* – kao da smo najbolji drugari, devojke mi se javljaju, svi bi delić mog uspeha i ja se osećam kao u najlepšoj tinejdžerskoj seriji sa srećnim krajem, u kojoj sam baš ja glavna junakinja. Ali u glavi mi tutnji. Dok profesor hemije govori o tome koji molekuli ulaze u sastav saharoze i laktoze, pred očima mi je samo Filipov izraz lica dok Nina govori *kako uopšte nisam fina, a baš je htela da mi pruži šansu*. Prisećam se kako na Ninine reči da sam folirantkinja odlazi, a da me nije ni pogledao u oči. O kakvoj šansi uopšte oni govore? Šta sam to uradila da bi mi šansa uopšte trebala? Ne želim nikakvu šansu kod Nine i Filip to vrlo dobro zna. *Ja* treba njoj da pružim šansu i to sam na odmoru i uradila!

Zašto nije stao u moju odbranu, zašto je samo otišao? Zar je i on kao Sara i Lidija, koje ne žele da ulaze u konflikt s njom i rade samo one stvari koje ona odobri?

Moram da razgovaram s njim i jednom zasvagda rešim tu situaciju!

„Nađa, reci nam izvore B-kompleksa, molim te. Sportisti to treba da znaju", čujem profesora.

„Kvasac, pšenica, pirinač, zeleno povrće, pečurke", kažem kao iz topa.

„Bravo, Nađa. I da, čestitam ti na zlatu. U našoj školi odavno neko nije doneo ovako značajnu medalju."

„Hvala, profesore", kažem, ali osmeh mi više nije na licu. Gledam kroz prozor. Filipovo odeljenje ima fizičko. On je nasmejan, srećan i pun sebe šutira fudbalsku loptu. Zastaje, pa jednom nogom zabacuje loptu uvis i tako je nekoliko puta udara. Trudi se da mu lopta ne padne na zemlju. Prisećam se kako mi je jednom rekao da je to pimpovanje najbolji način za poboljšavanje kontrole lopte. I da može to da radi i po sat vremena. Izgleda mi kao da ne razmišlja ni o čemu osim o tim udarcima. Kao kad ja plivam. Za njega u tom trenutku ne postoji ništa osim te lopte i noge. Onda mu lopta pada na zemlju i on psuje. Nina, Sara i Lidija mu tapšu. Učini mi se da Nina diže pogled ka meni i na delić sekunde, pre nego što okrenem glavu, naši pogledi se sreću. Diže ruku kao da želi da mi mahne, ali umesto pozdrava vidim samo srednji prst koji mi pokazuje.

Smeje se, ja ne. Do kraja časa gledam samo u tablu ispred sebe.

* * *

Po završetku škole pokušavam da pronađem Filipa. Anja me čeka, znam, ispred ulaza, da zajedno idemo kući, ali ja prolazim još jednom kroz dvorište ne bih li ga ugledala. Nema ga nigde. Kao da je propao u zemlju – pa skrušeno odlazim do Anje. Zajedno gledamo kako popularne devojke odlaze u roze čajdžinicu, a dečaci iz obližnje gimnazije im nešto dobacuju. One se kikoću i prave se da ih oni i njihovi komentari ne zanimaju. Nina, Sara i Lidija takođe pretrčavaju ulicu i odlaze do dečka na motoru. Ne vidim ga dobro jer mi je okrenut leđima, ali Anja kaže da je to onaj njen bivši.

„Izgleda da ga i dalje juri", šapuće mi i hvata me podruku. Taman kad smo krenule da se udaljavamo od škole, ostavljajući sav taj metež iza sebe, pored nas se pojavljuje Nina sa tim istim dečkom na motoru. U prolazu dovikuje, pokazujući na mene:

„Evo je ona što se loži na tebe! Mahni joj!"

Želim da propadnem u zemlju. Anja me čvršće hvata pod mišku i maše im:

„Ćao! Da, ja sam ta! Super ti je motor!"

Dečko samo daje gas i nestaju nam iz vidokruga.

„Anja, ovo sa Ninom postaje sve luđe. Mislim da znam šta treba da uradim da je malo spustim na zemlju. Znaš, razmišljala sam o svemu dok sam bila na takmičenju i sve mi je jasno. Samo, moraš da mi pomogneš. Ovo neće biti osveta, jer osvete su destruktivne i to nije moj fazon, ovo mora da bude lekcija za sve buduće stidljive, dobre devojke. Devojke koje strepe zbog neke Nine."

„Pričaj! Šta treba da uradim?"

„Ne sad. Ne znam ni da li je izvodljivo", kažem zamišljeno.

„Kad ćeš mi ispričati detalje?"

„Sad nemam vremena, sutra me pita istoriju. Moram da učim kao luda!“

„Ma daj, Nađa, opusti se, pregledaće ti istoričarka kroz prste.“

„Možda ona i hoće, ali znaš da nisam navikla na provlačenje. Osećaću se loše.“

Ljubim Anju u obraz i trčim kući. Prvo da uzmem Belu, onda da sa njom odem po Mašu, zatim da učim o Komunističkoj partiji. Ali zbog plana koji mi se rađa u glavi ništa mi neće biti teško!

Kad stignem kući, vidim da imam jednu poruku na telefonu. Od Filipa je.

Tražio sam te posle škole. Gde si nestala?
Nisam nestala. I ja sam tebe tražila.
Nisi dobro tražila.
Nisi ni ti.
Hoćeš da se vidimo?
Nemam vremena. Učim istoriju ceo dan.
Pusti istoriju, hajde da tražimo pokemone!
Šta da tražimo? O čemu pričaš?
Pokemone! Instaliraj ovu igricu pa ćeš sve shvatiti.
Stvarno nemam vremena za pokemone. Možda drugi put. Hvala za podršku danas u školi.
Kakvu podršku? Jesi ironična?
Dobro je, bar prepoznaješ ironiju, kad već ne prepoznaješ nepravdu.
Misliš na ono sa Ninom? Da si folirantkinja? Znaš da ne mislim tako. Pusti Ninu.
Neka ona pusti mene. I lepo je kad znaš da je neko na tvojoj strani.

Ja jesam na tvojoj strani. Moram da idem.
Okej, idi, juri te tvoje pokemone.

Više mi ništa ne odgovara. Verovatno je u tom trenutku video gomilu Pokemona u blizini. Odjednom mi se ni najmanje ne dopada ta njegova lakoća življenja. Pre bih je nazvala prazninom življenja.

17. poglavlje

Pripreme za srednju školu uveliko su počele iako je početak aprila. Bar kod nekih. Osmaci i osmakinje uzimaju privatne časove iz matematike i srpskog, plaćaju privatne časove iz istorije, biologije, hemije i fizike ili, kao ja, uče sami. Tata se ponudio da zajedno pređemo sve gradivo iz matematike, a mama je jedva dočekala da može da radi gramatiku sa mnom. Tako je to kad imaš oca inženjera i majku profesorku, stalno dolaze sa svojim beleškama, sedaju pored mene i nešto mi objašnjavaju. Zapravo su uplašeniji od mene. Dok se ne završi čitava halabuka oko upisa u srednju školu, Milka mi je proredila treninge, a ja svakog dana sedim prvo sa tatom, a onda sa mamom, i učim. Onlajn-pripreme za malu maturu mi znatno olakšavaju stvari, pa zato danonoćno uzurpiram zajednički kompjuter koji nam stoji u dnevnoj sobi, dok Maša ludi što ne može da igra neke igrice u kojima oblači i šminka nasmejane virtuelne manekenke. Ponavljanje gradiva ne bi bilo toliko strašno da znaš da će ti nekad u životu sigurno biti potrebno sve to što učiš, mada mi nije jasno zašto moram da znam dubinu nekog kratera na Mesecu ili tačan datum kada je Stojan Protić formirao vladu u kraljevini SHS. Mislim, okej, naučila sam da je to bilo 20. decembra, ali na taj isti datum, samo druge godine i veka, desilo se još mnogo toga – umro je car Dušan Stefan Nemanjić, u Francuskoj je prihvaćen gregorijanski kalendar, rođen je Leopold fon Ranke, počela je mirovna konferencija Turske i balkanskih zemalja. Tek je počeo april, ali naša škola je odlučila da ništa ne prepusti slučaju i već se uveliko organizuju grupne pripreme za polaganje ispita za srednju školu. Sunce je najzad obasjalo naš grad, momci su već na svojim biciklima, skejtovima, haverbordima, devojke polako zamenjuju debele jakne gornjacima (namerno izgovaram tu reč pred svima jer želim da je uvedem i u beogradski žargon, ali sad me više niko ne zeza), svi bi samo da budu napolju, na suncu, a roditelji i profesori nas svojim zabrinutim pogledima vraćaju u surovu realnost. Pa nismo mi četrnaestogodišnje žive enciklopedije! Mi smo samo deca koja žele da se divno provedu na maloj maturi, pevaju i opuste se.

Pre samo nekoliko meseci ne bih ni razmišljala o maloj maturi, ali sada je sve drugačije. Želim da budem tamo, da se pozdravim sa prijateljima i nastavnicima, i želim da plešem sa Filipom, ako je ikako moguće. U školi me okružuje veliko društvo. Ne mislim da sam postala bilo kakva zvezda, ali trio NLS *mene* sad izbegava, jer znaju da imam podršku drugih. Desi se pokoja upadica tipa: *zar nisi i juče obukla taj duks*, ali kad su devojke iz mog razreda istupile i rekle im: *brinite se vi o vašoj dijeti i čajevima, ostavite Nadin duks na miru*, njih tri su prevrnule očima i prestale da mi se obraćaju. Podrška je u školi najvažnija, shvatila sam tada i još više zavolela sve svoje nove prijatelje, koji su najzad odlučili da, kao i ja, stanu na put školskim *mean girlsicama* (ovo je izraz koji je Anja uvela na velika vrata opsesivno čitajući neki tinejdžerski roman). Ipak, Nina je uspela da mi priđe na ulici kad oko nas nije bilo nikoga, da mi izvadi slušalice iz ušiju i, kad je čula kako slušam pesmu iz filma *Briljantin*, kaže: *Briljantin? Kakvo si ti dete. Imaš patetičan muzički ukus.*

Na školskom odboru je odlučeno da se ove godine mala matura održi u sali za fizičko. Organizaciju oko svega preuzela je naša nastavnica fizičkog u saradnji sa nekoliko devojčica i dečaka iz škole. Dečaci su rekli da sve prepuštaju drugaricama i otišli da igraju fudbal i košarku, potpuno nezainteresovani za bilo kakvu raspravu o nekoj tamo igranci, a ostale devojke nisu imale šanse kad je istupio trio NLS i uz reči – *pobrinućemo se da ovo bude nezaboravna mala matura kakvu ova škola ne pamti* – pobrao aplauz profesora, direktorke i ostalih devojaka.

Anja je u trenutku euforije prišla Nini i rekla joj kako bi trebalo da organizujemo neki prodajni sajam u školskom dvorištu i tako prikupimo novac za uređenje sale, piće i zakusku, ali Nina ju je oduvala rečima:

„Šta ćeš ti da prodaješ? Diskove one tvoje dosadne muzike s kojom nas gušiš svaki dan?"

Noćima, kad bi trebalo da spavam i odmaram se od učenja, gledam na telefonu *Briljantin*, ispod pokrivača, da ne bih budila Mašu. Zamišljam da sam Sendi. Jer ja sam kao ona – fina i introvertna, kako bi rekao moj tata (ne podnosi reč stidljiva), i ona je kao takva ipak uspela da se dopadne jednom Deniju, mangupu i glavnom frajeru u školi. U školu idem sa slušalicama u ušima i pevam u sebi pesme iz ovog mjuzikla:

When we go out at night,
and stars are shining bright,
up in the skies above,

or at the high school dance,
where you can find romance,
maybe it might be love!

Maša zna da mi se bliži matura, da je ostalo otprilike dva meseca do nje, i po ceo dan crta idealnu haljinu za mene.

„Moraćeš da obučeš haljinu!“, kaže veselo pre nego što krenemo u školu.

„Neću. Mogu da obučem neke helanke i tuniku, to je najviše što ćeš dobiti od mene!“

„Bićeš kao neka baba! To nose žene koje idu na jogu, videla sam ih kad se skupljaju ispred zgrade. Moraš haljinu, moraš!“

„Ne moram ja ništa, mogu da obučem neke divne pantalone i neku baš lepu košulju.“

„Nije to za maturu!“

„Srediću kosu i našminkaću se, obećavam!“

„Nađa, nerviraš me! Obećala si da ćeš jednom obući haljinu. Sećaš se? Na moru prošle godine.“

„Da, obećala sam da ću je obući samo ako ti sa mnom otplivaš do bova! Nema bova u Beogradu, draga moja sestrice, tako da ništa od haljine. Žao mi je.“

U školi se uveliko priča o pripremama za taj dan. Kad dođem u školu, na razglasu čujem Anjin glas koji nekako nevoljno kaže:

„Dragi mali maturanti, danas će nam se u razglasu pridružiti Nina. Ona će nam na velikom odmoru reći koja je tema male mature i kako teku pripreme. Budite sa nama posle trećeg časa i pažljivo slušajte šta Nina ima da kaže. Do tada, budite dobri kao što ste pametni i uživajte uz pesmu iz filma *Briljantin*, *Summer Nights*, jer leto se bliži, a leti se dešavaju čuda. Ipak, pre svih tih čuda, podsećam vas da ćemo se oko pripremne grupe iz matematike dogovarati danas od šest po podne, a ko je zainteresovan za fiziku, može doći sutra u kabinet fizike da se prijavi za pripreme već ujutru u osam. Hvala i čujemo se uskoro!"

U tom trenutku se na hodniku pojavljuje Filip, sav zadihan.

„Šta ti je, nije valjda da juriš pokemone po školi?", pitam ga smejući se. Izgleda kao malo dete, iako je viši od mene za glavu, a čini mi se da su mu se preko noći ramena još više raširila od treninga. U stvari, već se skinuo u majicu sa kratkim rukavima, pa mu vidim gole ruke.

„Ha-ha-ha, naravno da ne. Hteo sam da te pitam da li hoćeš sa nama na picu posle škole?" Pokazuje ka svojoj ekipi, koju čine još tri njegova druga, koja ga trenutno čekaju da završi razgovor sa mnom.

„Samo vi dečaci i ja?"

„Pa dolaze i Nina, Lidija i Sara, možda još neke devojke..."

„Aha... Ne mogu."

„Zbog njih tri? Hoćeš da im kažem da ne dođu?"

„Ne, ne možeš tek tako sa nekim da se dogovoriš pa da ga ispališ. Idite vi i lepo se provedite, ja ionako moram..."

„Da učiš, da ideš na trening... Uvek ista priča."

„Žao mi je što nemam vremena za pokemone i picu. I ostale zabavne stvari", kažem poluironično.

„Znam da problem nije u tome što moraš da učiš", govori gledajući me ispod oka, pa dodaje: „Onda idemo samo nas dvoje! Reći ću im da... Smisliću nešto."

„Nemoj."

„Ne brini, ima ih koliko hoćeš, neću im ja faliti. A i ne ide mi se da ponovo slušam jednu te istu priču o tome koji kompjuter ili telefon je ko kupio, ko gde ide za Prvi maj, šta će dobiti za kraj školske godine, i tako dalje", kaže i trči ka ortacima. U sebi mislim: *Naravno da ćeš im faliti, a tačno znam i kome ćeš faliti najviše.*

Pošto su se završili matematika, srpski i fizičko, svi iz razreda stojimo u školskom dvorištu i čekamo da čujemo Anju preko razglasa. Zvuke Ravelovog *Bolera* najzad prekida Anja i najavljuje Ninu. Sva deca u školskom dvorištu staju u stav mirno, uključujući i mlađe razrede. Mi osmaci smo im nekakvi idoli i deluje kao da je njima važnije šta će se desiti na našoj proslavi male mature nego nama. Još kad znaju da će im se obratiti nekrunisana školska kraljica, uzbuđenje je nemerljivo.

Razglas malo zapišti, a onda svi čujemo Ninu koja se nakašljava pre nego što počne.

„Dragi moji osmaci, kao što znate, ove godine je odlučeno da moja malenkost bude zadužena za organizaciju male mature."

Ne spominje svoje najbolje drugarice niti nastavnicu fizičkog.

„Pošto mi je pripala tako velika čast, odlučila sam da tu čast podelim sa svima vama, jer ovo je naša škola i svi podjednako treba da učestvujemo u organizaciji."

Jao, kako je odjednom postala fina.

„Danas ću na sto kod dežurnih učenika staviti jednu veliku žutu kutiju, i u nju ćete moći da ubacujete svoje predloge u vezi sa maturskom igrankom. Predlozi se mogu odnositi na temu igranke, odabir benda ili di-džeja, kako biste želeli da uredimo salu za fizičko i slično."

Sigurna sam da će na kraju ipak biti odlučeno da se radi ono što se njoj dopada, jer ko može da čita predloge osim njih tri?

„Imam još jedno iznenađenje, a to je prodajni sajam koji će se održati sledećeg petka u našem školskom dvorištu i sav prikupljen novac ići će u fond za malu maturu. Od njega ćemo kupiti piće, zakusku i nabaviti dekoraciju za salu."

Kakva prevarantkinja! Pa ovo je Anjin predlog koji je ona ismejala!

„Sve detalje o prodajnom sajmu ćete dobiti na papiru koji će vam dežurni učenici podeliti na časovima, ali imajte na umu da ćete sami birati šta ćete prodavati – to mogu biti knjige, diskovi, nakit koji vam više ne treba, nešto što sami napravite... Budite kreativni!"

Budi *ti* kreativna pa smisli nešto sama!

„Ali najvažnije je da na taj naš prodajni sajam pozovete mamu, tatu, braću, sestre, ujake, ujne, stričeve i strine, komšije i prijatelje, kako bismo skupili što više novca."

Ti imaš koga da pozoveš?

„Za kraj, moj predlog za proslavu male mature je film *Briljantin*, jer on nije samo nostalgičan pogled na jedno bezazleno razdoblje života i realan prikaz slavnih pedesetih godina prošlog veka, već i film koji odaje počast zlatnom dobu rokenrola. A u današnjem vremenu, kad mladi mahom slušaju nekvalitetnu muziku, mislim da je važno da mi, kao deca jedne male ali ponosne beogradske opštine, pošaljemo svim vršnjacima jasnu poruku – želimo kvalitetnu muziku, kao što želimo kvalitetan život!"

Povraća mi se.

Aplauz se toliko jako ori školom da se Ninino *hvala* jedva čuje. Odmah zatim sledi i pesma. Da, ista ona za koju je Nina juče rekla da je patetično sranje. Olivija Njutn Džon peva *Hopelessly Devoted to You*.

Ljutito odlazim ka Anji u školski razglas. Mimoilazim se sa triom NLS i besno ih gledam, na šta Nina samo trepće i upućuje mi pogled koji govori: *Naivčine!*

Jesmo naivčine! Kod Anje u školskom razglasu besno zatvaram vrata za sobom i kažem joj kako više ne mogu da izdržim celu ovu nepravdu.

„Na kraju će ona biti i đak generacije i kraljica male mature, sve krade, sve prisvaja bez trunke savesti!"

„Nađa, smiri se i ispričaj mi taj tvoj plan za Ninu. Mislim da ne mogu više da čekam da je spustim na zemlju."

„Večeras ti pričam sve. Moram sad na čas, a posle škole idem sa Filipom na picu. Ništa me ne pitaj sad, žurim, okej? Volim te", kažem i trčim ka kabinetu za francuski.

Picerija u koju upravo ulazim sa Filipom je preko puta moje zgrade. Još pre nekoliko dana sam videla da prostor koji je godinama bio zatvoren vrvi od majstora. Tata je baš sinoć došao kasno sa posla i rekao:

„Čujem od komšija da nam se otvara nekakva fensi picerija preko puta kuće. Kažu da takva nikad nije bila viđena u Beogradu, da je vlasnik Italijan koji je oženio neku našu i da mu se Beograd toliko svideo da je odlučio da ovde otvori autentičnu italijansku piceriju. Onakvu kakvu možemo da vidimo samo negde u nekoj zabiti na jugu Italije."

„Boško, onda moramo da odemo što pre", rekla mu je mama i pustila Erosa Ramacotija. „Znaš koliko volim italijansku kuhinju."

Sad, umesto da moji mama i tata uživaju u pravoj italijanskoj kuhinji i slušaju Erosa, ja sedim ovde sa svojom simpatijom. Kad malo bolje razmislim, Filip mi se dopada skoro godinu dana. Anja i neke druge devojke bi rekle da se *ložim* na njega, ali ja ipak više volim staru dobru reč *dopadati se*. Nekako mi banalno zvuči da kažem da se ložim na Filipa. Uz njegove plave oči ne idu reči *ložiti se*. On mi se samo neverovatno mnogo dopada. Kad sam s njim, samo utonem u to plavetnilo i mogla bih da ga gledam i ćutim satima. Ipak, Filip ti ne dozvoljava da ćutiš, on ima milion pitanja. Ima neverovatnu moć da te navede da mu sve i svašta ispričaš, jer kad se smeje, deluje kao da samo on, na celom svetu, razume šta te muči. Dok lista jelovnik, pita me:

„Odavno si htela da mi kažeš nešto. Da razgovaraš, ali nikako da se vidimo nasamo. A i kad se vidimo, uvek nas neko prekine."

Nisam baš odmah očekivala ovo pitanje, iako znam da želim mnogo toga da mu kažem i objasnim, pa i ja listam jelovnik dok razmišljam kako da počnem.

„Najviše volim lazanje, baš me zanima kakve su. Mada ni kaprićoza ne zvuči loše… Šta misliš da podelimo ovu najveću?"

„Može. Sa kaprićozom nema greške. Šta želiš da piješ?"

„Može neki sok, svejedno koji, samo da nije ananas. Ne volim ananas."

„Stvarno? Ni ja. Hoćeš neki gazirani ili ne piješ to kao i…"

„Kao i ko?"

„Pa, znaš – većina devojaka. Ne piju gazirano, ne jedu slatko."

„Pa zar nismo već pričali o tome da nisam kao ostale devojke?", pitam smejući se.

„Onda koka-kola?"

„Onda koka-kola."

„Okej, ali da znaš da nisam zaboravio šta sam te prvo pitao. Ako se nadaš da ću zbog kaprićoze zaboraviti da si htela da pričaš sa mnom, grdno se varaš."

Smeje se i gleda me pravo u oči. U jednom trenutku mi se učini da kroz prozor pored kog sedimo vidim Mašu i mamu, pa se nekako uzvrpoljim, ali ispostavlja se da je to neka druga mama sa svojom kćerkom. Onda mi se učini da vidim tatu kako parkira auto ispred zgrade, pa se malo pomeram iza zavesice.

„Znam da smo ispred tvoje zgrade, ali čemu ta frka? Pa tatu sam ti odavno upoznao. Boško, jelda?"

„Nije nikakva frka, samo... Baš su juče mama i tata pričali o ovom restoranu, pa mi je malo čudno što sam ja tu pre njih."

„Opusti se. I reci mi već jednom!", kaže i pogleda me ispod oka. Ne znam šta očekuje da mu kažem, ali ako misli da ću mu reći da mi se dopada, greši. Ne želim to da mu kažem, bar ne još uvek, iako se to verovatno vidi iz svemira.

„Pitam se kako je to kad znaš da se svima sviđaš", pomišljam u sebi, samo što onda shvatam da sam to izgovorila naglas, jer me Filip gleda nekako preozbiljno i kaže:

„Ne znam, reci mi", i onda se ponovo nasmeje, a ja crvenim i spuštam pogled. *Bože, zar crvenim posle ovoliko vremena? Moram da pazim šta izgovaram*, mislim se.

„Valjda si primetio da mene baš i ne vole svi. Za razliku od tebe."

„Ne pričaj gluposti, ti si zvezda škole. Ja sedim sa jednom zvezdom!"

„Ne zezaj. Ali ako baš želiš da znaš, ono što sam odavno htela da ti kažem... Ne znam ni odakle da počnem."

„Počni iz početka."

Konobar nam donosi piće i pita da li smo odlučili šta ćemo za jelo, i dok mu Filip govori, ja razmišljam odakle stvarno da počnem. Otkako smo se videli u školi na početku godine, nas dvoje nijednom nismo razgovarali kao ljudi. Toliko stvari se desilo od letos, otkad smo se upoznali, toliko toga sam prevalila preko glave, i toliko toga se isprečilo između nas, da jednostavno nisam *stigla* da pričam sa njim. Evo, i dok o ovome razmišljam, sve mislim da će neko da upadne u restoran i da nas prekine. Sigurna sam da Nina zna za ovo mesto – ona zna za sva nova mesta u gradu – i da je potpuno moguće da se pojavi ovde, sedne za naš sto i ponovo sve pokvari. Moguće je da će uleteti njena mama, možda njegova, a veoma je moguće da čak i moji roditelji dođu ovde. Želim što brže i što više toga da mu kažem. Zato odjednom iz mene izlazi bujica reči:

„Kao prvo, nikad se do ove godine nisam družila sa Ninom. Oduvek me je kinjila, kao i većinu devojaka u školi, zajedno sa Sarom i Lidijom. Ne prođe jedan jedini dan da nekome ne kažu nešto loše, da nekog ne spuste, da ga ne pogledaju kao da im se gadi. Godinama drhtim od njih, i to ne samo ja, već pola devojčica u školi. Niko ne sme da se suprotstavi Nini, kao da je nekakvo božanstvo. Neko vreme sam naivno verovala da žele da mi budu prijateljice, a ispostavilo se da me iskorišćavaju da bih im radila domaće zadatke, pisala sastave, referate i eseje. Ali Ninin najveći motiv da bude u mojoj blizini bio je taj što…“ Zastala sam.

„Što… Šta?“

„Što je želela da vidi da li smo ti i ja… ne znam… bliski. Odnosno, da li se ja tebi… Mislila je da smo… Mislim, nije znala… Uf, ne znam kako ovo da objasnim“, potpuno sam se spetljala. Ne mogu da izgovorim običnu rečenicu – *nije znala da li ti se dopadam.*

„Da li smo šta?“

„Znaš – najbolji prijatelji. Nije htela da se svađa i bude loša prema nekome s kim se Filip druži jer... Ti si popularan, kao i one“, opredeljujem se za poluistinu. U stvari, ovo je polulaž, proistekla iz mog polukukavičluka. Ne smem da ga pitam da li mu se dopadam, niti smem da mu kažem da se on meni dopada. Da mi se sviđa. Da se ložim na njega. Kakogod. Većina devojaka bi rekla da umire za njim. Ali meni je sve to banalno. Pa tako, umesto da kažem bilo šta od toga, ja i dalje insistiram na tome da smo ortaci. Mrzim i tu reč! Naročito kad se odnosi na Filipa i mene.

U sebi mislim: *Nađa, samo izgovori* – sviđaš mi se.

„Nađa, da li smo ti i ja – *šta*?“, trgne me iz razmišljanja.

„Ma, umislila je da smo ti i ja neki mnogo dobri ortaci, da smo nerazdvojni, a ona nije želela da bude grozna prema nekome ko je dobar s tobom.“

„Okej, razumem to. Nisam glup. Nina se loži na mene. Znam to odavno.“

Eto, izgovorio je reč *loži*. Nije to baš toliko strašno.

„A ti na nju?“, pitam bojažljivo.

Konobar nas ponovo prekida jer donosi najveću picu na svetu. Stavlja je ispred nas i ta savršena kaprićoza nekako se isprečuje između nas dvoje. Filip i dalje čeka da ja nešto kažem, ja čekam da on odgovori na pitanje, a onda ne možemo da izdržimo, pa oboje navaljujemo na picu. Smejemo se. Zaboravljamo na pitanja i razgovor. Nije došla Nina, nije došla njena mama, niti moji roditelji. Došla je pica.

„Ovo je najbolja pica koju sam ikad probala“, kažem punih usta.

„Ova pica je nešto najbolje što sam ikad probao", kaže Filip istovremeno i oboje umiremo od smeha.

Trenutak je prošao. Ni on ni ja ne želimo da se vraćamo na temu. Delić važnih stvari je izgovoren, nešto je pitano, na nešto imamo odgovor, na većinu pitanja ne. Ipak, nas dvoje uživamo u sadašnjem trenutku i ne želimo da se vraćamo u prošlost. Želim da ovaj trenutak traje zauvek. Filip, pica i ja. U pozadini se čuje italijanska kancona. Ljudi ulaze i izlaze, a mi ne mrdamo od našeg malog stola za dvoje sve dok ja zaista ne vidim mog tatu kako se parkira ispred zgrade. Filip ga, naravno, primećuje, jer gleda kroz prozor gde i ja.

„Eno ti ga tata!"

„Vidim. Možda je bolje da krenem."

Filip plaća račun i ne dozvoljava da mu dam polovinu iznosa. Kaže: *ja sam te zvao, ti ćeš mene da častiš drugi put*, a ja ne mogu da izdržim i odgovaram:

„Mogu već sutra. Ako želiš i imaš vremena."

„Za tebe uvek. Ali dok ne zbrišeš, samo da ti kažem... Znam da je Nina naporna. Provalio sam je. Ona je od onih devojaka koje... ne znam... koje traže pažnju i žive za to, a u suštini su jako slabe. Ne dopada mi se kao osoba, ali mi je nje u stvari i žao, jer me ponekad podseti na to kako je bez veze kad si sam, kad ti roditelji nikad nisu u blizini... I znam da je većina stvari koje radi i govori obično foliranje. Mogu da ti pokažem milion njenih fotografija na kojima krišom jede čokoladu, dok s druge strane svima promoviše zdravu ishranu, zatim kad besni po kući čupava i aljkava... Video sam to slučajno, znaš već – moja i njena mama se druže i par puta sam prisustvovao scenama kad psuje, urla, histeriše. Čak sam je snimio kako pada u trans uz neki narodnjak, a danas u školi priča o kvalitetnoj muzici. Znam da je folirantkinja sa dva lica. Hteo sam to da ti kažem, čisto da znaš da sam na tvojoj strani. Oduvek."

Onda nas prekida dobro poznati glas:

„Kakve su pice? Jesu stvarno tako dobre kao što se priča po gradu?"

Tata stoji pored nas i smeje se.

„Delijo, hoćeš kod nas gore da te upozna i Nađina mama? A i sestra bi se jako obradovala da te vidi!"

„Ne, hvala na pozivu, ali moram i ja kući. Tata mi je obećao da ćemo zajedno da odgledamo utakmicu. Igraju..."

„Znam, večeras je večiti derbi. To se ne propušta, a naročito ako gledaš sa ocem!", prekida ga tata, a onda se okrene ka meni: „Nađa, sine, idemo kući. Sigurno ste se već i prejeli i od silne priče zaboravili na domaće." Zatim se još jednom okreće ka Filipu i dodaje:

„Fića, tako beše?"

„Da, Filip. Onaj sa mora."

„Znam, znam, sećam te se odlično. Nisam te dugo video. Sad će Nađa sve da mi ispriča – i o tebi i o tome kakva je hrana ovde. Vidimo se, delijo!"

I tako smo tata i ja prešli ulicu i ušli u kuću. U liftu sve vreme veselo zviždući nekakvu italijansku kanconu, koju je valjda čuo u piceriji. Nikad nije toliko zviždukao kao ovih dana. Verovatno zato što je njemu i mami uskoro petnaesta godišnjica braka.

18. poglavlje

Anja, Andrej i ja sedimo kod mene u sobi. Imamo tačno sat vremena da razradimo moj plan u vezi sa razotkrivanjem Nine, jer moram da krenem na trening koji nipošto ne smem da propustim. Naime, posle osvajanja zlata u Sloveniji stigli su pozivi za sledeća takmičenja, počeli su da me zovu drugi klubovi i da se javljaju novi sponzori. Međutim, ono što sigurno znam je da nikad ne bih napustila Milku i da samo uz nju mogu da postignem prave rezultate. Misli mi lutaju na tri fronta. Prvi je regionalno takmičenje, koje počinje za mesec dana, drugi je moja prva emisija, koju smo stric i ja snimili i sad čekamo pravi trenutak, odnosno godišnjicu mojih roditelja, a treći, i sa žaljenjem moram da priznam, onaj koji mi trenutno okupira najviše pažnje je moj pakleni plan za Ninu.

„Slušajte, ovako stoje stvari", kažem gledajući ih direktno u oči, ali Anja me prekida:

„Joj, obožavam kad ovako počinje neko poglavlje u knjizi. Onda znam da sledi razrešenje svih problema, kad dobro pobeđuje zlo, kad pravda izlazi na videlo, kad..."

„Anja, pusti je da nam ispriča", prekida je Andrej i oboje me gledaju otvorenih usta.

„Dakle, došlo je vreme kad moramo da pokažemo svima kakva je Nina zapravo. Ne radim ovo samo zbog sebe, jer mi je više preko glave njenog ugnjetavanja, laži, foliranja, maltretiranja – ne, ovo radim, a nadam se da ćete mi vas dvoje pomoći, zbog svih budućih finih devojaka i momaka koji misle da popularne devojčice imaju pravo da se ponašaju prema njima kao da ne postoje ili kao da ništa ne vrede. Ovo je za sve dobre đake, normalnu decu, koja drhte pred nekim Ninama širom sveta, koji pokušavaju da se sakriju, da budu nevidljivi samo da ih sve Nine ovog sveta ne bi dirale."

„Jao, Nađa, ne shvataš koliko sam čekala ovaj trenutak", kaže Anja i srče sok do kraja.

„Pusti je da nastavi", ponavlja Andrej i uzima još jedno domaće medeno srce kojima sam ih poslužila.

„Pre neki dan sam bila sa Filipom tu u piceriji, i iako sam već imala neku ideju u glavi, on mi je samo učvrstio taj moj klimavi plan."

„Hoćeš da kažeš da više nije klimav?", pita me Anja uzimajući medeno srce iz Andrejevih ruku. „Inače, nadmašila si samu sebe. Medenjaci su ti vrh! Izvini, evo, više te neću prekidati. Pričaj!"

„Plan je sledeći: otvoriću lažni profil na Instagramu, dodaću svu decu iz škole i postaviću Ninine *prave* slike."

„Kako to misliš *prave slike*? Kakve su to *prave*?", opet me prekida Anja.

„Lepo, prave. Ne one na kojima je lažna Nina, sva fina, dobra, večito nasmejana. Nina koja sluša samo kvalitetnu muziku." Na reč *kvalitetnu* sam rukama pokazala nepostojeće znake navoda u vazduhu. „Nina koja jede zdravo, koja pije isključivo indonežanske čajeve, koja čita knjige, koja voli klasičnu muziku. Ne one na kojima Nina citira Dučića i Miku Antića, u najboljim odevnim kombinacijama sa savršeno očešljanom kosom, niti one na kojima se grli sa mamom za koju kaže da joj je najveća podrška i najbolja mama na svetu. Nisu prave ni one slike na kojima promoviše svoje znanje, dobre ocene i angažovanje oko male mature. Ne! To je sve laž! Ona nije božanstvo kojem se treba diviti! Moraju ljudi da vide da je ona kao i ostali, da nije ništa bolja, baš naprotiv – gora je od mnogih. Prave slike i pravi snimci su oni na kojima ona halapljivo jede čokoladu, na kojima đuska uz grozni turbofolk, na kojima je aljkava i prljava, na kojima urla na svoju mamu. Prave slike pokazuju da mrzi sve ono što na lažnima voli. Jer Nina je sve samo ne fina i nasmejana, njene ocene nisu njena zasluga, a sve ideje oko organizacije male mature je ukrala. Želim da je raskrinkam jednom zasvagda!"

Anja i Andrej ćute. Čekaju. Ne znaju šta da kažu. Sigurno su zaprepašćeni mojom hrabrošću.

„Ali… Zar ne misliš da ćeš, time što ćeš je raskrinkati, na neki način postati kao ona? Mislim… Kao ideja je okej, ne mogu da kažem da mi se sve to ne dopada i da prvi ne želim da vidim Ninin pad, ali sa moralnog aspekta…", stidljivo kaže Andrej.

„Šta sa moralnog aspekta? Zašto moraš da pokvariš ovako savršen plan? O kom moralu govoriš? Ovo je klasično razotkrivanje lažnog moraliste! Ako ovakva ideja ima viši cilj, a ima, onda ne smemo da dovodimo moral u pitanje!" Anja me podržava i grli, tako da nas je sad dve protiv jednog. Andrej nema kud pa se kiselo nasmeje i kaže:

„Okej, ako tako mislite, onda sam uz tebe, Nađa. Šta je moj zadatak?"

„Ništa vi ne treba da radite. Bila mi je važna vaša podrška. Sada ću da otvorim lažni profil i da počnem da prikupljam pratioce. Neke slike imam, a neke ću nabaviti."

„Imam ja jednu, kad smo kod toga!", kaže Anja ushićeno. „Skroz sam zaboravila na nju. Jao, samo da uspem da je nađem! Jednom sam je slikala kako nekome na fizičkom pokazuje srednji prst. Gledala je u visinu, kao da je posmatrala nekog u kabinetu hemije. Ja sam htela da slikam Filipa kako pimpuje loptu i taman sam izvadila telefon – kad eto nje sa srednjim prstom. Nisam odolela! Evo je! Gledajte! I faca joj je zla na ovoj slici. Možemo da je stavimo kao profilnu fotku, šta kažete?"

Znam i kome je pokazala taj srednji prst, mislim, ali ne izgovaram.

I tako, samo petnaest minuta pre nego što je trebalo da krenem na trening, nastao je lažni profil na Instagramu pod nazivom *Prava Nina*.

Od silne euforije što najzad radim nešto po pitanju razotkrivanja devojke koja me je godinama kinjila, adrenalin me je udario u glavu i na treningu sam briljirala. Milka nikad nije bila srećnija i zadovoljnija. Pobrala sam aplauz ostalih plivača, pa sam sa treninga ispraćena kao prava zvezda. Kad sam stigla kući, moj samouvereni stav nije splasnuo – naprotiv. Ponosno sam se šetkala pred roditeljima i sestrom, kao da želim da vide koliko sam odletela u zvezde. Maša je to i primetila i rekla mi kratko:

„Prestani da se šetaš tu kao neka luda manekenka, plašiš me!"

Mama i tata su se nasmejali, rekli joj da ja i jesam manekenka, samo bez onog *luda*, i da je trebalo odavno da se šetam tako.

„Zar nam nije divna ova naša Nađa? Lepa, pametna, vredna, i treba da se šeta kao da je ceo svet njen!“, rekla je mama i poljubila me.

Ohrabrena njenim rečima, otišla sam u sobu i počela da dodajem ljude na Ninin lažni – pardon – *pravi* profil. Do kraja večeri, pratilo me je tačno osamdeset ljudi. *Ako se nastavi ovim tempom, za nekoliko dana ću imati oko hiljadu pratilaca*, mislim i trljam zadovoljno ruke.

„Vreme je za prvu pravu sliku“, kažem za sebe i šaljem Filipu poruku sledeće sadržine:

Filipe, možeš li da mi pošalješ onu Nininu sliku na kojoj jede čokoladu?

Posle par sekundi stiže mi odgovor:

Zašto?

Mislim šta da kažem jer ne želim da lažem Filipa, ali i ne želim da ga uvlačim u sve ovo, pa napišem:

Kazaću ti sutra, samo mi pošalji. Neću reći odakle mi.

Ok, *šaljem, ako je još uvek imam. Samo me ne uvlači u nešto... Valjda mogu da ti verujem.*

Naravno da možeš. Rekao si da si na mojoj strani.

Umesto odgovora, od Filipa mi stiže slika na kojoj je Nini lice umazano čokoladom, drži teglu nutele u jednoj ruci, a drugom rukom pokušava da sakrije lice. Vidi se da je fotografija nastala na prepad, sigurno je Filip slučajno ušao u njenu kuhinju, Nina ga nije očekivala tamo i on je napravio ovu senzacionalnu fotku!

Postavljam je na Instagram uz reči: *ovako se vodi zdrav život #nohashtagneeded*

Posle samo par sekundi slika dobija nekoliko desetina lajkova! Ovo samo potvrđuje moje sumnje da ljudi žele da neko razotkrije Ninu.

Osećam se kao heroj, gasim telefon i spavam spokojno kao beba.

Sutradan u školi osećam neku čudnu napetost. Ili ja sve to umišljam. Ljudi se došaptavaju, kao da svi znaju da sam upravo ja otvorila profil *Prava Nina* na Instagramu.

Gluposti, niko ne može da zna da sam to ja, mislim u sebi. *Anja i Andrej ne bi nikome rekli!*

Baš kad to pomislim, njih dvoje dotrčavaju do mene i Andrej počinje tiho da govori, dok me Anja vuče za ruku na kraj hodnika:

„Moraš da ugasiš *Pravu Ninu*. Cela škola samo o tome priča." Onda se i Anja nadovezuje:

„Kad smo videli one fotke, malo smo porazmislili i... Shvatili smo da nije okej to što radiš – to što *radimo*. Nekako je surovo."

„Ne radite vi ništa. Ovo je moja ideja i ne želim da odustajem sad kad sam tako blizu cilja. Zar ste se ponovo uplašili? Ako ste tolike kukavice, ne spominjite više ovo. Kažem vam, ovo nema veza sa vama, sve je samo moja ideja! Isključivo moja", odgovaram im ne skrivajući ljutnju što pokušavaju da mi izazovu krivicu zbog nečega što je neophodno – zbog svih nas koji smo ikada otišli u krevet plačući zbog Nine – i odlazim na čas srpskog.

Međutim, znam da je i kod njih u pitanju duboko ukorenjeni strah od Nine i zbog toga još više želim da što pre ostvarim plan do kraja.

Ceo dan mi je produktivan. Uspela sam da se sakrijem u toaletu i da sačekam trio NLS iza zatvorenih vrata. Isključila sam zvuk na telefonu, ali kamera je bila spremna. Njih tri su se prvo raspravljale oko neke šminke, onda oko toga koja je prva kupila nekakve fensi patike (naravno, Nina je pobedila) i zatim su došle do male mature.

„Što me mrzi da se smaram oko ovog glupog prodajnog sajma", kaže Sara.

„Ne pominji mi to", odgovara Nina.

„Što ste takve, baš je dobra ta Anjina ideja", kaže Lidija. Tajac.

„Kako misliš – Anjina ideja?", pita Sara.

„Pa... Ona je to spomenula. Mislim... ne znam... Možda grešim...", zbunjeno će Lidija.

„Nije bitno ko je šta predložio, važno je da svi misle da je ideja moja! Glupi sajam, kao da bi mi tako nešto ikad palo na pamet. I onaj *Briljantin*! Ima li gluplјeg filma i dosadnije muzike? Ali kad luzeri to vole, eto im zabave!", kaže Nina puna sebe, a moj pametni telefon sve snima iz potaje.

Čim se škola završila, otrčala sam do obližnjeg kafića sa Anjom, i dok srčemo limunadu, postavljam Nininu poslednju rečenicu iz školskog toaleta na profil *Prave Nine*. Anja nema pojma šta radim, samo vidi da nešto čeprkam po telefonu, pa pita:

„Dopisuješ se sa Filipom kad se tako smeškaš?"

„Molim? Ovaj, da. Dopisujem se sa Filipom", kažem odsutno i ne gledajući je.

U tom trenu Filip dolazi do nas i kaže mi da hitno mora da razgovara sa mnom, na šta mu ja odgovaram da nam se pridruži. On nevoljno seda.

„Smem li pred Anjom?"

„Pred Anjom možeš sve!", kažem razdragano i grlim svoju najbolju drugaricu.

„Da li ti imaš neke veze sa onim na Instagramu?", pita me.

Uprkos njegovom osuđivačkom tonu, podsećam sebe da radim pravu stvar, ali ipak ne želim nikakav konflikt, jer za konflikte nisam spremna, pa zato odgovaram:

„Sa čim na Instagramu?"

„Sa *Pravom Ninom*? Nađa, reci mi istinu. Cela škola prati tu *Pravu Ninu*, a tamo je ona slika koju si mi tražila. Verovao sam ti."

„I dalje treba da mi veruješ. Nema to veze sa tobom. Nisam od tebe dobila tu sliku. Ne znam o čemu pričaš."

„Kapiraš li da si ovom rečenicom potvrdila da si ti stvorila *Pravu Ninu*? A znaš da ne želim da budem deo toga."

„Nisi deo toga! Nisi deo ničega! Niko od vas nije deo svega ovoga, koliko puta treba to da ponovim!", odgovaram besno, ustajem od stola i trčeći odlazim od njih.

Nije mi jasno zašto su svi tolike kukavice. Zašto ne žele da raskrinkaju folirantkinju? Da se već jednom oslobode njene torture? Zar nije poenta, kako kaže Anja, da dobro pobedi zlo, da pravda izađe na videlo?

Kući dolazim više razočarana nego besna. Belu izvodim u park, i dok ona trčkara sa svojim prijateljima pudlicom i dobermanom, ja proveravam šta je sa profilom *Prava Nina*.

Prati je već blizu pet stotina ljudi i ispod snimka iz toaleta je gomila komentara tipa: *Folirantkinja. Znala sam da je prevarant, kradljivica tuđih ideja, sklonimo je zauvek, neka joj zabrane dolazak na maturu.*

Osećaj pobede, koji bi trebalo da osećam, zamenjuje žaljenje. Onda žaljenje prerasta u osećaj krivice, koji do kuće potpuno sasvim prerasta u gađenje prema samoj sebi.

Nikad nisam želela da budem kao Nina, a sad sam gora od nje, Belice. Mislila sam da sam nekakav heroj. Mislila sam da ću spasti sve devojke koje je ona maltretirala. Ali ne osećam se kao heroj. Osećam se kao prevarant i zlica. Ovo ne valja, ovo ništa ne valja, Belice.

Poslednji komentar koji vidim je: *hoćemo još!*

Oni žele još groznih stvari o Nini, žele potvrdu onoga što su zapravo sve vreme i mislili o njoj, a nisu smeli da kažu. Od mene to neće dobiti, Belice. U pravu su Anja i Andrej, treba što pre da ugasim Pravu Ninu. *U pravu je i Filip kad je rekao da ne može više da mi veruje. Svi su u pravu. Gasim je.*

Prava Nina je nestala kao što je i nastala. Brzo i lako. Ali šteta je učinjena, a deca iz moje škole su spremna za linč, sigurna sam.

Za koji dan počinje moja emisija. Za koji dan je godišnjica braka mojih roditelja. Plašim se da sam upravo svima sve pokvarila, a osećaj griže savesti, koji se ugnezdio u meni, ne dozvoljava mi da se radujem svim tim divnim stvarima na kojima sam mesecima tako predano radila.

19. poglavlje

Osećaj krivice me savladava dok gledam učenike svoje škole kako na sav glas izgovaraju rečenice:

„Sramota ju je da dođe u školu posle svega!"

„Kukavica se sakrila!"

„Nije dovoljno to što su joj zabranili dolazak na malu maturu, treba da je izbace iz škole!"

„Dobila je šta je zaslužila!"

Tata mi je jednom prilikom rekao da je osećaj krivice dobar za sazrevanje. To je bilo onda kad sam ih slagala da idem na treninge, a u stvari sam sve vreme provodila sa Ninom u čajdžinici. To je bilo vreme kad sam joj radila domaće zadatke, priželjkujući da će me prihvatiti i primiti u svoju kul ekipu. To je bilo vreme od pre samo nekoliko meseci, a čini mi se tako daleko.

Kada znam da sam za nešto kriva, nije mi neka uteha što će taj moj osećaj biti dobar za sazrevanje. Sve me izjeda. Grize me sve u duši i to grickanje kao da me upozorava na nešto. Kiselo se smeškam svaki put kad mi se neko obrati u školi. Lidija mi se sve više približava, kao da želi da mi bude najbolja drugarica u nedostatku Nine. Sara mi se otvoreno dodvorava, zove me u goste, u bioskop i na limunadu posle škole.

„Najzad mogu da kažem kako mrzim čaj. Ljudi, mrzim taj prokleti čaj!“, viče na sav glas, tražeći od mene potvrdu prijateljstva. Sve ono što je Nina nekad volela i zbog čega su joj se divili sad je postalo užasno. Da, to je reč koju i Sara i Lidija izgovaraju.

„*Užasna* joj je kosa.“

„*Užasno* je bezobrazna.“

„Jeste li primetili kako ima *užasan* ukus za muziku?“

„Kako joj je *užasna* mama!“

Kad se radi o Nini, sve je postalo *užasno*.

Dobila sam šta sam želela. Zašto se onda osećam ovako jadno?

Sklanjam pogled od ljudi. Svi žele zamenu za Ninu i u tome Lidija i Sara vide svoju šansu, iako devojčice uglavnom smatraju da im se ne može verovati. Kad spoznaju da ni one nemaju šansu kod drugih, priklanjaju se meni jer sam ja ta koja im je preostala. Prvakinja u plivanju, visoka, dugokosa i plavooka devojka koja je nekoliko puta izašla sa Filipom. Devojka koja je prva dostojanstveno odbacila Ninino prijateljstvo.

Počele su da se raspredaju priče, a nije prošlo ni dva dana otkad je Nina prestala da dolazi u školu zbog *sramote sa Instagrama*, kako su svi nazvali ceo događaj. Pričalo se da su to uradile Lidija i Sara, pričalo se da je sve to uradio njen bivši dečko, ali osim mene, Anje, Andreja i Filipa, samo je ta ista Nina znala celu istinu. Sklopila je kockice. Videla je *Pravu Ninu* i fotografiju koju je uslikao Filip. On mi je prišao na malom odmoru. Gleda u mene, a ja u pod.

„Zvala me je Nina. Ubeđena je da sam ja napravio taj lažni profil. Pretpostavljam da sam samo hteo da ti se zahvalim na svemu“, kaže ironično.

Ja i dalje gledam u pod dok se on okreće i odlazi od mene. Sklanjati pogled u kontaktu sa drugima znači pokazivati uznemirenost pred njima. A oni onda to tumače kao neku prikrivenu nameru i više vam ništa ne veruju. Pomišljam kako ću uskoro u njemu buditi neprijatan osećaj. Neće želeti da se druži sa mnom. A to će se desiti i sa Anjom i sa Andrejom.

Mislila sam da će osećaj griže savesti proći ako budem mnogo trenirala. Ali nije tako. Bes, frustraciju, pa čak i tugu uvek sam mogla da makar nakratko odagnam plivanjem, ali ovaj novi osećaj neće da nestane u bazenu. Neće da nestane ni dok pravim najukusnije kolačiće. Ugnezdio se u mene i ne mrda. Par dana izdržavam u školi, kući i na treninzima. Mislim da će osećaj proći. Neuspešno bežim od njega jer se plašim kazne. Ali ako ga zadržim u sebi, osećam da će me dovesti do izolacije. Ne želim izolaciju, osudu i nevidljivost.

Ponovo sam sve razočarala.

Posle časova odlazim kod mame na posao. Pronalazim je u zbornici.

„Mama, uradila sam jednu groznu stvar", počinjem svoju ispovest i onda, oslobođena laži, počinjem da plačem.

„Mnogo se loše osećam, ne znam šta da uradim."

„Nađice, ljubavi, ispričaj mi sve, pa ćemo naći neko rešenje", kaže mi mama i odvodi me u praznu učionicu. Zelene klupe i braon stolice u njoj podsećaju me na sudnicu. A mama, u svojoj strogoj beloj košulji i bordo suknji do kolena, na sudiju. Ipak, znam da će ona jedina biti pravedni sudija, pa kad ispričam sve od početka do kraja, mama mi bez razmišljanja kaže:

„Odmah ćemo otići kod Nine."

Odlazi nazad u zbornicu i govori da zbog važnih porodičnih problema mora ranije da ode. Ne gleda me, a ja je pratim u stopu. Dok se vozimo autobusom, ne izgovara ni jednu jedinu reč. Tek kad stignemo ispred Ninine zgrade, okreće se ka meni i kaže:

„Pesnik Branko Miljković je rekao: *ubi me prejaka reč*. Ta prejaka reč izazvala je u njemu osećaj griže savesti. Preuzeo je odgovornost za to, ali nije sebi oprostio. Ne mora tako da bude. Nađa, ne laži. Nikad. Jer to – *ne laži* – leči. Teško je reći istinu, ali kad je izgovoriš, desi se čudo. Videćeš."

Onda je zvonila na interfon, i kad je neko odgovorio, ona se predstavila. Odmah se oglasio zvuk otvaranja vrata.

Vrata Nininog stana otvorila je njena mama. Uputila je mojoj mami najsrdačniji osmeh i propustila je u belilo svog stana. Oko očiju joj se naziru tamni kolutovi koje je pokušala da sakrije teškom šminkom.

„Lepo od vas što ste došli da vidite Ninu. Bolesna je danima. Doktori ne znaju šta je, mada ja mislim da je neki virus, znate da sad ima na hiljade čudnih virusa. Te svinjski, te ptičji, sad ovaj zika. Mada, nema temperaturu. Nema groznicu, nema nikakve simptome bolesti osim što je razdražljiva i neće ništa da jede. Sedite, jeste li za čaj?", pita nas usiljeno, ali deluje suviše srdačno, kao da joj fali društvo i kao da je jedva dočekala da sa nekim porazgovara. Moja mama ne želi čaj, ali ne želi ni da zvuči grubo, pa kaže da je čaša vode dovoljna. Ninina mama joj donosi, a odmah zatim se i Nina pojavljuje pred nama. Ne izgleda bolesno, ako se izuzmu crvene oči. Obučena je u belu trenerku, na nogama su joj papuče u obliku belih zečeva. Iznenađenje u njenim očima kad nas vidi ne mogu ni da opišem.

„Šta ćeš ti ovde? Mama, šta se dešava?", pita zbunjeno, a ja sve vreme gledam u pod.

Moja mama kaže umesto mene:

„Nađa je došla da te vidi i da ti nešto kaže, Nina. Ako želite, možete taj razgovor nasamo da obavite dok tvoja mama i ja popijemo vodu i popričamo."

„A ne, ne, slobodno sve reci ovde, Nađa. Znam sve o vašoj kćerki, pričala mi je Nina o njoj. Neke laži, kako se ispostavilo", kaže Ninina mama i strogo gleda svoju jedinicu. „Sve ovo mi zvuči kao da... ne znam... kao da se nešto važno događa, a ja nisam upućena u sve. Šta se zbiva? Ninočka, jesi li opet nešto lagala?", gleda čas u mene, čas u Ninu.

Ako istina oslobađa, onda želim što pre da budem slobodna. Ako ću da pobedim strah od osude i kazne, ako ću zauvek skloniti taj odvratni osećaj griže savesti iz sebe, onda što pre želim sve da priznam.

„Nina, ja sam jedini krivac za sve što se desilo. Ja i niko drugi. Ja sam stvorila *Pravu Ninu*", govorim kao iz topa i ne gledam više u pod. Spremna sam da se suočim sa posledicama i gledam Ninu u oči. Njena mama prekida dugu tišinu.

„Kakvu *Pravu Ninu*? O čemu govoriš, dušo?"

Primećujem da mi se obraća sa *dušo* i *sa* mnogo prijatnijim tonom nego kad smo se srele kod Filipa, pa mi nije jasno da li je to zato što je moja mama prisutna ili je Nina razotkrivena i u drugim lažima koje je o meni govorila.

„Otvorila sam lažni profil na Instagramu pod imenom *Prava Nina* i postavila neke slike koje nikada nije trebalo da okačim. Želim da se izvinim Nini zbog toga i da joj kažem da mi je iskreno žao što je posumnjala na nekog drugog. Isključivo sam ja odgovorna za sve. Nina, izvini."

„Šta je bilo na tim slikama?", pita me Ninina mama. Moja sve vreme pijucka vodu i ćuti, kao i Nina.

„Na jednoj Nina pokazuje nekome srednji prst. Na drugoj jede nutelu, a treća nije slika, već snimak...", kažem i uzdišem. Volela bih kad bi mi neko – bilo ko – pomogao u ovome, ali izgleda da je sve na meni. Na moje veliko iznenađenje, Nina se nadovezuje:

„A na snimku kažem kako mrzim prodajni sajam i film *Briljantin*, i kako sam lažljivi prevarant! To hoćeš da kažeš?", vrišti Nina na mene i onda počinje da plače. Niz obraze joj se sliva maskara, koju ona pokušava da obriše rukama, ali onda sa ruku to crnilo od maskare prenosi na belu trenerku. Izgleda groteskno, a ceo prizor deluje još gore jer ona nastavlja da vrišti i lupa nogama o pod, kao dete od tri godine, koje je uhvaćeno u laži i pokušava nevešto da se izvuče: „Sakrila si se tamo kao... kao... špijun i slušala i snimala... Sve je izvučeno iz konteksta! Upropastila si me! E, pa, i ja ću tebe! Za lažno predstavljanje, za narušavanje privatnosti, ma naći će naši advokati nešto, zar ne, mama?"

Ne znam šta da joj kažem. Ne želim da se branim, jer me Nina nikad ne bi razumela. Mislim kako ovo nije bila dobra ideja jer sve što može da se desi jeste da mene okrive za nekakvo narušavanje privatnosti, za lažno predstavljanje, za ko zna šta. Istinu govoreći, osećam se bolje što sam došla da se suočim sa Ninom i priznam svoju grešku.

„Da nisi lagala, ne bi imala u čemu da te uhvati", odjednom čujemo potpuno smireni glas Ninine mame, koja onda ustaje da nas isprati.

„Hvala vam što ste došle. Nađa, ja ti opraštam. Oprosti i ti meni. Probaj i ti da oprostiš Nini, ako možeš. Za sve. Nisam uvek bila dobra majka. Nisam bila uz nju kad joj je bilo najpotrebnije, zato sad pokušavam to da ispravim."

U tom jednom trenutku učinilo mi se da vidim jednu suzu kako joj se spušta niz obraz. Onda su se vrata zatvorila. Dok smo peške silazile, i dalje smo čule Ninu kako vrišti.

Mama me je na putu do kuće zagrlila.

„Mislim da je dobro prošlo. Fina žena, ova naša glumica", kaže zamišljeno.

Ja i dalje ćutim. Mislim na to kako je njoj i tati sutra godišnjica braka. Kako će se iznenaditi i obradovati kad me vide na televiziji. Kako je prva emisija sjajna, posvećena isključivo njima i njihovoj ljubavi. Ipak, osećam da još nešto moram da kažem. Tu emisiju će mnogi gledati i želim svima nešto da poručim.

„Mama, smem li na brzinu da svratim kod strica? Mislim da sam zaboravila neke sveske za školu kod njega dok sam radila."

„Prvo ga pozovi, nemoj da ideš čak tamo ako ti sveske nisu kod njega", kaže mi mama, ali ja već trčim na drugu stranu.

„Mama, vraćam se brzo, znam da su tamo!"

Beograd mi nikad nije delovao tužnije, iako je za ovo doba godine toplije nego inače, pa su parkovi, trgovi i ulice prepuni dece na trotinetima, rolerima ili biciklima. Njihova graja zvuči kao najlepša muzika i čini mi se da su ljudi neobično srećni. A oko mene i u meni je i dalje sve tužno. Ni osmesi, ni radosna graja, ni zvuci trotineta na mene ne deluju. Osećaj koji imam u stomaku me ne napušta. Nije to više griža savesti, to je nešto drugo. Nešto nedefinisano. Zbog toga trčim kao luda ka stricu i njegovoj televizijskoj stanici. Molim se u sebi da ga zateknem, pa kad stignem, sva zadihana, pokucam mu na vrata od kancelarije i niko mi ne odgovori, stropoštavam se na pod u suzama.

Kasno je. Već je prošlo pet. Sekretarica mu je otišla i tu su samo urednici popodnevnog programa, dva kamermana i šminkerka. Gosti koji se pripremaju za emisiju piju espreso koji je morala da im napravi organizatorka jer ja od juče više ne radim kao studijski pomoćnik. Gledaju me kao da sam pala s Marsa, ali naviknuti su na moje prisustvo, pa me puštaju da sedim na podu i vraćaju se svom poslu. Listaju papire, popravljaju šminku, češljaju se.

„Otkud ti, malena?", iznenada čujem iznad sebe.

„Moramo nešto da dosnimimo, hitno!" Pokušavam da se priberem i ustajem sa poda. Grlim strica, jer mi je on, kako mi se sada čini, jedini spasitelj. „Moram još nešto da kažem u sutrašnjoj emisiji!"

„Ali već je sve montirano i završeno. Ne možeš tek tako..."

„Moram! Molim te!"

„Stani, smiri se. Smislićemo nešto. Možemo da te snimimo na mojoj terasi, tamo je još uvek sunčano, a tu je jedan kamerman. Da vidim, bukvalno može da dođe na petnaest minuta. Za šminku i frizuru nemamo vremena. Znaš li tekst?"

Nemam pojma šta tačno treba da kažem. Izlazim na terasu i vidim Beograd kao na dlanu. U tom trenutku, dok imam ovakav božanstven prizor pred sobom, čini mi se da će sve biti u najboljem redu. Beograd, koliko god užurban bio, sa visine deluje potpuno harmonično, a ta harmonija na neki čudan način ulazi i u mene. Raspuštam kosu i kažem stricu:

„Znam tekst. Savršeno ga znam."

Moji mama i tata upoznali su se u Sremskim Karlovcima kad je ona imala osamnaest, a on dvadeset godina. Mama je upravo završavala Karlovačku gimnaziju kao đak generacije, a tata je jednog prolećnog popodneva sasvim slučajno došao u njen grad na ručak sa prijateljima, jer su upravo bili obišli Stražilovo. Tata je studirao građevinu u Novom Sadu, ali je tada želeo da bude pesnik. Pisao je pesme po čitav dan, kad god je imao pauzu na predavanjima, čak je jedno vreme, kako mi je pričao, zapostavio učenje i kolebao se da li da nastavi sa učenjem građevine ili da se prebaci na Filološki fakultet na Odsek za srpski jezik i književnost. Toliko je jak bio poriv u njemu da postane pesnik. Zato su ga prijatelji poveli na Stražilovo, mesto jedinstvenog pesničkog hodočašća, zahvaljujući slavi Branka Radičevića.

„Stražilovo je imalo strašno velik uticaj na njegova dela", govorio je moj tata, prisećajući se svoje davne želje da bude pesnik.

Kako su ogladneli, posle duge šetnje po izletištu, tata i njegova dva prijatelja odlučili su da dođu baš u Sremske Karlovce, baš u vreme kad je moja mama izlazila iz čuvene biblioteke Karlovačke gimnazije. Pogledi su im se sreli, a on je, po njegovoj priči, kao hipnotisan prišao toj devojci duge kose sa razdeljkom na levoj strani, i zureći u njene plave oči, pitao je: *Gospođice, da li ste za ručak*?

„Mislila sam da je sladak i nisam mogla da ga odbijem, iako sam morala da se vratim kući. Odvela sam ih u najbolji restoran i iako mi se činilo da je prošao samo tren, shvatila sam da sam sa neznancem iz Novog Sada provela čitava četiri sata i da mi sigurno sledi kazna kad se vratim kući. On je odlučio da me isprati, da objasni mojima da je sve njegova krivica i, dok si rekao keks, svi smo sedeli u mojoj kući, sa mojim roditeljima, pili sok od zove i jeli bakine štrudle. Niko se nije naljutio na mene, a tvog tatu su svi odmah zavoleli. Uključujući i mene. On je jedinstven muškarac na svetu jer ga je veoma lako voleti. On se svima dopada, on pleni gde god da se nalazi, jer ima u sebi nešto gospodsko i otmeno“, pričala mi je mama njihovu ljubavnu priču kad sam bila mala.

„Zar si zaboravila da spomeneš pesmu?“, pitao ju je tata tada.

„Nisam, to čuvam za kraj“, rekla je mama i otišla do muzičkog uređaja. „Dok smo sedeli u onom restoranu u koji sam ga odvela, pustili su Đorđa Balaševića i njegovu pesmu *Prva ljubav*. Tvoj tata me je tada uhvatio za ruku i odveo na improvizovani podijum za ples. Igrali smo. Od tada je to naša pesma.“

Bilo kako bilo, tata je ubrzo ipak shvatio da više voli matematiku od poezije (i dan-danas govori kako je matematika čista poezija) i potpuno se posvetio građevini. Ubrzo mu se u Novom Sadu pridružila i mama, koja je upisala srpski jezik i književnost (njegovu tihu patnju) i tako popunila prazninu u njegovom životu.

To je priča o mojim roditeljima, a svake godine na njihovu godišnjicu braka Maša i ja im spremimo specijalan kolač i odnesemo im ga u krevet. Ove godine, odnosno danas, sve je drugačije.

Subota je. Moji roditelji se bude, ali nikakav kolač ih ne čeka. Nema njihovih kćerkica sa velikim poslužavnikom i mirisnim đakonijama. Nema cveća. Nema pesme. Nema ničega. Sve je tiho.

Devet je sati i, po dogovoru, Maša i ja se pravimo kao da je dan kao i svaki drugi. Ja čak nisam ni ustala iz kreveta, a Maša crta najnoviju kolekciju svoje modne linije koju je nazvala *Maša La La La*.

Mama i tata odlaze u kupatilo naizmenično. Gledaju, sigurna sam, u kalendar, misle da su pogrešili datum, ali nisu, pa misle: *dobro, devojčice su velike, prošla ih je želja za slavljem.*

„Miro, matori smo, ne treba da pridajemo toliko značaja svemu ovome. Pusti ih", kaže tata šapatom.

„Znam, znam, samo... sve to sa kolačićima mi je bilo toliko slatko... Ali slažem se, zašto bismo uopšte morali da pravimo bilo kakvu proslavu godišnjice braka? Mislim... To ćemo nas dvoje sami. I nismo matori!"

„Nismo matori, samo su devojčice porasle. One treba da slave rođendane, a ne naše godišnjice. A iskreno da ti kažem, posle onoga što si mi sinoć ispričala za Nađu i tu njenu zavrzlamu sa Instagramom... nije mi naročito do slavlja."

„U pravu si, opteretili smo ih tom našom godišnjicom."

Dok su završili raspravu i pojeli pahuljice, već je skoro deset. Onda, po našem scenariju, Maša ulazi u dnevnu sobu i kaže nezainteresovano:

„Mama, tata, mogu li da pustim stričev kanal?"

Oni joj dozvoljavaju i odjednom sa televizije čuju glas svoje starije kćerke. Isprva stoje u mestu kao ukopani, a zatim, kad me i vide na velikom ekranu, sedaju na trosed razrogačenih očiju. Nemi su, a usta su im ostala otvorena od zaprepašćenja.

Otkud njihova Nađa na televiziji?

20. poglavlje

„Dragi gledaoci, dobro došli u prvu epizodu emisije koja će se baviti najslađim stvarima na svetu – kolačima i knjigama. Moje ime je Nađa i ja ću vas uvesti u *Moj slatki život*."

Ide muzika sa najavnom špicom, a onda se kamera ponovo vraća na mene.

„Svake subote ću vam spremiti po jednu tortu ili kolač, a ove subote će to biti jedna specijalna torta koju ću posvetiti specijalnim ljudima. Torta se zove *prva ljubav*, a osobe kojima je ona ove subote namenjena su moji roditelji. Oni danas slave svoju petnaestu godišnjicu braka i zbog toga će torta prva ljubav, posle ove emisije, biti isporučena tačno ispred njih. Kao što vidite, na ovom velikom stolu ispred mene su svi sastojci potrebni za prvu ljubav. To su jaja, šećer, mleveni orasi, mleveni lešnici i mlevena plazma, koje ćemo koristiti za patišpanj, a sa druge strane su opet jaja, šećer, maslac i crna čokolada."

Kamera zumira sve sastojke, a onda se ponovo vraća na moje lice.

„Laza Kostić je imao svoju Lenku Dunđerski, Miloš Crnjanski je imao svoju Vidu, Branko Radičević svoju Minu, a tako je i jedan Boško našao svoju Miru. Kao što ćemo za patišpanj sjediniti jaja, šećer i sve ove mlevene sastojke, tako su se i oni pronašli i savršeno ujedinili..."

Kamera pokazuje kako mešam sastojke za patišpanj, slažem ih u tepsiju, a onda sve to stavljam u rernu, pa se vraća u krupni kadar gde se vidim ja cela i sve ono što radim.

„Za Branislava Nušića prva ljubav bila je Persa, mala pegava devojčica iz komšiluka, koja je nosila žute čarape, baš poput ovih jaja i ovog putera kad se sjedine."

Kamera zumira moje ruke, kojima uz pomoć miksera mutim sastojke za fil, a oni postaju divno žuti, i zatim se opet vraća na celu šarenu kuhinju.

„On je u svojoj priči priznao da je nije ni primetio dok se nije zaljubio u nju, ali od časa kad se zaljubio, izgledala mu je božanstveno. A to će uskoro da se desi i sa ovom tortom. Jer ona je sad sva raštrkana na delove, patišpanj je na jednoj strani, fil na drugoj, gomila prljavog posuđa na trećoj. Međutim, uskoro će se desiti čudo. Tako je i sa svakom prvom ljubavi. Deluje zamršena i komplikovana, ali kad sve legne na svoje mesto..."

Kamera snima kako mažem jednu koru filom pa stavljam drugu preko. Onda sve iz početka.

„Uglavnom, kad sve dođe na svoje mesto, odjednom i ta prva ljubav deluje baš kako treba. I kad mislimo da je sve kako treba, opet nam se učini da nešto fali, pa se zbunimo i uplašimo, ali ne treba se plašiti. Sa ove strane, kao što vidite, stoji najvažniji sastojak ove torte..."

Kamera ide ka kraju pulta gde stoje šlag i krupno seckani orasi.

„A to je ukrašavanje. Za prvu ljubav nije potrebno ništa spektakularno, jer ona je fantastična sama po sebi. Ne treba joj dodavati veštačke boje, fondan, niti bilo šta drugo. Kad poslažem kore sa ovim filom jednu preko druge, samo ću da je ukrasim šlagom i pospem orasima! Dragi gledaoci, tako je to sa prvom ljubavlju. Kao što je rekao Đole Balašević, ona *dođe tiho nezvana, sama, za sva vremena, skrila se tu negde duboko u nama*. Samo treba da je prepoznamo i kad to uspemo, da je čuvamo i uživamo u njoj kao što ću ja sad da uživam u ovoj torti zajedno sa svojim roditeljima. Mama, tata, srećna vam godišnjica braka!"

Kamera sa mog lica prelazi na savršeno napravljenu tortu prva ljubav, a zatim kreće i pesma:

Tad sam iznenada sreo
Najtoplijeg leta deo
To su njene oči bile
Imala je kose plave
I u njima navrh glave
Belu mašnicu od svile

Mama i tata u dnevnoj sobi već igraju, i taman kad se pesma završi i oni krenu da me traže po kući, ponovo se sa velikog ekrana čuje moj glas. Ovog puta sam na terasi, a iza mene je panorama Beograda.

„Pošto je prva epizoda emisije *Moj slatki život* posvećena svim prvim ljubavima, moram da vam kažem još nešto. Kao što prva ljubav uđe u naš život nepozvana i zatekne nas potpuno nespremne, tako u naš život po prvi put ulaze i mnoge druge stvari. Neke nisu tako slatke i lepe. Razočaranje, nepravda, laži, bol i tuga. Iako smo za njih nespremni, kao i za prvu ljubav, i one su deo našeg odrastanja. Važno je da sve to stoički prihvatimo, da priznamo greške i da nikad nikog ne povredimo na tom putu do sazrevanja. A ako nekog i povredimo, da imamo hrabrosti da mu kažemo *izvini*. Kao što je hrabro reći *sviđaš mi se* ili *volim te*, isto je tako hrabro reći i *izvini*... Toliko od mene za sada i uživajte u torti prva ljubav, mislite na svoje simpatije, ali i na one koje ste možda nečim povredili, a mi se vidimo sa nekim drugim poslasticama i drugim pričama već sledeće subote. Ćao!"

Zatim se i ja pojavljujem u dnevnoj sobi i u rukama držim veliki poslužavnik sa tortom koja kao da je sišla sa malog ekrana. Maša viče:

„Srećna vam ljubav!", i svi se grlimo uz Đoletove stihove, koji i dalje idu uz odjavnu špicu.

Prva je ljubav došla tiho, nezvana, sama...

Nisam očekivala da će moja prva emisija doživeti takav uspeh. Potajno sam mislila da će mi bake iz komšiluka reći kako sam bila divna na televiziji, sanjala sam da će me Filip odmah zvati da mi kaže kako sam bila fantastična (doduše, i jeste mi poslao poruku u kojoj kaže da sam bila ne fantastična nego genijalna) i da ću sve to proslaviti sa Anjom i Andrejom negde u nekom kafiću uz ceđenu pomorandžu (što se jedino i desilo već sutradan). Ali snimak emisije se odmah našao na oficijelnom Jutjub kanalu televizije, pa su poruke koje sam počela da dobijam na Instagramu, kao i zahtevi za prijateljstvo, počeli da pristižu neverovatnom brzinom. Do ponedeljka sam od svojih dvadeset sedam pratilaca na Instagramu dostigla brojku od čak dve hiljade! Bilo je mnogo pitanja u vezi sa poslasticama i sa prvom ljubavi uopšte, ali je najviše pitanja bilo o tome da li ja imam prvu ljubav i ko je on. Nespremna za takvu vrstu eksponiranja, odložila sam telefon na sigurno mesto do daljeg i obećala sebi da, uprkos onome što pojavljivanje na televiziji donosi sa sobom, neću odustati od najvažnijeg cilja – a to je upis u željenu gimnaziju i takmičenje u plivanju.

Trening mi je danas neposredno pre početka škole, i dok pripremam stvari, mama (koja danas iz nekog razloga nije na poslu) ulazi u sobu i kaže mi da ide da gleda kako plivam. Začuđena sam jer odavno tako nešto nije uradila, a kada vidim da se i Maša sprema da pođe sa njom, potpuno sam zbunjena. Maša ne voli plivanje, čak se plaši da otpliva u dubinu kad smo na moru. Nosila je mišiće na rukama do prošle godine i potpuna je suprotnost meni. Koliko sam ja u vodi neustrašiva, tolika je ona kukavica. Koliko je ona na suvom puna samopouzdanja, toliko sam ja (doskora) bila stidljiva!

„Idemo malo da te gledamo kako plivaš. Nismo odavno. Da li je to u redu?"

„Naravno, nego Maša nikad nije pokazala želju da me gleda u bazenu, pa se čudim šta joj je."

I tako smo sve zajedno krenule na bazen.

Dok se pripremam za skok i dok Milka nešto strogo objašnjava, vidim da se mama smešta u prvi red na tribinama. Međutim, od Maše ni traga ni glasa. *Verovatno misli da će hlor da joj uništi mašne u kosi ili je u poslednjem trenutku odlučila da ovo ipak nije za nju*, mislim u sebi pomalo razočarano. A onda se Milka dere:

„Devojke, danas će sa nama na treningu biti jedna posebna mlada dama. Molim vas da je pozdravite velikim aplauzom i da joj oslobodite mesto broj tri, jer kaže da joj je to omiljeni broj!"

Milka prva počinje da tapše, a onda joj se pridružuju i ostale devojke. Ja od šoka ne mogu nikako da reagujem jer vidim svoju mlađu sestru kako u drečavoroze jednodelnom kostimu i isto tako drečavim naočarima za vodu ponosno staje na mesto broj tri i maše svima. Ima stav pobednika, kao i obično, i smeje se kao da je upravo osvojila zlatnu medalju. Mama sa tribina viče:

„Hajde, Mašo, možeš ti to!", a onda, kad se aplauz utiša, oglašava se i ona: „Meni je moja sestra Nađa jednom prilikom nešto obećala, a to je da ako ja doplivam do bova, ona će obući haljinu. Po mojoj slobodnoj proceni, bove o kojima je govorila stoje na manjoj daljini od dužine ovog bazena, tako da ću ja sad, po prvi put u životu, preplivati olimpijski bazen i pobediti bove, a moja sestra Nađa će za svoju malu maturu morati da obuče haljinu!"

Milka je uzela pištaljku i dunula u nju najjače što je mogla. Maša je skočila na noge držeći rukom nos da joj ne uđe voda kroz nozdrve i čim je izronila, junački je, prsnim stilom, krenula da pliva na drugi kraj bazena. Aplauz se ujednačio pa joj je davao ritam i svi su vikali: *Mašo, Mašo!*

Kad je stigla na cilj, već sam dotrčala do nje. Čim je izronila, pružila sam joj ruku da se popne, jer znam koliko joj je hrabrosti trebalo za ovako nešto. Zagrlila sam je i osetila kako joj jako kuca srce.

„Mašinka moja, ti si najhrabrija devojčica na svetu", rekla sam joj ljubeći je. Ona me je ozbiljno pogledala i odgovorila:

„Idemo sutra zajedno da biramo haljinu!"

„Važi, samo nećemo roze, okej?"

Umesto odgovora, dobila sam toliko jak zagrljaj da smo se obe srušile nazad u bazen.

* * *

Vreme leti kad smo srećni! Ništa mi ne smeta i ništa mi nije teško. Pripreme za prijemni teku glatko jer nikad nisam dozvolila da mi se gradivo nagomila, da propustim lekcije ili da mi nešto ostane nejasno. Anja i ja smo sigurne u ono što znamo pa možemo bez dodatnog stresa da pristupimo poslednjim pripremama za žurku u sali za fizičko. S obzirom na to da Nina više nije glavni organizator, svaka osmakinja dobila je svoje zaduženje i savesno ga obavila. Anja jeste preuzela palicu vođe, ali samo zato što je mnogo lakše kad jedna osoba s toliko ljubavi želi da svima bude dostupna dvadeset četiri časa dnevno za sva važna pitanja oko proslave. Prodajni sajam je prošao uspešnije nego što smo svi očekivali, pa smo tako uspeli da obezbedimo sredstva za dekorisanje, piće i di-džeja koji će doći da nas zabavlja. Što se tiče hrane, dogovorili smo se da svako donese ono što može, a to uključuje grickalice, male sendviče, kiflice ili pite. Ja sam bila zadužena za kolače, a devojke iz mog razreda su se sve do jedne ponudile da mi pomognu u pravljenju, kako smo ih nazvali – maturskih kolačića. To su zapravo makaronsi koje je veoma lako napraviti, a sve zajedno smo se odlučile da će biti u žutoj, zelenoj, plavoj i roze boji. Stric je, naravno, kao svaki biznismen, odmah došao na ideju da snimi posebnu (vanrednu, kako je rekao) emisiju o maturantkinjama koje same prave kolačiće za svoju maturu, tako da je nas devet devojčica iz odeljenja svoje umeće pravljenja poslastica pokazalo pred kamerama. Reakcije na emisiju bile su fantastične, jer smo dospele čak i u udarne vesti!

U doba kad se male mature slave po kafanama umesto u školama, kada nastavnici i roditelji zakupljuju velike prostore, daju silan novac na piće, jelo i garderobu koju će maturanti obući, potez osmaka iz vračarske beogradske škole pravi je primer kako omladina danas treba da se ponaša. Ne samo što su sami prikupili novac za proslavu svoje male mature, nego su i insistirali da se ona održi na mestu na kojem su proveli najlepše godine života – upravo u svojoj školi. I kad smo pomislili da je to kraj ove lepe priče, maturantkinje iz odeljenja osmo dva su nas još više iznenadile! One su same odlučile da naprave svoje maturske kolačiće, što ćete, dragi gledaoci, i videti u sledećem prilogu...

Dečaci su, na čelu sa Filipom i Andrejom, pomogli da se ukrasi sala, doneli piće, rasporedili stolice, stolove i dočekali di-džeja. Na tajnom glasanju je ipak odlučeno da tema maturske večeri bude: *budite samo svoji*, tako da smo svi na proslavu došli u onome u čemu se najbolje osećamo.

Već je osam sati uveče i svi polako pristižu u salu. Nema neke velike pompe oko dolaska. Jer uzbuđenje je u svima nama i nisu nam potrebne preskupe haljine, teška šminka ili limuzina da bismo se osećali važnim. Ovo jeste naš dan i baš zbog toga treba da budemo onakvi kakvi jesmo, a ne onakvi kakvi drugi žele da budemo.

Stojim sama iza velikog drveta ispred škole. Nisam želela da me prate roditelji, već sam htela da sama došetam do škole. Bez sestre (koja je skakala od sreće oko mene čitav dan), bez najbolje drugarice (koja je krenula sa Andrejom), bez simpatije (Filip mi je poslao poruku da kreće, a ja na nju nisam ni odgovorila). Želela sam da sve uradim sama.

Sada, ovde iza drveta, u svojoj novoj lepršavoj cvetnoj haljini, sa raspuštenom kosom koju sam samo malčice uvila, stojim i držim telefon uz uvo. Čekam da mi se javi Nina.

Zvoni nekoliko puta i baš kad mislim da se neće javiti, čujem dobro poznati glas sa druge strane:

„Šta hoćeš?"

„Hoću sa tobom da dođem na malu maturu."

„Ne pada mi na pamet da dolazim da me svi ispljuju i..."

„Niko te neće ispljuvati. Bez tebe sve ovo ne može da prođe kako treba, Nina."

Onda čujem tiho jecanje s druge strane, pa pokušavam da je utešim, odnosno nagovorim:

„Molim te, Nina. Obuci nešto u čemu se osećaš najbolje. Tema je *budite samo svoji*. I dođi. Ako želiš, sačekaću te."

„Stvarno bi to uradila za mene?"

„Naravno."

„Posle svega što sam rekla i učinila?"

„Posle svega. Znam da to nisi mislila. To nisi bila ti. Sad budi ono što jesi, važi?"

„Nađa, priznaću ti nešto... Već sat vremena sedim kompletno obučena, kao da ću doći na žurku, mama me tera, ali ja od sramote ne mogu da mrdnem. Niko me nije pozvao, ni Sara, ni Lidija, ni jedna jedina devojčica, ni jedan jedini drug. Samo ti. Hvala ti."

„Nema na čemu. Onda, jesmo se dogovorile? Da se nađemo sad odmah na uglu tvoje ulice i Bulevara?"

„Silazim!"

Prilazim školi. Već je skoro pola devet i iz sale se čuje pesma *Partibrejkersa*:

Biti isti, biti poseban, biti slobodan, biti samo svoj
Isti, poseban, slobodan, biti samo svoj

Napolju nema nikoga, jer sigurno su svi došli tačno na vreme i već uveliko počeli da se zabavljaju. Moj telefon neprestano zvoni, ali ne javljam se. Više od svega želim da ova žurka, ova samo naša žurka, prođe savršeno, bez ljutnje, ružnih pogleda, straha ili stida. Želim da sva deca, od onih najstidljivijih, preko štrebera, najboljih đaka, pa do sportista i najpopularnije ekipe, bar jedno veče budu ista. Da nema razlike. To mi je najveća želja.

Nina je obukla farmerke i običnu belu majicu. Na nogama su joj divne lakovane baletanke, a oko vrata čuvena zlatna ogrlica na kojoj piše njeno ime. Kosa joj je vezana u rep, a na očima ima samo malo maskare.

„Ostala si u starkama i pored ove divne haljine“, kaže mi dok idemo ruku podruku ka sali koja je osvetljena svim mogućim bojama.

„To sam ja.“ Pokazujem na starke. „A ovo si ti.“ Dodirujem njenu zlatnu ogrlicu.

„Zašto oduvek nismo bile ovakve?“

„Ne znam. Valjda je teško da budeš samo svoj.“

Kad nas naši prijatelji vide, svi trče ka nama. Niko nije uputio nijedan čudan pogled, niko se nije došaptavao, pokazivao prstom ili se iščuđavao. Uranjamo među te tople ruke i svi zajedno pevamo:

Tamo gde je srce, tamo sija sunce
Tamo gde je strah, tamo živi mrak

Onda osećam kako me neko odvlači od ostalih. Filip me drži za ruku i privija uza sebe. Počinje neka lagana muzika, a kucanje našeg srca se ne stišava.

Igramo priljubljeni jedno uz drugo i osećam njegov dah na vratu.

„Lepo mirišeš", to je sve što kaže, a onda nežno spušta usne na moje i ljubi me.

Epilog

Deset je ujutru. Ne pamtim kad sam se ovako kasno probudila. Otkako smo na moru, potpuno sam se opustila. Ne idem na ranojutarnje plivanje, već dopuštam sebi da spavam koliko hoću.

Silazim u dnevnu sobu i vidim da su svi već izašli iz kuće. Kroz zavese virim u dvorište. Ispod palme leži Bela i spokojno spava. Avgust je, ali nije paklena vrućina, pa joj ne smeta što su joj šapice na suncu. Pravim sebi doručak od pahuljica i jogurta i dok jedem, čujem korake koji silaze niz stepenice. Japanke lupkaju o kameni pod. Dižem pogled ka Anji.

„Spavalice!“, kažem joj, a ona trlja oči i proteže se.

„Ima li malo tih tvojih pahuljica za mene?“

„Ima, hoćeš ja da ti napravim?“, pitam je, ali nc čekam odgovor, već ustajem i idem u kuhinju.

„Nađa, hoćemo li na onu novu plažu danas?“

„E, može, mislim da će tamo biti ono društvo iz Novog Sada.“

Da, na letovanju sam sa roditeljima, sestrom i, po prvi put, sa svojom najboljom drugaricom. Ove godine su je roditelji pustili da dođe sa nama u Tivat, a onda ja idem sa njima na Kopaonik. Zaslužile smo.

Po prvi put u istoriji škole, ove godine su izabrana dva đaka generacije. Anja i Andrej. Profesori jednostavno nisu mogli da se odluče. Anja se upisala u srednju muzičku školu, a Andrej od septembra kreće sa mnom u Treću beogradsku gimnaziju. Bićemo zajedno u razredu. Sa nama će biti i Lidija. Sara nije imala dovoljan broj bodova, pa je otišla ne samo u drugu gimnaziju već i u drugi kraj grada na školovanje.

Maša kreće u drugi razred. Krune je nevoljno zamenila rajfovima jer kaže da je ipak porasla, iako joj krune najbolje pristaju. Upisana je u školu crtanja i ide ka svom cilju – želi da postane modna dizajnerka. Do bova pliva sama, niko joj ne treba kao podrška.

Nina se upisala u neku privatnu umetničku školu i zbog svega onoga što se desilo na kraju školske godine skroz se povukla iz virtuelnog sveta. Rekla je: *Hoću jednom u životu da osetim kako izgleda kad te ne posmatra na hiljade očiju, ali vratiću se ja jednog dana!*

Znam da hoćeš, odgovaram joj porukom, *i treba da se vratiš. Virtuelni svet nije isti bez tebe!*

Mama je dobila stalno zaposlenje u srednjoj školi u kojoj je radila na neodređeno. Počela je da ide na časove vožnje i još uvek ima omiljene pesme za sve i svašta.

Tata kao tata. Sve momke zove delijama, igra sa mamom uz *Prvu ljubav* bar jednom nedeljno i obećava da će jednom probati da napravi kolače sa mnom. Ovog leta je napisao i pesmu posle tačno dvadeset godina!

Stric i Milka su ozvaničili svoju vezu. Ispostavilo se da su oni, dok sam ja čuvala njegove bliznakinje, zajedno odlazili na romantične večere pod svećama. Ona ovog leta njega uči pravilnoj leptir-tehnici u plivanju (nikad nije kasno da se nauči delfin, ponavlja mu stalno), a on nju uči nemački (nije stigla dalje od *Ich Liebe Dich*, ali mislim da je to dovoljno). Bliznakinje više nisu kod njega svakog drugog vikenda, već svakog, i odlučile su da počnu da treniraju plivanje.

Filip se upisao u najbolju privatnu sportsku gimnaziju. Roletne na njegovoj beloj vili su spuštene otkad smo mi ovde. Nema nikoga. Međutim, juče smo Anja i ja sasvim slučajno videle neku ženu kako okopava baštu oko njihove kuće i izvodi Baka i Dona u šetnju. Bela im je prišla, a oni su joj se obradovali kao da je prepoznaju. Skakali su od sreće što je vide, pa žena koja ih je vodila na povocu nije mogla da ih obuzda i jedva je ostala na nogama. Bela se, kao prava dama, uljudno pozdravila – mahnula repićem, onjušila ih i nastavila svojim putem, dok su oni ostali ukopani u mestu i cvileli za njom.

„Izgleda da im se dopala kad ovako reaguju“, rekla je Anja.

„Čudi me, sreli su se na samo jedan tren. Nekad davno...“, rekla sam zamišljeno, kao da razmišljam o nečemu što se desilo pre deset godina, a ne pre samo nekoliko meseci.

„Dovoljan je samo jedan tren da nekog zauvek zapamtiš“, odgovorila je Anja i namignula mi. U tom trenutku mi je zazvonio crnogorski telefon, i ja sam se sva presrećna javila:

„Halo.“

„Ja sam.“

„Upravo smo Anja i ja prošle pored tvoje kuće i videle Baka i Dona sa nekom ženom.“

„To je naša kućepaziteljka. Rekao sam ti da će ona doći dva dana pre nas. Šta se dešava tu, pita li iko za mene?“

„Pitaju iz jedriličarskog kluba svaki dan. Zanima ih da li stižeš na regatu za vikend."

„Znaš da stižem. Prvi put u životu sam jedva čekao da se što pre završe fudbalske pripreme i da dođem na more!"

„I? Kad ti je let?"

„Sutra ujutru. Zovem te čim sletim, pa idemo odmah na plažu."

„Ovog puta bez trkanja do bova?"

„Ovog puta bez. Nađa?"

„Molim?"

„Jedva čekam da te vidim."

„I ja tebe."

Moja popularnost zbog emisije *Moj slatki život* i plivačkih uspeha nimalo me nije promenila. I dalje sam ona stara Nađa. Samo što odavno ne pokušavam da se sakrijem. Doduše, sad i ne mogu, jer čim Anja i ja ovog jutra izađemo iz kuće i krenemo na plažu, nekoliko devojčica mi prilazi i traži autogram. Sa strane vidim jednu visoku dugokosu devojčicu Mašinih godina, koja me stidljivo posmatra. Nosi naočare. Kad uzmu autogram, njene prijateljice dotrčavaju do nje i rugaju joj se:

„Jao, što si, bre, tako smotana i stidljiva, pa neće Nađa da te pojede!"

Kad nam se pogledi sretnu, ona spušta glavu. Prilazim joj, predstavljam se, mazim je po kosi i pitam kako se zove. Kad čujem njeno ime, kažem joj:

„Mila, divno ti stoje naočari. Znaš, i ja sam ih nekad nosila. Nego, hoćeš sa mnom na sladoled?"

Ona me nagrađuje najlepšim i najiskrenijim osmehom na svetu.